허담 新무협 판타지 소설
FANTASTIC ORIENTAL HEROES

독경 6

허담 新무협 판타지 소설

초판 1쇄 찍은 날 § 2011년 11월 30일
초판 1쇄 펴낸 날 § 2011년 12월 7일

지은이 § 허담
펴낸이 § 서경석

편집부장 § 권태완
편집책임 § 어정원

펴낸곳 § 도서출판 청어람
등록번호 § 제1081-1-89호
등록일자 § 1999. 5. 31
어람번호 § 제2-2182호

주소 § 경기도 부천시 원미구 심곡2동 163-2 서경B/D 3F (우) 420-822
전화 § 032-656-4452 팩스 § 032-656-4453
http://www.chungeoram.com
E-mail § chungeoram@chungeoram.com

ⓒ 허담, 2011

ISBN 978-89-251-2704-0 04810
ISBN 978-89-251-2582-4 (세트)

독경

毒經

6

오릉전(吳陵戰)

만 가지의 독 중 가장 무서운 독은, 심독(心毒)이라

심독을 다루는 자 천하를 얻게 되리라.

FANTASTIC ORIENTAL HEROES

허담 新무협 판타지 소설

청어람

目次

제1장 생사미로(生死迷路)   7

제2장 천망(天罔)   39

제3장 신위(神威)   71

제4장 무너지는 산   103

제5장 오왕의 검   135

제6장 흑사림   165

제7장 독보(獨步)   195

제8장 호천대야 김류   225

제9장 삼호방   257

제10장 출항전야   289

第一章

생사미로(生死迷路)

독경
壽陵

황제의 보물은 오직 존귀한 자만이 취할 수 있다. 미천한 자가 황제의 안온을 깨뜨리면 생사미로에 빠질 터이니 부족함을 아는 자는 걸음을 돌리라.

오릉의 서북쪽 문을 열고 무덤 안으로 들어선 양양육수 앞에 한 구절의 글이 새겨진 또 다른 석문이 모습을 드러냈다. 어두운 통로를 따라 들어온 지 일각여가 지난 후의 일이다.

"묘한 글이군."

양양육수의 맏이 강이상이 고개를 갸웃하며 중얼거렸다.

"그냥 겁을 주려고 써놓은 글 아닙니까? 문을 열죠."

그의 뒤에 서 있던 덩치 큰 자가 말했다.

"아니야. 그렇게 가볍게 볼 수만은 없는 글이다."

"대형도 참, 가끔 너무 생각이 깊으신 것이 탈입니다. 이 글은 그저 침입자에게 겁을 주기 위한 것 말고는 다른 의미가 없는 글입니다."

그때 뒤쪽에서 원보의 목소리가 들려왔다.

"그건 그렇지가 않소. 강 대협의 말처럼 그 글은 단순한 경고의 글이 아니오."

어느새 양양육수를 따라붙은 허소산 일행이 야광주 아래 쓰인 글에 눈길을 주었다.

"이 평범한 글에 무슨 비범한 의미라도 있다는 말이오?"

덩치 큰 사내가 퉁명스럽게 물었다.

"그 글은 오릉에 들어온 사람을 물러가게 하기 위해 쓰인 글이 아니라 오히려 유혹하기 위해 쓰인 글이오."

"아니, 어째서 이게 안으로 들어가게 만드는 글이란 말이오?"

"그 글대로라면 오릉의 보물을 얻을 수 있는 자는 존귀한 자이고, 생사미로에 빠질 것이 두려워 이곳에서 걸음을 돌리는 자는 미천한 자가 되는 것이오. 그런데 오릉 밖의 위험한 기관을 통과하고 석문을 열 만한 공력을 지닌 자라면 분명 자신의 무공에 대해 큰 자부심을 가지고 있을 것이오. 그런 자가 존귀한 자가 되길 원하겠소, 미천한 자가 되길 바라겠소?"

원보의 물음에 덩치 큰 자가 머뭇거리며 입을 닫았다. 그러자 강이상이 대신 대답했다.

"당연히 스스로 존귀한 자가 되기를 원하겠지요. 노사의 고견에 탄복했소이다. 과연 이 글은 사람을 안으로 끌어들이려는 글이 분명하외다. 그렇다면… 이 오릉은 정말 위험한 곳이겠구려?"

"맞소이다. 아마도 글귀에 쓰인 대로 생사미로가 오릉에 든 사람들을 기다리고 있을 거요. 양양육수께선 어찌하시려오?"

원보가 느긋한 표정으로 물었다. 그러자 강이상이 씁쓸한 미소를 지으며 대답했다.

"우리 양양육수가 어찌 스스로 미천한 자가 되겠소이까? 비록 이 오릉에 하늘이 내린 살망(殺網)이 펼쳐져 있다고 해도 우린 존귀한 자가 되는 쪽을 택할 것이오."

"하하하, 역시 기대했던 대로구려. 그럼 들어가 보십시다."

원보의 말에 강이상이 고개를 끄덕이고는 번개처럼 검을 그었다. 순간 그들을 막고 있던 석문에 사선으로 검흔이 만들어지더니 이내 커다란 진동과 함께 무너져 내렸다.

쿠르릉!

부서진 석문의 잔해가 요란한 소리를 내며 동굴 바닥에 쌓였다. 그 뒤쪽으로 다시 보화로운 야광주들이 어둠을 밝히고 있는 동굴이 모습을 드러냈다.

"가세들!"

일 검에 석문을 부수어 버린 강이상이 양양육수를 이끌고 무너진 석문을 넘었다.

"역시 대단하군. 보통 사람은 아니야."

원보가 강이상의 무공에 감탄하며 고개를 끄덕였다.

"신체의 불리함을 극복하기 위해 무던히 노력했을 것이오."

허산왕 역시 강이상의 무공에 깊은 인상을 받은 모양이었다. 어쩌면 추한 외모를 가진 자신의 지난날이 떠올랐을 수도 있다.

"생사미로라지만 우리도 가봐야지요?"

설도우가 허소산에게 물었다.

"그래야죠. 그가 어떤 준비를 했는지 궁금하군요."

대답을 한 후 허소산이 먼저 걸음을 옮겨 푸르스름한 야광주 빛 아래로 걸어 들어갔다.

생사미로에 들어선 지 근 이각여 동안은 아무런 일도 일어나지 않았다. 지형으로 보건대 현조봉의 상층부 전체가 오릉일 가능성이 컸다. 그러니 그 넓이의 광대함은 보통 사람이 상상할 수 없을 지경이었다.

그그긍!

한순간 일행의 귀에 거대한 충돌음이 들렸다. 동굴 앞쪽에서 전해지는 소리 같지는 않았다. 소리는 그들이 걷고 있는 동굴의 벽면을 통해 은은히 전해지고 있었다.

"다른 길을 택한 사람들이 만들어내는 소리 같군."

원보의 말에 설도우가 대답했다.

"그런 것 같소. 다른 쪽 길을 택한 사람들은 우리보다 먼저 오릉에 들어섰을 테니 지금쯤 생사미로의 시험을 받고 있을 것이오."

"그런데 소리가 들려온다는 것은 결국 서로의 거리가 제법 가까워졌다는 말이 아니겠습니까?"

이번에는 허산왕이 설도우를 보며 물었다. 허산왕의 말에 설도우가 다시 고개를 끄덕였다.

"맞소이다. 기관이 움직이는 소리가 들린다는 것은 서로의 위치가 가까워졌다는 것이고, 그건 우리가 무덤의 중심에 다가왔다는 의미일 거요."

"그럼 우리도 곧 생사미로의 기관을 만나게 되겠군요."

허산왕이 조금 긴장한 표정으로 말했다. 그런데 그의 말이 채 끝나기도 전에 과연 일행 앞에 사람의 생사를 시험하는 관문이 모습을 드러냈다.

"힘들 내게!"

강이상의 날카로운 목소리가 동굴에 울려 퍼졌다. 앞서 생사미로로 진입했던 강이상 등 양양육수는 매우 곤란한 처지에 빠져 있었다. 그들은 제각기 하나씩의 거대한 바위 덩어리를 붙잡고 씨름하고 있었는데, 표정들을 보니 무척 힘겨워하는 듯 보였다.

바위는 거칠던 동굴의 벽면이 매끄럽게 변하는 곳에서 튀어나왔는데, 그 넓이가 바위 하나당 반 장에 이르렀다. 마치 벽에서 튀어나온 거대한 석주 같은 모양의 바위들은 계속해서 밖으로 밀려나오고 있었고, 양양육수는 하나씩 그 석주들을 붙

잡고 벽으로 밀어내고 있는 실정이었다.

그러나 석주에 실린 힘이 워낙 강해서인지 양양육수 중 석주를 다시 벽으로 밀어내고 있는 사람은 강이상과 덩치 큰 사내 정도밖에 없었다. 그들조차도 석주를 완전히 밀어내지 못해서 미처 다른 사람들을 도와줄 엄두를 내지는 못하고 있었다.

"무슨 일이오?"

원보가 석주를 붙들고 실랑이를 하고 있는 양양육수를 보며 물었다. 그러자 강이상이 소리쳤다.

"마침 잘 오셨소이다! 이 석주들을 벽 쪽으로 밀어 넣어야 이곳을 통과할 수 있소이다. 아니면 이곳을 통과할 수 없소."

"음, 그럼 뒤로 물러나시구려. 우리가 한번 해보겠소."

원보가 말하자 강이상이 고개를 저었다.

"그게 쉽지가 않소. 석주를 놓는 순간 우리 중 몇 사람은 이곳을 빠져나가지 못하고 석주에 밀려 죽음을 맞을 수도 있소이다."

"음, 석주가 밀려 나오는 힘이 엄청난 모양이구려."

"그렇소이다. 너무 서두른 것이 문제였소. 우린 꼼짝없이 덫에 걸린 셈이오."

강이상이 공력을 끌어올려 붉어진 얼굴로 소리쳤다. 그러는 사이 양양육수의 몇이 석주의 힘에 밀려 주춤주춤 뒤로 밀려났다. 조금만 더 밀려나면 석주와 동굴의 벽면 사이에 끼어 뼈가 바스러질 상황이었다.

"사정이 좀 급한 듯한데?"

원보가 허소산을 보며 말했다. 그러자 허소산이 고개를 끄덕였다.

"도와줘야겠어요."

허소산의 말이 끝나기가 무섭게 설도우와 원보가 신형을 날렸다. 그러자 허산왕이 고개를 머쓱하며 말했다.

"난 별로 도움이 될 것 같지 않은데?"

"여기 계세요. 제가 알아서 할게요."

허소산이 미소를 지으며 대답한 후 훌쩍 몸을 날렸다.

원보와 설도우는 어느새 가장 앞쪽에서 석주를 밀어내고 있는 두 명의 양양육수를 도와 벽 쪽으로 석주를 밀고 있었다. 허소산은 두 사람 사이를 지나 가장 중간에서 석주를 밀고 있는 강이상의 곁으로 다가섰다.

턱!

강이상 곁으로 다가온 허소산이 한 손을 석주에 대고 공력을 끌어올렸다.

그긍!

순간 석주에서 마찰음이 일어나더니 한순간에 석주가 벽 쪽으로 쭉 밀려들어 갔다.

쿵!

벽으로 밀려들어 간 석주가 마치 애초에 벽과 한 몸이었던 것처럼 큰 소리를 내며 매끈한 벽면을 만들어냈다.

"고맙소이다."

강이상이 왠지 모르게 침울한 얼굴로 말했다.

"다른 석주들을 처리하는 게 급하오."

허소산이 도도한 목소리로 말하고는 훌쩍 신형을 날려 다른 석주가 있는 곳으로 다가갔다. 그러자 강이상이 나직하게 중얼거렸다.

"소문이 오히려 부족한 듯하군. 그의 공력은 너무 놀랍구나. 제길, 갑자기 내 인생이 허무하게 느껴지는군."

그러나 언제까지 한탄만 하고 있을 수는 없었다. 그의 형제들이 아직도 위험에 처해 있었기 때문이다. 강이상도 다른 석주를 향해 몸을 날렸다.

구르릉!

또 하나의 석주가 허소산의 손에 밀려 반대편 벽 속으로 박혀 들어갔다.

"아!"

석주와 벽면 사이에 끼어 거의 죽을 뻔했던 은월후가 묘한 표정으로 탄성을 흘려냈다. 그녀가 의도한 것은 아니겠지만 탄성을 흘리는 그녀의 모습은 매혹적이기 이를 데 없었다.

"고마워요."

은월후가 허소산에게 살짝 고개를 숙여 보였다. 나이로 보자면 허소산에 비해 수십 살이나 많은 그녀였지만 그녀의 모습과 행동 하나하나는 그녀의 나이를 잊게 만들기에 충분했다.

"별말씀을!"

허소산이 도도한 얼굴로 대답했다.

"석주가 아직 십여 개가 더 있어요."

은월후가 벽을 뚫고 튀어나와 그들의 앞을 막고 있는 십여 개의 석주를 보며 말했다.

"걱정 마시오."

허소산이 오만하게 대답하더니 이내 석주들 사이로 뛰어들었다.

쿵쿵쿵!

동굴이 거대한 충돌음으로 가득 찼다. 벼락 치는 듯한 그 충돌음 속에서 양양육수는 경악스런 표정을 지은 채 눈앞에서 펼쳐지는 광경을 넋을 잃고 바라보고 있었다.

허산왕과 원보, 설도우의 얼굴에도 은은한 놀람의 빛이 감돌았다. 허소산은 그들이 알고 있는 사람이 분명했지만 오늘 허소산이 보여주는 무공은 지금껏 알고 있던 허소산의 무공과는 또 다른 경지에 올라 있었다.

진기를 잔뜩 끌어올린 허소산의 손이 동굴 좌우에서 밀려나오는 석주에 닿는 순간 석주는 맥없이 그들이 애초에 있던 자리로 되돌아갔다. 양양육수 여섯 명을 죽음의 위기까지 몰아넣었던 석주가 허소산의 손에선 덩치 큰 노리개일 뿐이었던 것이다.

콰르릉!

허소산이 양팔을 벌려 두 손으로 양쪽에서 튀어나온 석주를 밀어냈다. 그러자 그의 공력에 밀려 석주들이 서로 반대방향으로 밀려들어 가 벽에 박혔다.

쿠쿵!

그렇게 두 개의 석주를 동시에 밀어내는 것으로 거대한 석주 이십여 개를 움직이던 기관이 멈춰 섰다. 한순간에 양양육수의 목숨을 위협하던 석주들을 처리한 허소산이 손을 툭툭 털더니 다시 거친 벽면이 시작되는 동굴 저쪽에 우뚝 섰다.

"갑시다."

원보가 허소산의 무공에 얼이 빠진 듯 멍하니 서 있는 양양육수를 보며 말을 건네고는 자신이 먼저 석주들이 가득 찼던 공간을 지나 허소산 곁으로 다가갔다. 그러자 설도우와 허산왕도 재빨리 걸음을 옮겼다.

"가자!"

허소산 일행이 앞으로 전진하자 강이상이 마치 놓치면 안 되는 사람들인 것처럼 서둘러 동료들을 재촉해 허소산의 뒤로 따라붙었다. 양양육수까지 합류하자 허소산이 심드렁한 표정으로 중얼거렸다.

"귀찮군. 이런 어린애 장난 같은 것들이 많이 남았을까?"

그러자 설도우가 얼른 대답했다.

"이미 다른 길로 들어선 자들의 소리가 들리기 시작했으니 관문이 많지는 않을 것입니다."

"음, 그렇다면 다행이군요. 귀찮아서 그냥 돌아갈까 했는데……."

"그 영락대인이란 자의 얼굴을 보아야 하지 않습니까?"

원보가 짐짓 머리를 조아리며 말했다. 그러자 허소산이 고개를 끄덕였다.

"그렇군요. 그 여우같은 자를 만나서 중석산에서 진 빚을 갚아야지."

"제가 앞장을 서지요."

원보가 훌쩍 신형을 날려 일행 앞으로 나아갔다. 일행은 다시 야광주의 빛을 따라 앞으로 전진하기 시작했다.

자세히 보면 동굴은 부드럽게 곡선을 그리며 이어지고 있었다. 아마도 오릉의 비처를 중심으로 서로 다른 출입문에서 시작된 동굴들이 원을 그리며 한 곳으로 모이는 듯싶었다.

가끔 동굴의 벽면을 통해 거친 충돌음이 들려왔다. 사람들이 생사미로의 관문을 통과하며 일으키는 소리가 분명했다. 들려오는 소리의 강도가 점점 세지는 것으로 보아선 이제 오릉의 중심에 근접한 것이 분명했다.

오릉의 중심으로 다가갈수록 사람들의 긴장감은 더해졌다. 언제 어느 곳에서 오릉의 기관이 만들어내는 죽음의 덫이 일행을 덮칠지 몰랐다. 그러나 다른 사람들과 달리 허소산은 전혀 긴장하는 빛을 보이지 않았다. 그는 조금 지루한 듯 터벅터벅 걸음을 옮기며 간혹 얼굴을 찌푸리곤 했다.

그렇게 얼마나 걸었을까. 문득 다시 동굴의 벽면이 반들거리기 시작하더니 이내 야광주의 숫자가 두 배 정도로 늘어난 밝은 공간이 일행 앞에 모습을 나타냈다.

"동인(銅人)이라……."

앞서 걸음을 멈춘 원보가 나직하게 중얼거렸다. 야광주의 푸르스름한 빛을 맞으며 이십여 개의 동인이 기이한 형상을 한 채 일행을 기다리고 있었다.

"이것도 관문의 일종일까요?"

어느새 다가온 은월후가 허소산에게 물었다. 그녀는 석주의 관문을 통과한 이후 줄곧 시선을 허소산에게 주고 있었다.

"한번 시험해 보겠소?"

허소산이 무덤덤한 표정으로 은월후에게 물었다.

"호호, 저와 같이 연약한 여인이 어찌……. 그보다는 대협처럼 뛰어난 고수가 시험을 해봄이 좋지 않을까요?"

"후후, 나와 같이 뛰어난 자는 본래 남들 앞서서 손을 쓰지 않는 법이오."

허소산이 오만하게 말했다. 그러자 은월후가 묘한 미소를 지으며 고개를 끄덕였다.

"그렇군요. 이런 일은 파 대협과 같은 분이 하실 일이 아니군요."

"양양육수께서 먼저 시험해 보겠소?"

허소산이 물었다. 그러자 은월후가 고개를 끄덕였다.

"알겠어요. 그럼 미천한 재주지만 제가 한번 도전해 보지요. 그런데… 혹 제가 위기에 빠지면 파 대협께서 구해주실 건가요?"

"음, 알겠소. 내가 지켜볼 테니 걱정 말고 동인을 상대해 보시오. 이 파금검이 지키는 한 옥황상제라도 은 여협의 목숨을 가져갈 순 없을 거요."

"호호, 정말 영광이군요. 그럼 파 대협을 믿고 도전해 보지요. 오라버니?"

은월후가 강이상을 바라봤다. 그러자 강이상이 고개를 끄덕이며 말했다.

"조심하거라."

"걱정 마세요. 파 대협이 계신데……."

은월후가 슬쩍 허소산을 바라보고는 성큼성큼 동인을 향해 다가서며 다시 입을 열었다.

"전 본래 도검은 잘 쓰지 못해요. 하지만 신법은 제법 수련했죠. 그래서 전 동인을 상대하는 대신 그들을 피해 이곳을 지나갈 생각이에요."

"그것도 좋은 방법이오. 위험은 피하는 것이 상책이란 말도 있으니. 하지만 내 취향은 아니군."

허소산이 소리쳤다.

"제가 어찌 감히 파 대협과 같은 절대고수와 취향이 같겠어요. 자, 그럼 뒤를 부탁드려요!"

은월후가 마치 정인에게 말하는 듯 간드러지게 부탁하고는 훌쩍 신형을 날려 첫 번째 동인과 두 번째 동인 사이의 공간으로 뛰어들었다.

웅!

은월후가 동인들 사이로 뛰어들자마자 동인의 팔이 강력한 파공음을 일으켰다. 하나의 동인만 움직인 것이 아니었다. 은월후를 중심으로 전후좌우 네 개의 동인이 동시에 만근의 힘으로 은월후를 가격했다. 순간 일격에도 전신이 산산조각 날 것 같은 위력을 지닌 동인의 공격을 은월후가 교묘한 움직임으로 피해냈다.

우웅!

한 번은 피해냈지만 은월후를 향한 동인들의 공격은 쉬지 않고 이어졌다. 동인들의 주먹은 한 자 이상의 공간을 은월후에게 내어주지 않았다. 그러나 은월후의 움직임도 대단했다. 그녀는 마치 연무처럼 동인들 사이를 교묘하게 빠져나가고 있었다.

"대단하군, 대단해!"

동인들 사이를 물고기처럼 빠져나가는 은월후를 보며 원보가 탄성을 자아냈다. 양양육수 역시 은월후의 무공에 자부심을 느끼는지 흐뭇한 시선으로 그녀를 바라보고 있었다.

팡팡!

은월후는 동인들의 공격을 피하기만 하는 것이 아니었다. 가끔 도저히 빠져나갈 수 없는 각도로 닥쳐드는 공격은 장력을 이용해 살짝 그 방향을 틀기도 했고, 어떨 때는 자신을 스쳐지나는 동인의 팔에 매달려 전혀 다른 방향으로 진로를 바꾸기도 했다.

그렇게 단순히 신법의 오묘함만이 아닌, 순간순간 비범한 판단력을 발휘하여 은월후는 동인들이 만들어내는 거대한 살기의 관문을 통과하고 있었다.

그런데 그렇게 은월후가 놀라운 임기응변을 보여주며 열 개의 동인을 지나쳤을 때 갑자기 동인들의 움직임이 변화를 일으켰다.

구르릉!

"저, 저것!"

양양육수의 입에서 동시에 다급한 음성이 흘러나왔다. 지금까지는 은월후를 중심으로 전후좌우 네 개의 동인만이 협공을 가해왔는데 열 개의 동인을 돌파하는 순간 이번에는 여덟 개의 동인이 은월후를 에워쌌던 것이다.

더군다나 앞서의 동인들이 제자리에서 두 팔을 휘둘러 침입자를 상대했던 것과 달리 후미의 동인들은 미끄러지듯 바닥을 이동해 은월후를 공격하기 시작했다. 은월후의 얼굴에 낭패한 기색이 깃들었다.

여덟 개의 동인이 움직이자 은월후가 빠져나갈 공간은 채 반 자가 되지 않았다.

"저거……"

허산왕이 걱정스런 음성을 흘리는 순간 여덟 개의 동인이 동시에 은월후를 향해 두 팔을 휘둘렀다.

우우웅!

마치 폭풍이 이는 것 같은 파공음이 장내를 휘몰아쳤다. 은월후가 그 폭풍 속에서 가루로 변할 듯 위태롭게 흔들렸다.

"핫!"

은월후의 입에서 기합성이 터져 나왔다. 그 순간 은월후의 몸이 허공으로 솟구쳤다. 은월후의 발 아래로 만근의 위력을 지닌 동인들의 주먹이 교묘하게 교차하며 지나갔다.

"오!"

사람들 사이에서 나직한 탄성이 흘러나왔다. 그러나 그 순간 허소산의 얼굴은 오히려 어두워졌다.

'위험하다.'

허소산이 검을 잡았다.

허공으로 떠오른 은월후가 득의한 미소를 짓는 순간 그녀의 앞뒤에서 묵직한 기운이 전해졌다.

"흡!"

은월후의 입에서 다급한 음성이 흘러나왔다. 어느새 그녀의 앞뒤에서 지금껏 움직이지 않고 있던 두 개의 동인이 허공으로 떠오르며 두 주먹을 내지르고 있었다. 가만히 보면 동인들의 두 다리를 바닥에서 튀어나온 돌기둥이 떠받치고 있었다. 설마 동으로 만든 사람이 허공으로 날아오를 거란 예상을 하지 못한 은월후가 속수무책으로 두 동인의 만근 주먹을 허용할 듯 보였다.

"잇!"

은월후의 입에서 이를 가는 듯한 기합성이 흘러나왔다. 순간 은월후의 신형이 옆으로 뉘어지며 앞에서 달려드는 동인의 주먹을 아슬아슬하게 피해냈다.

웅!

하지만 그 순간 뒤에서 그녀의 옆구리를 노리고 닥쳐드는 다른 동인의 주먹은 도저히 피할 방법이 없었다. 동인의 주먹이 그녀의 옆구리를 가격한다면 가느다란 그녀의 허리는 단번에 부러지고 말 것이다.

"아아!"

사람들 사이에서 안타까운 탄성이 흘러나왔다. 양양육수의 얼굴은 파랗게 질려갔다. 그런데 그 순간 한 자루 검이 은월후를 공격해 들어가는 동인을 향해 날아들었다.

번쩍!

한줄기 섬광과 함께 날아든 검이 단번에 동인의 팔을 베고 지나갔다.

서걱!

동으로 된 팔이 마치 무 베어지듯 잘려 나갔다. 그러자 한 팔을 잃은 동인이 그 충격 때문인지 맥없이 바닥으로 쓰러져 내렸다.

쿠쿠쿵!

중심을 잃은 동인이 그 아래에 있던 두 개의 동인과 부딪치면서 세 개의 동인이 동시에 바위처럼 무너졌다. 그 틈을 이용해 은월후가 재빨리 앞을 막고 있는 동인의 허리를 휘어 감으며 그 뒤쪽으로 이동했다. 그리고는 새처럼 홀홀 날아 맞은편

바닥에 내려섰다. 어느새 그녀는 동인들이 지키고 있는 관문을 통과했던 것이다.

"역시 파 대협이시군요! 고마워요!"

멀리서 은월후의 요염한 목소리가 들려왔다. 허소산이 한 손을 들어 올리는 것으로 대답을 대신했다. 그리고는 설도우를 돌아보며 말했다.

"길을 만들어야겠군요."

"알겠습니다."

노구의 설도우가 허소산에게 허리를 굽히는가 싶더니 이내 몸을 날려 동인들 사이로 뛰어들었다.

쿠쿠쿵!

설도우의 손에서 강력한 장력이 터져 나오기 시작했다. 그때마다 길을 막는 동인들이 크게 흔들리며 방향을 잃고 이리저리 기우뚱거렸다.

"동으로 되었으니 고통은 없으리라!"

설도우의 뒤를 따르며 흔들리는 동인들을 향해 도를 휘두르는 사람은 원보였다. 원보의 도가 달그림자를 그릴 때마다 설도우의 장력에 비틀거리던 동인들의 팔다리가 잘라져 나갔다. 그렇게 길이 열렸다.

"갑시다!"

미처 길이 모두 열리기도 전에 허소산이 양양육수에게 한마디를 남기고는 성큼성큼 설도우와 원보가 만들어놓은 길로 발을 옮겼다.

"가지."

강이상이 굳은 표정으로 말을 흘리고는 허소산의 뒤를 따랐다.

콰!

"귀찮아!"

허소산의 장력이 동인 하나를 완전히 부숴놓았다. 바스러진 동인의 잔해 사이로 섬세하게 이어붙인 쇠붙이들이 드러났다.

툭!

허소산이 쓰러진 동인을 발로 차자 동인이 힘없이 날려가 동굴의 벽에 부딪쳤다. 그사이 설도우와 원보는 동인들 사이에 길을 완성하고 있었다. 몇 개의 동인이 여전히 팔을 휘두르고 있었지만 그것들이 움직이는 반경은 일 장이 채 안 되었기에 동굴의 중앙으로 난 길을 따라 이동하는 일행을 방해할 수는 없었다.

"어서 오세요, 파 대협!"

허소산이 동인들을 지나 건너편에 다다르자 은월후가 간드러진 목소리로 허소산을 맞이했다.

"은 여협의 놀라운 경공에 탄복했소이다."

허소산이 짐짓 과장된 표정으로 은월후를 칭찬했다. 그러자 은월후가 나이에 어울리지 않게 배시시 미소를 지으며 대답했다.

"예쁘게 봐주셨다니 감사해요. 하지만 파 대협의 도움이 없었다면 전 아마도 동인의 주먹에 가루가 되었을 거예요. 감사드려요."

"하하하, 무슨 말씀을. 은 여협은 분명 내 도움 없이도 관문을 통과했을 것이오."

"아니에요. 파 대협은 제 생명의 은인이세요. 오릉을 나가면 제게 파 대협을 대접할 기회를 주시기 바라요."

"대접이라……. 어떤 대접일지 무척 궁금하구려."

"아마… 실망하지 않으실 거예요."

은월후가 요염한 미소를 지으며 대답했다. 그러자 허소산이 짐짓 끈적끈적한 눈길로 은월후를 보며 말했다.

"기대하겠소."

"저 또한."

은월후가 만족한 듯 미소를 지으며 뒤로 물러났다. 그러자 설도우가 허소산에게 다가서며 말했다.

"아마도 저 동으로 된 문을 통과하면 오릉의 내부에 도달할 것 같습니다."

설도우의 말에 허소산이 고개를 들어 그들의 앞을 가리고 있는 구릿빛 문을 바라봤다. 문에는 천문(天門)이란 글씨가 음각으로 새겨져 있었는데 필체에 서린 힘이 천하의 명필임을 드러내고 있었다.

쿠쿠쿵!

그런데 허소산이 막 문을 살피려는 순간 문 안쪽에서 묵직한 충돌음이 들려왔다.

"다른 곳에서 온 자들도 도착한 모양이군요."

설도우가 천문에 귀를 가까이 가져가며 말했다.

"그럼 우리가 빨리 온 것이군요. 다른 곳은 우리보다 적어도 반 시진 이상은 먼저 오릉에 들었을 터이니."

원보가 말했다.

"관문이 만만치는 않았을 것이오."

설도우가 대답했다.

"어쨌든 이제 들어가 봅시다. 과연 그자가 어떤 준비를 해놓았는지 궁금하군."

허소산이 여전히 말하자 설도우가 고개를 끄덕이고는 천문을 옆으로 밀어내기 시작했다.

그르릉!

천문에는 어떤 기관도 연결되어 있지 않았다. 설도우가 약간의 공력을 가한 것만으로도 천문을 열기에 충분했다. 일행은 활짝 열린 천문 안으로 누가 먼저랄 것도 없이 몸을 날렸다.

거대한 지하 광장이 눈앞에 펼쳐졌다. 수십 장에 이르는 지하 광장에는 이미 여러 사람이 들어와 있었다. 그들이 서쪽 문을 통해 들어서는 허소산 일행을 향해 일제히 시선을 돌렸다.

허소산의 눈에도 낯이 익은 사람들이 보였다. 남궁황을 포함한 절대삼문의 고수들은 물론 금천장주도 여러 고수들을 거느리고 허소산 등을 바라보고 있었다. 그들 이외에도 몸에서 흘러나오는 기운이 녹록지 않은 자들 수십 명이 석실 안에 몰려 있었다.

허소산을 본 금천장주 금선웅이 가볍게 고개를 끄덕여 아는 척을 했다. 그러자 허소산 역시 고개를 가볍게 끄덕이는 것으로 인사를 대신했다. 반면 남궁황은 직접 허소산이 있는 곳으로 걸음을 옮겼다.

"역시 파 대협께서도 오셨구려."

"천하의 보물이 숨겨져 있다는데 구경이라도 해보려고 왔소이다."

나이 어린 허소산이었지만 남궁황을 대하는 말투가 전혀 어색하지 않았다.

"파 대협께서 늦어서 오시지 않나 했소이다."

"번잡한 것을 피하려고 일부러 서북쪽 길을 택했소이다."

"그러셨구려."

남궁황이 고개를 끄덕였다.

"그자는 안 나타났소이까?"

허소산이 물었다.

"그자라면……?"

"영락대인이란 자 말이오."

"아직 모습을 드러내지는 않았소이다."

"흠, 어디 숨어 있는 거지?"

허소산이 고개를 갸웃하며 지하 광장을 살폈다. 그러나 어디서도 야율거공의 모습은 보이지 않았다. 그런데 그때 의외의 인물이 허소산이 있는 곳으로 다가왔다.

"혹 오산금림의 설 노사가 아니시온지⋯⋯?"

허소산 일행에게 다가선 사내는 머리에 하늘빛 건을 쓴 노인이었는데, 선풍도골의 모습이 사람들로 하여금 신비감을 갖게 만들었다. 노인이 아는 척을 하자 설도우의 표정이 살짝 변했다. 기실 설도우는 무창에 와서도 행동을 극히 조심하고 있었다. 가급적 강호에 그의 존재를 알리고 싶지 않았기 때문이다.

그가 강호에서 오산금림의 이름으로 활동한 것이 이미 십수 년이 지난 일이지만 그를 기억하는 사람이 있을 수도 있었던 것이다. 그리고 그 우려는 오릉의 지하 광장 안에서 현실이 되었다.

그러나 설도우는 이내 평정심을 되찾고 선풍도골의 노인을 향해 가볍게 고개를 끄덕였다.

"이제 보니 무당의 청진자셨구려. 설마 하니 무당의 도인들께서도 오릉의 보물에 관심을 가지실 줄은 몰랐소이다."

설도우의 말에 청진자라 불린 노인이 옅은 미소를 지으며 대답했다.

"속세를 벗어나 선도를 추구하는 늙은이가 무슨 욕심이 있겠소이까? 다만 이번 오릉의 일은 여러 가지 미심쩍은 구석이 있어 혹여 강호의 큰 혈사로 이어질까 근심이 되어 이렇게 나와봤소이다."

"그렇소이까? 하지만 최근 들어 무당이 산 아래의 많은 속가를 움직이고 있다는 소식이 들리더이다만…….”

설도우의 말은 사실이었다. 최근 들어 무당파 속가제자들의 강호행은 확실히 남다른 데가 있다는 소문이 강호에 널리 퍼져 있었다.

“속가의 일은 본 문에서 알 도리가 없지요.”

청진자가 가볍게 한발 물러섰다.

“그렇소이까? 난 또 무당이 본격적으로 무림의 일에 관여하려는 줄 알았소이다. 이렇게 오룡에도 모습을 나타내시고 해서.”

“하하하, 무당의 출현이 아무리 의외라 해도 어찌 오산금림 삼왕의 출현에 비하겠소이까? 그동안 설 노사께서는 금림을 떠났다 들었는데 이곳에서 뵐 줄은 정말 몰랐소이다.”

청진자가 화살을 설도우에게 돌렸다. 그러자 설도우가 가볍게 미소를 지으며 대답했다.

“사실 우리 삼왕이 금림을 떠나 있었던 것은 맞소이다.”

“그렇구려. 허허, 정말 오룡이 대단하긴 대단하구려. 은거하신 금림삼왕을 불러내다니…….”

청진자가 뭔가를 더 알아내려는 듯한 시선으로 설도우를 보며 말했다. 그러자 설도우가 가볍게 고개를 저었다.

“이번에 내가 강호에 나온 것은 오룡 때문이 아니오.”

“하면 무슨 일로 강호에 나오신 것이오?”

“사실 우리 삼왕은 은거 중에 한 분의 진인을 만나 그분을 따르기로 했소이다. 그런데 우리 주인께서 이번에 강호 유람을 원하시어 이렇게 함께 따라 나왔소이다."

순간 청진자가 크게 놀라며 물었다.

"설마 금림삼왕께서 누군가의 수하가 되셨다는 말이오?"

청진자뿐 아니라 강호에서 금림삼왕을 아는 사람이라면 누구나 놀랄 수밖에 없는 일이었다. 금림삼왕이 강호에서 활동한 것은 십수 년 전의 일이다. 당시에도 삼왕은 강호에서 최고의 배분을 지닌 사람들이었다. 그러니 이제 그들은 백여 세에 이른 나이인데 그런 사람들이 누군가의 수하가 된다는 것은 상상할 수 없는 일이었다.

"수하라기보다는 그저 우리가 좋아서 따르고 있다고 하는 편이 좋을 것이오. 뭐, 수하라 해도 상관은 없고."

"도대체 삼왕께서 모시고 있는 분이 어떤 분이시오?"

청진자가 황급히 물었다,

"청진자께서도 들어보셨을 거요. 금번 무창에서 강호의 영웅으로 떠오르고 계신 젊은 의협에 대한 소문 말이오."

"설마… 망향원의 그……."

청진자의 시선이 자연스레 허소산에게로 돌아갔다. 그러나 허소산은 청진자의 눈길을 무시하고 계속 지하 광장의 이곳저곳을 살피고 있었다.

"맞소이다. 망향원의 주인이신 파금검 대협이 바로 내가 모시는 분이라오."

순간 장내가 술렁이기 시작했다. 설도우의 말에 청진자는 물론 익히 허소산을 알고 있는 금선옹이나 남궁황 등도 무척 당혹한 표정을 짓고 있었다.

그들 역시 금림삼왕 설도우의 명성을 익히 알고 있었다. 오늘날 금림이 강호팔황의 자리에 오른 것은 오로지 금림삼왕의 힘이라는 것을 노련한 고수들은 대부분 알고 있었다.

"음, 파 대협에 대한 소문은 나도 들어 알고 있습니다만 설마 설 노사께서 그를 따르고 계실 줄은……."

여전히 놀람이 가시지 않는 표정으로 청진자가 고개를 저었다. 그러자 설도우가 손을 저으며 말했다.

"자자, 내 개인사야 이곳에서 논할 문제가 아니지 않소? 이제 내 이야기는 그만하고… 음, 저곳이 오왕 손권의 시신이 안치된 곳인가 보군."

설도우가 자신에게 쏠린 사람들의 관심을 광장의 북쪽에 있는 황금색 문으로 돌렸다. 그러자 사람들의 시선이 일제히 광장 북쪽으로 향했다.

"들어가 봅시다."

금선옹이 먼저 입을 열었다. 그러자 사람들 중 누군가가 입을 열었다.

"영락대인을 기다리지 않고 말이오?"

"그가 무엇인데 그를 기다리겠다는 거요?"

금선옹이 영락대인을 거론한 자를 보며 물었다. 그러자 사람들 사이에서 평범해 보이는 노인 한 명이 앞으로 걸어나왔다.

"오늘 강호의 영웅들이 이 오릉에 들게 된 것은 모두 영락대인의 덕분 아니겠소? 그러니 그를 기다렸다가 오왕 손권의 시신을 확인하는 것이 좋지 않겠소?"

"허허, 설마 하니 당신은 영락대인이 이 오릉의 주인이라도 된다고 생각하는 거요?"

"뭐, 솔직히 말하자면 그렇소."

뜻밖의 대답에 금선옹의 표정이 살짝 변했다. 그리고는 정색을 한 얼굴로 노인을 보며 물었다.

"당신의 이름이 뭐요?"

"나 말이오? 그저 떠돌이 유랑객에 불과하니 굳이 내 이름을 알 필요는 없을 거요."

"아니, 난 꼭 그대의 이름을 알고 싶구려."

금선옹이 고집을 피우자 금선옹의 주변에 있던 자들 중 일부가 검을 빼 들고 앞으로 나섰다. 정체를 밝히지 않으면 도검이라도 쓰겠다는 의도다.

그러자 노인이 한줄기 싸늘한 미소를 짓더니 입을 열었다.

"내 항주의 금천장이 천하를 모두 사들일 만한 재물을 가지고 있다는 말은 들었으나 감히 강호의 일에 도검을 들고 설쳐댈 만큼 배포가 큰 줄은 몰랐구려."

노인의 말에서 차가운 살기가 느껴졌다.

"하하하, 금천장이 상가의 벽을 뛰어넘어 무계에 들어선 것이 어디 어제오늘의 일이오? 그대는 강호의 사정에 밝지 못한 모양이구려."

갑자기 침묵을 지키고 있던 남궁황이 금선옹과 노인의 기

싸움에 끼어들었다.

"그렇소? 절대삼문까지 금천장을 무가로 인정했다면 무가인 모양이오. 하지만… 그렇다고 다짜고짜 도검을 들고 설치는 것을 보니 아직 무림의 행사에는 많이 미숙한 것 같구려."

"노사의 존대성명이 어찌 되시오?"

남궁황이 금선옹과 같은 질문을 던졌다. 그러자 노인이 잠시 침묵을 지키다가 불쑥 입을 열었다.

"뭐 굳이 알고 싶다면 말해주리다. 난 불궁천이라고 하오. 사람들은 취명(取命)이라고 부르기도 하는데… 뭐 그리 사람 목숨을 많이 앗은 것도 아니건만……."

순간 노인의 주변에 있던 사람들이 화들짝 놀라며 급히 노인에게서 멀어졌다.

"취명 불궁천! 그대가 바로 불궁천이었군!"

남궁황이 놀란 목소리로 소리쳤다. 노인을 향해 다가들던 금천장의 고수들 역시 급히 서너 걸음 뒤로 물러났다. 그러자 노인이 한줄기 미소를 지으며 대답했다.

"뭘 그리들 놀라시오. 난 귀신이 아니라 사람일 뿐이오."

"하지만 보통 사람은 아니지. 강호 최고의 살귀이니 어찌 놀라지 않을 수 있겠소?"

남궁황이 불궁천이라는 노인을 경계하며 말했다.

"아아, 걱정 마시오. 비록 그동안 내 손에 적지 않은 피를 묻혔지만 오늘은 가급적 살생을 하지 않을 터이니."

"당신의 그 말을 믿을 사람은 이곳에 아무도 없을 거요."

남궁황이 차가운 목소리로 반박했다. 그런데 그때 엉뚱한 곳에서 남궁황의 말에 대한 대답이 들려왔다.

"그의 말은 사실이오. 오늘 그는 살생을 하지 않을 것이오. 그대들이 내 말대로 따르기만 한다면!"

'그자가 왔군.'

허소산은 보지 않아도 목소리의 주인을 알 수 있었다. 드디어 영락대인 야율거공이 모습을 드러낸 것이다.

第二章
천망(天罔)

야율거공이 나타나자 장내의 분위기가 일변했다. 야율거공은 문사건을 쓰고 고고한 선비의 모습으로 등장했는데, 손에는 하나의 흑선을 들고 유유하게 바람을 일으키고 있었다.

"당신은 누구요?"

야율거공이 나타나자 무당의 청진자가 경계심을 드러내며 물었다. 그러자 야율거공이 한줄기 미소를 지으며 대답했다.

"내가 바로 여러분을 이 오릉에 초대한 사람이오."

"그대가 바로 영락대인이군."

청진자의 말에 야율거공이 고개를 끄덕였다.

"그렇소. 내가 바로 그요. 이렇게 나의 초대에 응해주신 강호의 영웅들을 환영하는 바이오."

"초대를 무척 거창하게 하는군."

"하하하! 천하에서 손꼽히는 고수 분들을 초대하려면 이 정도 잔칫상은 마련해야 하는 것 아니겠소?"

야율거공이 낭랑한 웃음을 터뜨렸다. 그 소리가 지하 광장에 부딪쳐 그 강도를 더하자 장내의 사람 중 몇몇은 손으로 귀를 가렸다.

"그대가 이렇게 번거로운 일을 벌여 우릴 초대한 이유가 뭐요?"

청진자가 야율거공의 공력이 깃든 웃음소리를 자신의 목소리로 깨뜨리며 물었다. 소리를 소리로 깨뜨리는 이 한 수는 청진자의 무공이 고절한 경지에 올랐다는 것을 말해주고 있었다.

"역시 청진자시구려. 나의 이 청음공은 그 미세한 변화를 읽어내지 못하면 깨뜨리기 어려운 음공인데……."

야율거공이 짐짓 감탄한 표정으로 말했다.

"그대는 어서 내가 묻는 말에 대답이나 하시오."

"후후후, 강호의 영웅들을 오릉에 초대한 이유야 이미 모두 알고 있는 것 아니오? 오릉의 문을 열기 위해서란 것 말이오."

"그대는 이미 오래전에 오릉의 문을 연 것 같은데?"

그러자 야율거공이 고개를 저으며 말했다.

"사실 그게 그렇지가 않소."

"설마 지금도 이미 오래전에 다른 사람들에 앞서 오릉에 들어왔다고 시인하지 않는 거요?"

"아, 물론 난 여러분에 앞서 이 지하 광장까지는 들어와 봤소이다. 그러나 그것만으로 오릉의 보물을 얻을 수는 없었소. 내가 이제 오릉의 신묘한 비밀을 말해주리다. 그러면 내가 왜 여러분을 오릉에 초대했는지 아시게 될 거요."

"어서 그 이유를 말해보시오!"

다른 한쪽에서 누군가가 큰 소리로 소리쳤다. 그런데 다음 순간 야율거공의 말을 재촉했던 사내가 갑자기 비명을 지르며 쓰러졌다.

"악!"

사람들이 갑작스런 비명 소리에 놀라 쓰러진 사내를 바라봤다. 사내는 옆구리에 큰 자상을 입고 쓰러져 있었는데, 그의 곁에는 한 중년 사내가 피 묻은 검을 들고 서 있었다.

"무슨 짓이냐?"

갑작스런 살인에 남궁황이 검을 들고 있는 사내를 향해 노성을 터뜨렸다. 그러자 사내가 나직하고 음울한 어조로 말했다.

"대인께 불경하는 자는 죽음뿐이다."

순간 서늘한 한풍이 장내를 휩쓸었다. 지금 장내에 서 있는 고수들 중에는 불궁천 말고도 영락대인 야율거공의 수하들이 더 숨어 있었던 것이다.

그 생각이 사람들 머릿속에 미치자 지하 광장을 채우고 있던 고수들이 모르는 사람으로부터 본능적으로 거리를 벌렸다.

"그대는 참으로 음흉하구려."

청진자가 다시 영락대인을 보며 말했다.

"음흉한 게 아니라 걱정이 많다고 해둡시다. 난 나 자신의 안위를 위해서 약간의 준비를 해둔 것뿐이오."

"누가 그대를 해친다고 했소?"

"후후, 천하의 기보가 눈앞에 있는데 어찌 사람의 마음을 믿겠소. 하지만 너무 걱정 마시오. 여러분이 내 말을 잘 따르면 내가 준비한 계책들이 여러분을 상하게 하는 일이 없을 테니."

"어서 우릴 이곳으로 부른 이유나 말해보라!"

남궁황이 검을 빼 들어 야율거공을 가리키며 소리쳤다. 그러자 야율거공이 천천히 좌우로 걸음을 걸으며 말했다.

"좋소이다. 잘 들으시구려. 강호에 난 소문은 모두가 사실이오. 이 오릉이 몇몇 도굴꾼에 의해 발견된 것도 사실이고, 내가 그들이 무한 저자에 내다 판 몇몇 물건을 보고 오릉의 존재를 확인한 것도 사실이오. 그리고 모든 사람들이 그렇듯이 사실 나도 다른 사람들과 오릉의 보물을 나눌 생각은 없었소. 난 그렇게 욕심이 없는 사람이 아니라서 말이오."

야율거공이 천천히 걸음을 옮겨 광장의 우측 벽면을 타고 북쪽으로 이동했다. 광장의 북쪽은 다른 곳보다 지대가 약간 높았고, 황금문 앞엔 보배로운 청석이 한 자 높이로 깔려 있어 마치 화려한 제단 모양을 하고 있었다. 야율거공은 그 청석 위에 올라서며 계속 말을 이었다.

"난 내가 세상에서 가장 뛰어난 사람이라고 자신하고 있었소. 해서 오릉의 보물을 차지하는 데도 다른 사람의 도움이 전혀 필요치 않다고 생각했소. 그런데 이 오릉은 나의 그런 자신감을 일거에 깨뜨리고 말았소."

야율거공이 뒤로 신형을 움직여 황금빛으로 빛나는 문을 쓰다듬었다. 그의 눈에서 탐욕의 빛이 일렁였다.

"오릉을 여는 데 문제라도 있었다는 거요?"

금천장주 금선웅이 침착한 목소리로 물었다. 그러자 야율거공의 시선이 금선웅에게로 향했다.

"금천장주시구려. 그래, 대야께서는 잘 계시오?"

순간 금천장주 금선웅의 얼굴이 사색이 되었다. 야율거공의 한마디는 마치 금천장주의 심장에 일검을 쑤셔넣은 듯한 효과가 있는 듯 보였다. 금천장주는 경악스런 표정으로 야율거공을 바라보며 떨리는 목소리로 물었다.

"그, 그대가 어떻게······."

"후후후, 세상에 비밀이란 존재하지 않소. 그를 만나거든 전해주시오. 아마도 이번 생은 그의 때가 아닌 것 같다고 하더라고."

"다, 당신······!"

"자자, 그 이야기는 이쯤 합시다. 지금은 모두 오릉의 일이 궁금한 듯하니."

야율거공이 말꼬리를 돌렸다. 그러나 기실 장내의 사람들은 오릉의 보물보다도 금천장주가 이렇게 놀란 이유가 더 듣고 싶었는지도 몰랐다. 하지만 야율거공은 금천장의 일을 더 이상 입에 올리지 않았다. 대신 다시 오릉의 문제를 끄집어냈다.

"오릉은 근 천여 년 전에 만들어졌소. 하지만 모두 경험하셨 겠지만 오릉을 만든 사람들의 솜씨는 놀라울 정도로 대단하 고, 아마 지금도 이런 능을 만들어내는 것은 거의 불가능할 거 요."

야율거공의 말에 장내의 사람들이 저도 모르게 고개를 끄덕 였다. 그들이 뚫고 온 생사미로의 기관들은 과연 사람이 만든 것이라고 믿기 어려울 정도로 정교하고 놀라운 것이었다.

"이건 정말 황금이오."

야율거공이 엉뚱한 말을 꺼냈다. 그의 손은 황금빛으로 빛 나고 있는 문을 짚고 있었다.

"그 문 전체가 황금이란 말이오?"

누군가가 소리쳐 물었다. 그러나 이번에는 입을 연 자의 목 을 베는 사람이 없었다. 야율거공 역시 순순히 그의 말에 대답 했다.

"그렇소. 이 문의 두께는 적어도 한 자 이상, 넓이는 이 장에 달하오. 그러니 이 황금문의 가치는 말하지 않아도 알 거요. 그러나 이 황금문은 사실 그 안에 들어 있는 보물에 비하면 그 리 가치있는 것도 아니오. 내가 말한 오릉삼보는 실제로 존재 하는 것이고, 그 가치는 이 황금문에 비할 바가 아니오. 그런데 아쉽게도……."

야율거공이 정말 아쉬운 표정을 지으며 말꼬리를 흐렸다. 그리고는 한동안 황금문을 뚫어지게 바라보다 다시 입을 열었 다.

"정녕 아쉽게도 나 혼자서는 결코 이 문을 열 수가 없었소. 이 문은… 천하의 그 누구도 홀로 열 수 없는 문이오."

"어째서 그렇소? 그대의 능력이라면 불가능한 것이 없을 것 같은데?"

청진자가 비웃음이 섞인 음성으로 물었다. 그러나 야율거공은 청진자의 말에 전혀 분노의 빛을 보이지 않았다. 대신 그는 고개를 저으며 탄식하듯 말했다.

"나도 의외였소. 천하에 내가 하지 못하는 일이 있다는 것이 말이오. 사실 조금 좌절하기도 했지. 하지만 다시 생각해 보면 인간의 능력은 유한한데 어찌 세상의 모든 일을 해낼 수 있겠소. 그렇다면 그는 신이지 인간이 아니지 않겠소? 난 신이 아니오. 그저 한 사람의 인간이지."

야율거공의 말에 사람들이 그의 너무도 현실적인 말에 오히려 불안감을 느꼈다. 보통 자신의 능력을 과신하는 자보다는 스스로 능력의 한계를 인정하는 자가 더 무서운 법이다. 왜냐하면 그런 자는 다른 수단을 강구할 지혜를 가지고 있기 때문이다.

"그래서 여러분이 필요했던 거요."

야율거공이 황금문에서 손을 떼고 다시 청석의 앞자락까지 나와 섰다.

"어찌해야 그 문이 열리는 것이오?"

남궁황이 탐욕을 드러내며 물었다.

"이미 여러분은 나를 위해 많은 일을 해주었소."

야율거공이 미소를 지으며 말했다.

"그게 무슨 소리요?"

남궁황이 경계심을 드러내 물었다.

"알겠지만 이 오릉에는 사람이 만든 것이라고는 믿을 수 없을 만큼 정교한 기관이 펼쳐져 있소. 내가 처음 이 황금문 앞에 섰을 때 난 절망할 수밖에 없었소. 왜냐하면 어떤 방법을 동원해도 이 문을 열 수 없었기 때문이오. 스스로 천하에 하지 못할 일이 없다고 자부하던 나에게는 정말 수치스러운 순간이었소."

투툭!

야율거공이 짐짓 다시 황금문으로 다가가 한 손으로 문을 두드렸다.

"당신의 신세한탄이나 듣자고 여기 있는 것이 아니오!"

남궁황이 차가운 목소리로 말했다.

"물론 나도 신세한탄이나 하자고 당신들을 부른 것은 아니오. 후후, 당신들은 모르고 있겠지만 당신들이 통과한 다섯 개의 생사미로는 모두 이 황금문과 연결되어 있소. 그중 하나라도 파훼되지 않으면 이 황금문은 열리지 않는단 말이오. 나 혼자서는 도저히 그 다섯 관문을 동시에 파훼할 수가 없었소. 그래서 당신들을 이곳에 끌어들인 거요. 그리고 예상대로 당신들은 나를 위해 그 관문들을 파훼해 주었지. 하하하!"

야율거공이 통쾌한 듯 너털웃음을 터뜨렸다. 그러자 남궁황이 다시 소리쳤다.

"그래서 우릴 끌어들인 거라면 당신은 큰 실수를 하고 말았군!"

남궁황의 말에 야율거공이 빙그레 미소를 지으며 물었다.

"내가 무슨 실수를 했다는 거요?"

"늑대를 내몰려다 호랑이를 끌어들이는 경우가 바로 이런 경우라고 할 수 있을 것이오. 그대는 그 문을 열기 위해 우리를 끌어들였지만 결국 오릉의 보물은 당신의 것이 될 수 없을 거요. 강호의 고수들을 이곳에 불러 모았으니 어찌 그대의 손에 그 보물들이 들어갈 수 있겠소?"

남궁황이 비릿한 미소를 지으며 말했다. 그러자 야율거공이 고개를 저으며 말했다.

"아, 그런 걱정일랑은 하지 마시오. 난 오늘 이 오릉의 보물을 얻을 뿐만 아니라 아주 강하고 충실한 수하들도 얻게 될 테니까."

"설마 그대의 수하들이 우리 모두를 상대할 수 있다고 생각하는 거요?"

"후후, 물론 그건 불가능한 일이겠지. 하지만 굳이 내 수하들이 당신들을 상대할 필요는 없소. 왜냐하면 그대들 또한 이제부터 나의 수하가 될 테니 말이오. 하하하! 이런 것을 일석이조라고 하던가!"

야율거공의 오만한 웃음이 지하 광장을 뒤흔들었다. 순간 장내의 고수들 중 한 명이 검을 뽑아 들고 야율거공을 향해 달려들며 소리쳤다.

"너 따위 서생 나부랭이의 수하가 되기 위해 이곳에 온 것이 아니다!"

콰아아!

어느새 사내가 청석 위로 날아올라 야율거공의 가슴을 번개처럼 찌르고 있었다. 순간 야율거공의 눈에서 차가운 살기가 일어났다.

슥!

야율거공이 한 발을 옆으로 움직이는 순간 그의 신형이 허깨비처럼 그 자리에서 사라졌다.

"헛!"

애꿎게 허공을 가른 검을 급히 회수하며 사내가 헛바람을 토해냈다. 그 순간 사내의 뒤쪽으로 검은 그림자가 나타나더니 단번에 사내의 목을 베어냈다.

투툭!

죽은 자의 몸과 머리가 붉은 피를 뿌리며 청석 위에 너부러졌다. 그 앞에 짐승 가죽으로 옷을 해 입은 사내가 한 자루 도를 들고 서 있었다.

"악노! 손이 너무 거칠지 않은가? 손님들을 모셔놓고!"

어느새 다시 청석 위에 모습을 드러낸 야율거공이 도를 든 사내를 보며 나무랐다.

"죄송합니다, 대인! 그만 버릇이 되어서……."

"쯔쯔, 자넨 항상 그 거친 성정이 문제야. 생각해 보게. 이들은 결국 나의 충실한 수하들이 될 터인데 이들을 상하게 해서 내게 득이 되는 일이 무엇이 있겠는가?"

야율거공의 말에 악노라 불린 사내가 머리를 조아리며 말했다.

"죄송합니다, 대인. 다음부터는 조심하겠습니다."

"뭐, 자네의 마음을 모르는 바 아니니 그만 물러나 있게."

툭!

악노를 뒤로 물리며 야율거공이 청석 위에 널브러진 시신을 발로 찼다. 그러자 시신이 오 장을 넘게 날아가 장내에 서 있는 고수들 앞에 떨어져 내렸다. 비록 악노의 행동이 거칠다고 타박을 주었지만 야율거공의 행동 또한 거친 것은 마찬가지였다.

"갑자기 불나방 하나가 끼어들어 잠시 소란이 있었소. 앞으로는 이런 일이 없기를 바라겠소."

야율거공이 장내의 고수들을 보며 경고를 했다. 그러자 청진자가 조용히 물었다.

"도대체 그대는 어떤 자신감에서 우릴 당신의 수하로 만들 수 있다고 말하는 것이오?"

"역시 청진자께서는 침착하시구려. 이제야 제대로 된 질문이 나오니 나도 제대로 답을 해주겠소. 당 노사, 그대가 나설 때가 된 것 같군."

야율거공의 말에 갑자기 장내의 고수 중 다른 한 명이 신형을 날려 청석 위로 올라갔다. 그리고는 야율거공을 향해 정중하게 허리를 굽혀 인사를 한 후 천천히 사람들을 향해 신형을 돌렸다.

"안녕들 하시오. 난 당천용이라 하오."

"당… 천용!"

"독선 당천용!"

갑자기 여기저기서 탄성이 흘러나왔다.

"어떤 자죠?"

허소산이 나직하게 설도우에게 물었다.

"당문 최고의 고수로 알려진 자입니다. 지금 당문의 문주는 당월이란 자인데 저 당천용이란 자는 그의 숙부뻘 되는 사람이지요. 독술로는 당문 제일인자입니다."

"그런 자가 야율거공의 수하가 되었다는 건가요? 그럼 당문이 그의 손에 넘어간 걸까요?"

"그건 모르겠습니다. 본래 당천용과 당문의 문주인 당월은 사이가 좋지 않은 것으로 알려져 있습니다. 적통을 따라 당월이 문주가 되었으나 무공으로는 당천용이 당월을 능가하는 터에 서로 간에 알력이 있었다고 했지요. 하니 당천용이 당문을 떠났을 수도 있습니다."

"음, 당문은 문도의 배신을 용납하지 않지 않습니까?"

원보가 물었다. 그러자 설도우가 고개를 끄덕였다.

"그렇긴 하지만 당천용 정도 되는 고수는 당문에서도 어쩔 수 없지요. 그가 새 주인을 찾았을 수도 있습니다."

설도우가 당천용에 대해 설명하는 사이 청진자가 당천용에게 말을 건넸다.

"당 노사, 오랜만이오."

"그렇구려. 아마 우리가 본 지 십오 년은 되었을 것 같구려."

당천용이 고개를 끄덕였다.

"그리되었지요. 서안에서 본 이후 처음이니. 그런데 혹 당문을 떠난 것이오?"

"떠났다기보다는 잠시 나와 있다고 해둡시다. 이곳 일이 정리되는 대로 당문으로 돌아갈 생각이오."

"주인을… 찾은 것이오?"

"그렇소. 이 당천용은 천하의 주인이 되실 분을 만나는 영광을 얻었소. 물론 그 영광이 곧 그대들에게도 돌아갈 테지만."

"당문을 배신한 것이구려."

"배신? 글쎄, 능력도 없으면서 문주 자리를 꿰차고 있는 애송이를 몰아내려는 것이 배신이라면 배신이겠지. 하지만 다른 문도들은 날 환영할 것이오. 당문을! 사천맹을! 천하의 지배자로 만들어줄 테니까."

당천용이 도도한 눈초리로 장내의 고수들을 둘러보며 말했다. 그러자 이번에는 남궁황이 혀를 차며 말했다.

"당문도 다 되었군. 문파의 최고 어른이란 자가 사욕에 어두워 가문을 배신하다니……."

"흐흐, 말을 가려서 하시오, 남궁 노사. 이 자리에서 말을 잘못했다가는 목숨을 부지하기 어려울 것이오."

"당신이 독의 대가란 것은 알고 있지만 혼자 이 많은 사람을

상대할 수는 없소. 영락대인께선 이자 하나를 믿고 우릴 협박한 거요?'

남궁황이 비웃음을 흘리며 물었다. 그러자 영락대인이 미소를 지으며 대답했다.

"그렇소. 여기 당 노사께서는 명성대로 독을 아주 잘 다루더이다. 해서 나의 일이 한결 수월해졌소."

"그는 하독할 기회를 얻지 못할 거요!"

어느새 장내의 고수들이 일제히 도검을 빼 들었다. 그러자 당천용이 불쑥 손을 들며 사람들을 제지했다.

"잠깐 내 말을 더 들어보시오."

"흥, 더 이상 무슨 말이 필요하단 말이냐? 간교한 수작으로 무림의 영웅들을 위급에 빠뜨린 죄만으로 당신은 강호의 공적이 될 것이다!"

남궁옥룡이 호기를 드러내며 소리쳤다. 그러자 당천용의 표정이 급변했다.

"네놈은 남궁옥룡이로구나."

"그렇다. 내가 바로 삼문삼협 남궁옥룡이다!"

"후후, 나이도 적지 않은 놈이 어리석기는. 내게 불경한 대가로 네놈은 고생을 좀 해야 할 거다."

"흥, 그전에 당신이 내 손에 죽겠지."

"어리석은 놈, 자신이 어느 지경에 처해 있는지도 모르면서 기고만장하기는. 쯔쯔! 잘들 들으시오. 여러분은 이미 모두 독에 중독되었소!"

당천용의 목소리가 장내를 쩌렁하게 울렸다. 순간 도검을 빼 들고 당천용과 영락대인을 향해 달려들려던 고수들이 움직임을 멈췄다.

"우리가 독에 중독되었다고 했소?"

청진자가 서늘한 눈으로 당천용을 보며 물었다. 그러자 당천용이 고개를 끄덕였다.

"그렇소. 당신들은 이미 독에 중독되었소."

"당신에겐 그럴 기회가 없었을 텐데?"

"후후, 이렇게 많은 사람을 상대로 내가 어찌 일일이 하독을 할 수가 있겠소. 그건 전설의 독황이 살아 돌아와도 불가능한 일이오."

"그렇다면 어떻게 당신이 우리를 중독시켰다는 거요?"

"사실대로 말하자면 난 그저 독을 만들었을 뿐이고 그대들을 중독시킨 분은 바로 대인이시오."

당천용이 득의한 표정으로 말했다.

"그 말을 우리보고 믿으라는 거요?"

남궁황이 믿을 수 없다는 듯 되물었다.

"믿지 못하겠다면 지금 즉시 진기를 끌어올려 보시오. 아마도 사용할 수 있는 진기가 평소의 삼 할에도 미치지 못할 거요."

당천용의 말을 불신하면서도 사람들이 저마다 자신의 진기를 점검하기 시작했다. 그리고 잠시 후 이곳저곳에서 당혹한 음성이 흘러나왔다.

"이, 이럴 수가!"

"이게 도대체……!"

"진기가… 진기가 남아 있지 않아!"

장내가 순식간에 술렁이기 시작했다. 진기를 점검한 고수들은 당천용의 말처럼 자신들의 진기가 평소의 삼 할에도 미치지 못한다는 사실을 알아챘다.

"으음, 이런 일이……."

남궁황 등 장내의 고수 중 절대고수 소리를 듣는 자들조차도 진기의 감소를 피해가지는 못한 모양이었다.

"어찌 된 일이오?"

청진자가 당천용을 노려보며 물었다.

"내가 말한 그대로요. 그대들은 독에 중독되었소. 아! 그렇다고 너무 걱정들 하지는 마시오. 그대들이 중독된 독이 극독은 아니니 목숨이 위태롭지는 않을 거요. 하지만 무인에게는 무척 위험한 독이긴 하오. 공력이 소실되는 독이니까."

"산공독을 쓴 것이냐?"

남궁황이 더 이상 참지 못하겠다는 거친 말투로 소리쳤다.

"그렇소. 그대들은 모두 산공독에 중독되었소."

당천용이 고개를 끄덕였다.

"산공독 따위……! 욱!"

남궁황이 갑자기 가슴을 움켜쥐며 신음성을 흘렸다.

"아, 내가 미처 말해주지 않은 것이 있소. 미안하오. 그대들이 중독된 산공독은 보통 산공독이 아니오. 그 산공독은 파정단이라는 것인데, 내가 당가의 비전에 나만의 독특한 방법을 더해 새롭게 만든 독이라오. 무리하게 진기를 끌어올리면 심장에 무리를 주어 주화입마에 빠질 수 있으니 조심들 하시오."

당천용의 말에 장내 고수들 얼굴이 파랗게 질렸다. 본래 산공독은 잠시 공력을 흩어지도록 하는 것이 전부로 사람의 목숨을 위협하는 것이 아니었다. 그래서 절대지경에 이른 고수들 중에는 산공독에 중독되고도 절정의 무공을 시전할 수 있는 사람들도 있었다.

그런데 당천용이 사람들에게 중독시킨 독은 강호의 일반 산공독과는 다르게 중독된 자를 주화입마에 빠뜨릴 수도 있는 무서운 독이었던 것이다.

"도대체 언제 우리를 중독시킨 것이오?"

청진자가 독에 중독된 것은 어쩔 수 없다는 듯 중독된 경위를 물었다. 그러자 당천용이 빙그레 미소를 지으며 대답했다.

"그대들은 이 현조봉에 오르면서 지도에 그려진 대로 안개 가득한 산길을 걸어 올라왔을 거요. 산공독은 바로 길 주변에 퍼진 안개에 포함되어 있었소."

"이해할 수 없군. 우리가 독의 존재도 모를 정도로 허술한 사람들은 아닌데……."

청진자가 고개를 갸웃했다.

"물론 평소대로 하독을 했다면 그대들은 금세 독의 존재를 알아챘을 거요. 그러나 대인께선 아주 옅게 산공독을 연무에 섞으셨소. 짧은 호흡으로는 몸에 전혀 이상을 느끼지 못할 정도로 말이오. 그러나 가랑비에 옷 젖는다고, 연무에 장시간 노출되면서 자신도 모르는 사이에 중독되고 말았던 것이오. 아, 이 하독 방법에는 또 하나의 이점이 있는데, 그렇게 느리게 중독된 덕분에 독의 기운이 나타나는 데에도 역시 제법 시간이 걸린다는 것이오. 그대들이 생사미로를 통과해 이곳에 도착할 때까지 공력을 제대로 쓸 수 있었던 것은 바로 그 때문이오."

"아아!"

"으음!"

곳곳에서 나직한 침음성이 흘러나왔다. 누군가는 절망적인 마음에서인지 그 자리에 주저앉는 사람도 있었다. 그러자 당천용이 다시 입을 열었다.

"자, 일이 이렇게 되었으니 그대들은 오늘 대인의 제안을 거절할 수 없을 것이오. 물론 가끔 목숨을 버리고 명예를 택하는 자가 있기는 하지만 대인께서 그대들에게 요구하는 것이 목숨을 버릴 만큼 불의하거나 또한 그대들에게 큰 손해가 나는 것은 아니니 부디 대인의 제안을 거절하지 마시기 바라오."

"원하는 것이 무엇이냐?"

어느덧 가슴에 이는 고통에서 벗어난 남궁황이 당천용 뒤에서 있는 야율거공을 보며 물었다. 그러자 야율거공이 당천용 앞으로 나서며 말했다.

"내가 그대들에게 바라는 것은 그리 어려운 것이 아니오. 앞으로 나는 강호에서 몇 가지 일을 할 생각이오. 그때 당신들이 날 도와주면 되는 것이오."

"당신이 하려는 일이 무엇이오?"

청진자가 물었다. 그러자 야율거공이 고개를 저었다.

"지금으로선 말해줄 수가 없소. 그대들이 확실히 내 사람이 된 이후에 말해주겠소. 지금은 그대들의 마음을 정하는 것이 우선이오. 모두 나서라!"

갑자기 야율거공이 날카롭게 외쳤다. 그러자 사람들이 통과한 생사미로 안에서 수십 명의 검은 무복 사내들이 모습을 드러냈다. 그리고는 산공독에 중독된 고수들을 둥글게 에워쌌다.

그러자 장내의 고수들도 일제히 도검을 빼 들었다. 비록 산공독에 중독되었다고는 해도 오릉에 든 고수들은 모두 강호 일류고수들일뿐더러 그 숫자에 있어서도 야율거공의 수하들을 능가하고 있었다.

"쉽게 우릴 굴복시키지는 못할 것이다!"

남궁황이 노성을 흘리며 소리쳤다.

"목숨을 가볍게 생각하지 마시구려."

야율거공이 최후의 경고를 하듯이 말했다.

"흥, 이곳에서 한 사람이라도 살아나간다면 영락대인 그대의 모든 계획은 수포로 돌아갈 것이다. 강호 공적이 되어서도 과연 그렇게 큰소리를 칠 수 있는지 보겠다."

"하하하! 누가 있어 감히 이곳을 빠져나갈 수 있단 말인가? 나 야율거공이 펼쳐 놓은 천망을 뚫을 자는 없다! 비단 오늘 이 오릉뿐 아니라 곧 강호 천하에도 나의 천망이 드리울 것이다!

그러니 그대들은 나의 그늘로 들어오라! 그러면 천하패자의 자리를 계속 유지할 수 있을 것이다!'

야율거공이 사뭇 달라진 표정과 음성으로 소리쳤다. 그에게선 지금껏 볼 수 없었던 절대자의 기운이 느껴졌다.

야율거공의 기세에 눌린 것일까. 장내의 고수 몇몇이 도검을 버리고 흑의인들 쪽으로 다갔다. 그러자 흑의인들은 항복한 자들을 야율거공이 있는 청석 쪽으로 보냈다.

"어서 오라. 그대들은 현명한 선택을 하였다. 내가 그대들에게 천하를 줄 것이다. 당 노사!"

"예, 대인!"

"이들에게 약속의 증표를 내리시오."

"알겠습니다."

당천용이 고개를 숙여 보이고는 품속에서 작은 환약을 꺼내 항복을 한 사람들에게 나눠 주었다.

"즉시 복용하시오. 산공독이 해독될 거요."

당천용의 말에 항복한 자들이 희색을 하며 받아 든 환약을 삼켰다. 그런데 그들이 환약을 삼킨 직후 다시 당천용이 입을 열었다.

"당신들이 복용한 환약은 내가 최근 특별히 만든 것이오. 이름을 충환(忠丸)이라고 붙였는데, 바로 대인께 충성을 맹세하는 환약이란 뜻이오. 그 환약은 사실 영약에 가까운 것이기는 하지만 한 가지 무서운 기운도 지니고 있소."

당천용의 말에 환약을 삼킨 자들이 흠칫한 표정으로 당천용을 바라봤다. 그러자 당천용이 한줄기 미소를 지으며 말을 이었다.

"그 충환에는 일월산이라는 독이 포함되어 있소. 일월산은 한 달에 한 번 해약을 복용해야 하는 독이오. 만약 해약을 복용치 않으면 한 달이 지난 후 오 일 안에 심맥이 터져 죽게 되오. 그러니… 그대들은 대인께서 하사하시는 해약을 한 달에 한 번 복용해야 하오. 충성을 맹세한 이상 해약은 언제든 제공될 것이니 걱정 마시오."

당천용의 말에 충환을 복용한 자들의 얼굴이 사색이 되었다. 이런 식이라면 그들은 완전히 야율거공의 노예가 된 것이나 마찬가지다. 이제 그들은 평생 야율거공의 수하로 살아야 할 터였다.

"자, 이제 운기들을 하시오. 일각이면 산공독이 해독될 거요. 당장 오늘 할 일이 많으니 서두르시오!"

당천용의 말에 충환을 복용한 자들이 잠시 망설이는 듯하다가 어쩔 수 없다는 광장의 한쪽으로 몰려가 운기에 들어갔다. 그 모습을 보고 있던 야율거공이 장내의 고수들을 보며 다시 입을 열었다.

"내가 오늘 준비한 것은 지금 그대들이 보고 들은 대로요. 난 이제 이 황금문을 열고 그 안의 보물을 얻을 생각이오. 혹 나와 함께 오룡의 보물을 구경하고자 하는 자는 얼른 충환을 복용하시오. 하하하!"

야율거공의 웃음소리가 쩌렁하게 광장에 울려 퍼졌다.

허소산은 야율거공의 웃음소리를 들으며 잡고 있던 허산왕의 손을 놓았다. 그리고는 허산왕을 보며 말했다.

"이젠 괜찮으실 거예요. 운기해 보세요."

허소산의 말에 허산왕이 고개를 갸웃하더니 진기를 끌어올렸다. 그리고는 화들짝 놀란 표정으로 허소산을 바라봤다.

"이게 어찌 된 일이냐?"

"천독공은 천하의 모든 독을 다스리지요."

"음, 나도 천독공이 대단한 줄은 알았지만……."

"아버지도 독정의 구결은 알고 계시니 제가 아니었어도 산공독을 해독할 수 있으셨을 거예요. 단지 지금은 사정이 급하니 시간을 끌 수 없어 제가 도와드린 거예요."

"어쩔 생각이냐?"

"감히 독경의 경주 앞에서 독을 썼으니 그 대가를 치러줘야겠지요."

허소산이 빙그레 미소를 짓고는 천천히 앞으로 걸어나갔다.

"그대가 당가 출신이라고 했나?"

불쑥 사람들 앞으로 걸어나온 허소산이 오만한 표정으로 당천용에게 물었다. 그러자 당천용의 얼굴에 노한 기색이 어렸다. 한눈에 보아도 갓 스무 살을 넘었음 직한 애송이가 자신에게 하대를 해대고 있으니 산전수전 다 겪은 당천용으로서는 노할 수밖에 없었다.

"네놈은 누구냐?"

당천용은 허소산을 본 적이 없으니 당연히 그의 존재를 모를 수밖에 없었다.

"네 주인에게 물어보아라."

허소산이 유들거리는 표정으로 대답했다. 그러자 당천용이 야율거공을 돌아봤다.

"파 대협, 오랜만이오."

야율거공 역시 한껏 여유를 부리고 있었다. 이미 장내의 상황이 자신이 의도한 대로 흘러가고 있었기에 이 상황에선 아무리 허소산이라도 어쩔 도리가 없을 거라 생각한 모양이다.

"오늘은 제법 준비를 많이 한 것 같구려. 지난번 봉화호에서는 영 어수룩하더니……."

허소산이 비웃음을 흘리며 말했다. 그러자 야율거공의 표정이 딱딱하게 변했다.

"지금 그대가 여유를 부릴 입장이 아닐 텐데?"

야율거공의 말에 허소산이 호탕한 웃음을 터뜨렸다.

"하하하, 설마 이따위 산공독으로 나 파금검을 어쩔 수 있다고 생각한 것이오?"

허소산의 요란한 응대에 야율거공의 표정이 살짝 변했다.

"설마 그대는 산공독 따위는 무시할 수 있다는 건가?"

"물론, 산공독 따위를 두려워할 내가 아니지. 모두 들으시오. 너무 걱정들 마시구려. 이 파금검이 오늘 저자가 펼쳐 놓은 천망이란 것이 얼마나 허술한지 보여줄 테니까."

"흐흐흐, 애송이 놈, 네가 감히 파정단을 이겨낼 수 있다고 지껄이고 있는 것이냐?"

당천용이 한 걸음 앞으로 나오며 소리쳤다.

"이따위 독은 내겐 개미에 물리는 것보다도 간지러운 것이지!"

허소산이 여전히 오만함을 드러내며 말했다. 그러자 당천용이 고개를 돌려 야율거공에게 말했다.

"대인, 저 애송이를 제게 맡겨주십시오. 대인께 불경한 죄의 대가가 어떤 것인지를 만인에게 보이도록 하겠습니다."

"그는… 제법 대단한 사람이오."

"그렇긴 하지만 파정단에 중독된 자입니다. 부디 제게 저 오만한 자를 벌할 기회를 주십시오."

"좋소. 하지만 그를 죽이지는 마시오. 그는 제법 쓸모가 있는 자라오."

"알겠습니다. 곧 대인의 발밑에 엎드리게 만들겠습니다."

굳은 표정으로 대답을 한 당천용이 훌쩍 신형을 날려 청석 위에서 내려와 허소산 앞에 섰다.

"애송이, 각오는 되어 있으렷다!"

"각오를 해야 할 자는 내가 아니라 늙은이지!"

허소산이 여전히 오만한 표정으로 말했다. 그러자 당천용이 두 손을 들어 올리며 말했다.

"놈! 사지 중 하나를 잘라 병신을 만들어주겠다!"

파팟!

당천용이 번개처럼 두 팔을 휘둘렀다. 그러자 그의 손에서 순식간에 네 개의 암기가 흘러나왔다.

"홍!"

허소산이 한마디 비웃음을 흘리며 손에 든 검을 휘둘렀다. 검이 검집에서 나오지도 않은 상태였다.

파팍!

당천용이 날린 암기들은 허소산의 검집에 날카롭게 꽂혀들었다.

푸스스!

순간 허소산의 검집에서 매캐한 연기가 피어올랐다.

"암기에 독을 발랐군."

허소산이 놀라는 기색도 없이 검집에 꽂힌 암기들을 살피며 중얼거렸다.

"제법 재주가 있구나!"

가볍게 자신의 암기들을 막아낸 허소산을 보며 당천용이 소리쳤다.

"흐흐, 이따위 잔재주로는 날 잡을 수 없을 거야."

허소산이 검을 휘둘러 검집에 꽂힌 암기들을 털어내며 말했다.

"좋아, 이제 제대로 상대해 주마!"

당천용이 한기를 흘리며 허소산을 향해 날아들었다. 그의 두 팔이 마치 독수리 날개처럼 어깨 위로 올라갔다.

퍼펑!

한순간에 허소산의 머리 위까지 날아온 당천용이 양손으로 동시에 장력을 터뜨렸다. 그러자 그의 손에서 푸르스름한 기운이 감도는 장력이 허소산의 머리를 향해 날아들었다.

슥!

허소산이 가볍게 걸음을 옮겼다. 그러자 그의 신형이 얼음 위를 미끄러지듯이 이동하며 당천용의 독장을 피해냈다.

콰쾅!

허소산을 노렸던 당천용의 장력이 광장의 바닥을 강타했다. 그러자 그 자리에서 녹색의 독무가 스멀거리며 피어올랐다. 주변에 있던 고수들이 일제히 걸음을 옮겨 독무를 피했다.

"흥! 도망가는 재주도 제법이구나!"

당천용이 자신의 독장을 피해 몸을 빼는 허소산을 향해 재차 달려들며 소리쳤다.

"흐흐, 가진 재주를 모두 펼쳐 봐라!"

허소산이 지지 않고 소리쳤다. 그러자 당천용이 이번에는 허소산을 향해 열 개의 손가락을 쫙 폈다.

지직!

순간 당천용의 손에서 날카로운 소음과 함께 열 개의 가느다란 지력이 거미줄처럼 뻗어나갔다.

"아아!"

"음!"

장내의 고수들 사이에서 나직한 탄성이 흘러나왔다. 당천용의 이 지공은 그야말로 절정의 경지에 오른 것이었다. 본시 지공은 조공을 극도로 수련한 고수들이 손끝에 공력을 모아 발출할 수 있는 경지에 올랐을 때 시현할 수 있는 무공이다. 그러므로 극강의 공력이 필요할뿐더러 한 손가락이 아닌 다섯 손가락 모두에서 지력을 발출하려면 삼매의 경지에 오른 공력이 아니고서는 불가능한 일이었다.

그런데 당천용은 열 손가락 모두에서 지력을 발출할 뿐 아니라 그 지력 하나하나가 살아 있는 듯 생생했다. 더불어 푸르스름한 기운을 지니고 있는 점으로 보아 지력에도 독 기운이 내포된 것이 분명했다.

당천용의 손가락에서 발출된 열 개의 지력이 거미줄처럼 허소산의 전신을 옭아 들어갔다. 허소산이 녹빛이 도는 당천용의 지력에 휘감겼다. 누가 보아도 허소산이 빠져나올 만한 공간은 없어 보였다. 그 순간 허소산의 검이 검집을 벗어났다.

투투툭!

검집을 벗어난 허소산의 검이 서늘한 검광을 번쩍이며 허공을 갈랐다. 그러자 단단한 쇠줄처럼 허소산을 옭아매던 당천용의 지력이 지푸라기처럼 맥없이 끊겨져 나갔다.

"음!"

극도의 공력을 끌어올려 회심의 공격을 가했던 당천용의 입에서 한마디 침음성이 흘러나왔다. 산공독에 당한 몸으로 자신의 지력을 단번에 끊어내는 허소산의 공력은 경악스러운 것이었다.

"늙은이, 사람을 잘못 건드렸다는 걸 알게 해주마!"

당천용의 모든 지력을 끊어낸 허소산이 훌쩍 신형을 날려 당천용을 향해 날아들었다.

"놈!"

자신을 향해 차가운 살검을 꽂아대는 허소산을 보며 당천용의 입에서도 한마디 노성이 흘러나왔다. 동시에 그의 손이 어지럽게 허공을 휘저었다.

스스스!

순간 허소산 앞으로 푸르스름한 녹무가 밀려들었다. 당천용이 강력한 독을 하독한 것이다. 그런데 기이하게도 허소산은 피하지 않고 그대로 독무를 뚫고 당천용을 향해 달려들었다.

"엇!"

"위험하다!"

두 사람의 싸움을 지켜보고 있던 사람들이 모두 놀라서 탄식을 흘려냈다. 아무리 뛰어난 고수라도 이렇게 전신이 독무에 노출되어서는 도저히 살아남을 수 없기 때문이다. 당천용의 얼굴에도 득의한 빛이 감돌았다.

"애송이, 그만 죽어라!"

독무에 휘감긴 이상 더는 힘을 쓰지 못할 거라 생각한 당천용이 호기를 드러내며 허소산을 향해 장력을 내쳤다.

쿠우웅!

당천용의 장력이 독무를 뚫고 나오는 허소산을 향해 밀려들었다. 허소산이 훌쩍 허공으로 날아올랐다. 그를 향해 닥쳐들던 당천용의 장력이 발 아래로 스치고 지나갔다. 그 순간 허소산의 검이 뱀처럼 당천용의 어깨를 찔렀다.

쿡!

"욱!"

당천용의 입에서 참기 힘든 신음성이 흘러나왔다. 당천용이 믿을 수 없다는 듯 허소산을 응시했다. 다음 순간 허소산의 발이 당천용의 턱을 강타했다.

"컥!"

당천용의 입에서 피와 신음성이 함께 터져 나왔다. 연이어 당천용의 몸이 삼 장 밖으로 날려가 광장 바닥에 떨어져 내렸다.

第三章
신위(神威)

"너… 독에 중독되지 않았구나!"

어깨에서 흘러내리는 피와 부서진 턱의 고통도 잊은 채 당천용이 소리쳤다. 그러나 그는 몸을 일으키지도 못하고 있었다. 그런데 그 순간 뒤쪽에 남아 있던 원보가 바람처럼 당천용에게 다가서더니 그의 혈도를 짚어버렸다. 그러자 당천용이 짚단 쓰러지듯 그 자리에 풀썩 무너졌다.

"너 따위가 감히 대거리할 분이 아니시다. 그나마 한 수 사정을 보아준 걸 감사하게 생각하거라."

단번에 당천용을 제압한 원보가 그의 신형을 툭 차서 광장 옆으로 치워 버리고는 재빨리 본래의 자리로 돌아왔다. 그 모습을 지켜보고 있던 허소산이 천천히 신형을 돌려 야율거공을 바라봤다.

야율거공의 표정은 기이하게 변해 있었다. 무심한 듯하지만 동공에는 당황한 빛이 보였고, 분노의 기색도 느껴졌다. 한편으로는 기이한 동물을 보는 듯한 호기심도 엿보였다.

"파정단에 중독되지 않았군."

야율거공이 당천용과 같은 말을 했다.

"물론 그따위 산공독에 중독될 내가 아니지."

허소산이 고개를 끄덕였다.

"궁금하군. 어떻게 산공독을 피한 거지? 지도에 난 길을 따라오자면 자연히 파정단에 노출될 수밖에 없었을 텐데……."

"글쎄, 내가 어떻게 그 독을 피했을까? 후후, 이제부턴 그대도 궁금한 것이 조금씩 늘어날 거야. 지금까지는 그대가 강호무인들의 호기심을 자극했지. 그 덕으로 이곳에 천망이라는 그럴듯한 그물을 치기도 했고. 그러나 가끔은 나처럼 하늘의 그물조차 가두지 못하는 사람이 있게 마련이야. 내가 어떻게 산공독을 피할 수 있었을까? 그대의 그 영리한 머리로 한번 추측해 보지 그러나?"

허소산이 비웃듯이 말했다. 그러자 야율거공이 차가운 미소를 지으며 고개를 저었다.

"난 쓸데없는 일에 심기를 허비하는 사람이 아니다. 네가 어떻게 멀쩡한 몸으로 이곳까지 왔는지 모르지만 그렇다고 해서 나의 천망이 흩어지는 것은 아니다. 너 정도는 충분히 제압할 준비를 해두었으니까."

"그래? 봉화호에서도 그렇게 생각했겠지. 하지만 결과는 어 떠했느냐? 결국 애꿎은 네 수하들만 죽이지 않았더냐? 후후."

허소산의 비웃음에 야율거공의 표정이 살짝 일그러졌다. 그 러더니 잠시 후 낮고 차가운 음성으로 입을 열었다.

"너와 말씨름할 생각 없다. 과연 네가 천망을 벗어날 수 있 는지 시험하겠다. 놈을 제압하라!"

야율거공의 명이 떨어지자 천하제일살객이라는 불궁천을 비롯해 다섯 명의 흑의무인들이 허소산을 상대하기 위해 몸을 날렸다. 그러자 설도우가 훌쩍 몸을 날려 허소산의 곁으로 다 가섰다.

"제가 하지요."

설도우의 말에 허소산이 고개를 저었다.

"아니에요. 이들은 제가 상대할 테니 신노께서는 저자를 살 펴주세요. 또 어떤 수작을 부릴지 모르니."

허소산이 나직하게 말했다. 그러자 설도우가 슬쩍 야율거공 을 보고는 고개를 끄덕였다.

"알겠습니다. 하지만… 조심하십시오."

"걱정 마세요. 전 독경주입니다."

"그렇지요. 제가 괜한 걱정을 했습니다. 그럼!"

설도우가 훌쩍 신형을 날려 원보와 허산왕이 있는 곳으로 돌아갔다. 그러자 허소산이 불궁천을 보며 말했다.

"재주를 보여라!"

"어린놈이!"

불궁천의 눈에 노기가 흘렀다. 천하제일살객답게 지금껏 불궁천의 손에 죽어간 고수의 숫자는 헤아릴 수 없었다. 불궁천이 가볍게 손을 저었다. 그러자 그와 함께 허소산을 상대하기 위해 나선 흑의고수들이 일제히 허소산에게 검을 겨누었다.

허소산은 차갑게 밀려드는 살기를 받으면서도 유유히 걸음을 옮겼다. 그에 따라 불궁천과 흑의무사들도 미끄러지듯 신형을 이동시켰다. 허소산은 야율거공이 서 있는 청석 바로 밑까지 이동해 걸음을 멈췄다. 그리고는 불쑥 고개를 들어 야율거공을 보며 말했다.

"지금이라도 천망을 거두고 그만 돌아가는 것이 어떤가?"

"네가 특출 난 재주가 있다는 건 인정하겠지만 오늘 이곳이 너의 무덤이 될 것이란 걸 약속하마. 죽여라!"

야율거공의 입에서 차가운 명이 떨어졌다. 그러자 불궁천과 다섯 흑의무사가 일제히 허소산을 향해 뛰어들었다.

삭!

허소산의 머리칼 몇 올이 허공으로 날아올랐다. 불궁천의 검은 명성대로 무섭기 이를 데 없는 살검이었다. 보통의 검보다 조금 길고 가는 검이 만들어내는 검기는 날카롭기 이를 데 없었다. 한 치의 군더더기도 없는 그의 검법은 살검의 모든 정수가 깃들어져 있는 듯했다.

허소산의 머리칼을 베어낸 불궁천이 흐릿한 잔영을 남기며 허소산을 스치고 지나갔다. 그러자 그 뒤를 이어 다섯 명의 흑의사내가 일제히 허소산을 향해 검을 들이밀었다. 순간 허소산이 살짝 무릎을 굽히며 검을 위로 치켜들었다.

"죽어랏!"

다섯 사내의 입에서 동시에 고함이 터져 나왔다.

차앙!

그물이 엮이듯 다섯 개의 검과 허소산의 검이 허공에서 엮여들었다. 허소산은 혼자의 힘으로 다섯 명의 검을 자신의 머리 위에서 막아내고 있었는데, 그럼에도 불구하고 그의 얼굴에는 어떤 긴장도 보이지 않았다.

"죽어랏!"

불궁천이 고함을 터뜨리며 다섯 명의 검을 홀로 받치고 있는 허소산을 향해 달려왔다. 순간 허소산의 눈에서 한줄기 섬광이 번뜩였다.

"엇!"

한순간 당혹한 음성과 함께 막강한 힘에 밀린 흑의사내들의 검이 꽃이 피듯 허소산의 검에서 떨어져 나왔다. 그리고 그 순간 허소산의 몸이 바람처럼 회전하며 검을 뿌렸다.

사삭!

섬뜩한 절단음이 일어났다.

"악!"

"욱!"

두 마디의 신음성이 흘러나오더니 허소산을 공격했던 흑의사내 중 둘이 허리에서 피를 뿌리며 쓰러졌다. 나머지 세 사람도 허소산의 검을 겨우 피하기는 했지만 다시 공격할 엄두를 내지 못하고 훌쩍 뒤로 물러났다.

그사이 불궁천의 검이 허소산을 노리고 달려들었다.

창!

한순간에 두 명의 적을 벤 허소산의 검이 불궁천의 검을 비껴 막았다. 어둑한 광장에 벼락같은 섬광이 일었다가 사라졌다.

"익!"

허소산과 검을 맞댄 불궁천이 이를 갈며 힘을 썼다. 그의 눈에는 상상하지 못했던 강력한 허소산의 공력에 대한 놀람이 고스란히 드러나 있었다.

"이제… 상대를 잘못 골랐다는 것을 알겠나?"

허소산이 검을 맞댄 불궁천을 보며 미소를 지으며 물었다.

"죽인다!"

불궁천의 입에서 짙은 살의를 머금은 목소리가 흘러나왔다.

"그래야 할 거야. 아니면 당신이 죽을 거니까. 그런데 기회가 있을까?"

허소산의 말이 채 끝나기도 전에 불궁천의 한 손이 검에서 물러나더니 번개처럼 허소산의 옆구리를 파고들었다. 그의 손에는 세 갈래로 갈라진 기병이 들려져 있었는데 아마도 적을 기습할 때 사용하는 그의 독문병기인 모양이었다.

순간 허소산의 몸이 기이한 각도로 꺾이면서 불궁천의 뒤쪽으로 돌아갔다. 검은 여전히 불궁천의 검을 막고 있었는데, 덕분에 불궁천의 손은 자신의 몸을 휘어감을 뿐 허소산을 따라

붙지 못했다.

쿵!

한순간 묵직한 타격음이 불궁천의 등에서 일어났다. 불궁천의 뒤로 돌아간 허소산이 어느새 무릎으로 불궁천의 등을 가격했던 것이다.

"컥!"

불궁천의 입에서 검은 피와 신음성이 동시에 토해졌다. 그리고 그제야 허소산이 그의 검에 막혀 있던 불궁천의 검을 놓아주었다.

쿠쿵!

불궁천이 채 세 걸음을 걷지 못하고 그 자리에 무너져 내렸다. 죽지는 않았지만 한동안은 몸을 움직일 수 없을 만큼의 중한 내상을 입은 것이 분명했다.

순간 허소산의 신형이 재차 움직였다. 일단 움직이기 시작한 허소산의 몸은 뿌연 잔영을 남기며 사람들의 시야에서 사라졌다. 그리고 잠시 후 세 마디의 비명 소리가 터져 나오더니 한순간에 허소산을 공격했던 삼 인의 흑의인이 고목처럼 그 자리에 쓰러졌다.

쿠쿵!

그들은 허소산의 공격에 어떤 반응도 하지 못했는데 그건 허소산의 풍로검이 그들이 예상할 수 없는 방향과 빠르기로 그들을 베었기 때문이다.

"언제까지 수하들만 죽이고 있을 것인가?"

단번에 자신을 공격했던 자들을 베어버린 허소산이 야율거공을 보며 비웃듯 물었다. 그러자 야율거공이 잠시 침묵을 지키더니 이내 다시 명을 내렸다.

"천망을 거둔다! 악노는 문을 지켜라!"

야율거공의 말에 악노가 큰 소리로 외쳤다.

"모두 모여라!"

악노의 명이 떨어지기가 무섭게 장내의 고수들을 포위하고 있던 흑의인들이 일제히 신형을 날려 야율거공이 서 있는 황금문 쪽으로 이동했다. 그러자 순식간에 황금문 앞에 인(人)의 장막이 만들어졌다.

"좋다. 파금검, 널 인정하마. 해서 천망을 거두겠다. 그러나 오릉의 보물까지 네게 내주지는 않겠다. 애초에 사람들을 오릉으로 불러 모은 것은 이 황금문을 열기 위함이기도 했으니 오늘의 행사는 절반의 성공이라고 해야겠지. 그러나… 모두들 편히 돌아가지는 못하리라!"

그그긍!

말을 마친 야율거공이 황금으로 된 문을 열어젖혔다. 그러자 장내의 고수들이 다급한 표정을 지으며 허소산의 곁으로 다가들었다.

"이대로 두고 볼 것이오?"

남궁황이 허소산을 보며 물었다.

"그럼 어쩌겠소?"

허소산이 퉁명스럽게 대꾸했다.

"오릉의 보물을 모두 저자의 손에 넘기겠다는 말이오?"

"길이 막히지 않았소?"

허소산이 황금문 앞에 인의 장막을 펼치고 있는 흑의인들을 보며 대답했다.

"길을 뚫고 오릉으로 들어갑시다. 이대로 저자에게 모든 것을 넘길 수는 없소."

남궁황이 단호한 표정으로 말했다.

"그 몸으로 가능하겠소?"

허소산이 비웃듯 물었다. 그러자 남궁황이 얼굴을 붉히며 말했다.

"파 대협이 앞을 서준다면 우리가 뒤를 받치겠소."

"후후, 뒤에 무슨 적이 있다고. 설마 하니 나 혼자 저 많은 자들을 상대하란 말이오? 내가 무슨 천신이나 되는 줄 아시오?"

다른 때와 달리 허소산이 엄살을 부렸다. 그럴수록 좌중의 고수들은 조급해했다. 지금 그들은 모두 파정단에 당해 공력이 평소의 삼분지 일 정도밖에 남아 있지 않았다. 그런 그들이 야율거공의 수하들을 상대하는 것은 쉬운 일이 아니었다.

방법은 오직 하나, 허소산이 길을 여는 것이었다. 지금껏 보여준 허소산의 무공이라면 충분히 가능성이 있는 일이었다. 그러나 허소산은 전혀 보물 쟁탈전에 뛰어들 기미를 보이지 않았다. 그러니 오릉의 보물에 욕심을 내고 있는 장내의 고수들은 더욱더 안달이 날 수밖에 없었다.

"영락대인이란 자는 천하의 악인이오. 그런 자에게 오릉의 보물을 넘겨주었다가는 향후에 그가 그 보물을 이용해 어떤 일을 벌일지 모르오. 파 대협께서는 강호의 의협이시니 그를 막아주시구려."

누군가가 큰 목소리로 소리쳤다. 그러자 이번에는 청진자가 입을 열었다.

"맞소이다, 파 대협! 그대만이 오늘 영락대인의 음모를 막을 수 있을 거요."

"그가 오릉의 보물을 손에 넣는다고 무슨 일을 꾸밀 수 있겠소이까? 이미 그의 정체가 만천하에 드러났는데……."

허소산은 여전히 심드렁했다. 그러자 청진자가 고개를 저으며 말했다.

"그게 그렇지가 않소. 오늘날 그가 이 오릉에 펼쳤던 음모의 깊이로 보건대 그는 충분히 천하를 상대로 대계를 꾸밀 수 있는 인물이오. 그런 자에게 오릉의 보물이란 마치 새에게 날개를 달아주는 격이 될 것이오. 더군다나 일단 그가 오릉의 보물을 차지하고 나면 그는 아마도 파 대협을 가장 먼저 공격하려할 거요. 파 대협이 그의 일을 방해했으니 어찌 그가 가만히 있겠소. 그런 자는 은혜는 잊어도 원한은 잊지 않는 법이오."

청진자의 논리가 그럴듯했다. 그러나 허소산은 청진자의 동공에 넘실대는 욕망의 기운을 놓치지 않았다. 그럴듯한 이유를 둘러대기는 했으나 청진자 역시 오릉의 보물에 욕심을 내고 있었다.

'이쯤에서 속아줄까?

허소산이 청진자의 속셈을 빤히 들여다보며 생각하다가 이내 고개를 끄덕였다.

"음, 역시 나이 든 사람의 말은 흘려듣는 것이 아니지. 좋소, 그를 두려워하는 것은 아니지만 그를 이대로 두었다가는 나중에 골치 아픈 일이 생길지도 모르니 한번 들어가 봅시다. 물론 영악한 자라 이미 빠져나갈 궁리를 모두 해놓았겠지만."

"잘 생각하셨소. 오늘 그를 제압해 강호의 혈겁을 미연에 방지한다면 파 대협의 명성은 고금에 길이 남을 것이오."

청진자가 한껏 허소산을 치켜세웠다. 그러자 허소산이 짐짓 상기된 표정으로 말했다.

"이름을 남기고자 협행을 하는 것은 아니오. 단지 강호의 정의를 위해서 나설 뿐이오. 너희들은 듣거라!"

허소산이 고개를 돌려 황금문 앞을 막아서고 있는 악노와 흑의사내들을 보며 호령했다.

"죽음이 두렵지 않거든 오너라!"

악노가 차가운 눈으로 허소산을 보며 말했다.

"이미 죽은 자들을 보고도 그런 소리가 나오느냐?"

"흥, 그들 겨우 몇을 상대했다고 네가 우리 모두를 벨 수 있을 거라고는 생각지 않는다."

"너희 모두를 벨 수도 있다. 그러나 베는 것은 너 하나로 족하겠지. 그럼 다른 놈들은 알아서 비켜설 테니까!"

말이 끝나기가 무섭게 허소산이 벼락처럼 검을 휘둘렀다. 그러자 그의 검에서 투명한 광채가 일어나더니 한순간 악노의 몸을 반으로 갈랐다.

"음!"

악노가 갑작스런 허소산의 공격에 당혹성을 흘려내며 재빨리 검을 들었다.

쩡!

한순간 날카로운 충돌음과 함께 악노의 검이 중간에서 뎅겅 부러져 나갔다. 연이어 그의 검을 자른 허소산의 검기가 악노의 어깨를 베어냈다.

"욱!"

악노의 입에서 자신도 모르는 사이에 신음성이 흘러나왔다.

"물러나라! 막는 놈은 모두 죽는다!"

허소산이 훌쩍 신형을 날려 청석 위로 올라서며 소리쳤다. 흑의사내들은 그런 허소산을 두려운 듯 바라보면서도 쉽게 길을 열 기미를 보이지 않았다. 순간 허소산의 발이 허공을 갈랐다.

퍽!

둔탁한 타격음과 함께 허소산의 발이 악노의 배를 걷어찼다. 그러자 악노의 신형이 훌훌 날려가더니 황금문을 막고 있는 흑의사내들 사이로 떨어졌다.

"이래도 버틸 것이냐?"

허소산의 사자후가 지하 광장을 쩌렁하게 울렸다.

"목숨으로 문을 지켜라!"

악노가 목숨이 경각에 달린 와중에도 수하들을 향해 소리쳤다.

"이런 제길, 정말 피바다를 만들어야 하는 건가?"

허소산이 짐짓 험악한 말을 쏟아냈다. 그런데 그 순간 갑자기 허산왕이 앞으로 나서더니 번개처럼 철궁을 꺼내 세 대의 화살을 동시에 시위에 걸었다.

"길을 막는 자는 내 화살을 상대해야 할 게다!"

어느새 야차 같은 얼굴을 드러낸 허산왕이 화살을 겨누며 소리치자 황금문 앞의 사내들이 일제히 도검을 들어 몸을 가렸다.

"이놈들이?"

허산왕이 자신의 호령에도 흑의사내들이 뒤로 물러나지 않자 살기를 드러내더니 그대로 활시위를 놓았다.

슈우웅!

시위를 떠난 화살들이 날카로운 파공음을 일으키며 사내들을 향해 닥쳐들었다. 흑의사내들이 날아오는 화살을 향해 재빨리 검을 휘둘렀다.

차차창!

날카로운 충돌음과 함께 허산왕이 쏘아 보낸 철전이 허공으로 방향을 틀었다. 그런데 바로 그 순간이었다.

"악!"

"억!"

두 마디 비명성이 거의 동시에 들려왔다. 그들의 몸에는 어느새 한 대씩의 화살이 꽂혀 있었다. 앞서 날린 세 대의 화살을 흑의사내들이 쳐내는 사이 어느새 허산왕이 다시 두 대의 화살을 연이어 날렸던 것이다. 이런 궁술은 강호의 이름난 고수들도 쉽게 펼칠 수 없는 것으로 백두제일의 사냥꾼인 허산왕이 아니면 시전하기 어려운 궁술이었다.

그렇게 두 명의 동료가 맥없이 고꾸라지자 흑의사내들 사이에 동요가 일었다. 그런 사내들 속으로 이번에는 설도우가 뛰어들었다.

"물러서는 자는 살 것이다!"

설도우의 두 손이 허공을 휘저었다. 그러자 그의 손에서 연이어 여섯 번의 장력이 흘러나왔다.

콰콰쾅!

설도우의 장력 중 일부는 흑의사내들의 검에 막혔지만 또 일부는 적의 방어를 뚫고 사내들의 몸에 격중했다. 그러자 설도우의 장력에 격중된 사내들이 허공으로 떠올라 삼사 장 밖으로 나가떨어졌다.

"길을 열라!"

설도우가 천신처럼 외쳤다. 그러자 죽을 각오로 황금문을 지키고 있던 자들이 자신들도 모르게 좌우로 갈라지며 길을 열었다.

"갑시다!"

길이 생기자 허소산이 능청스런 표정으로 장내의 고수들에게 말을 건넸다. 그러나 장내의 고수 중 누구도 허소산 먼저 황금문을 향해 달려가는 사람은 없었다.

"쯔쯔, 이렇게 겁들이 많아서야!

허소산이 혀를 차며 훌쩍 신형을 날려 황금문을 향해 걸어갔다. 그러자 그제야 남궁황 등도 청석 위로 올라와 황금문으로 걸음을 옮겼다. 야율거공의 수하들은 허소산 일행의 기세에 밀려 황금문으로 다가드는 고수들을 바라만 볼 뿐 막아설 엄두를 내지 못했다.

"문은 열려 있소?"

황금문 앞에 다가선 남궁황이 허소산에게 물었다.

"닫혀 있소. 한번 열어보시겠소?"

허소산이 넌지시 남궁황을 보며 물었다. 그러자 남궁황이 재빨리 고개를 저었다.

"아니오. 오늘의 일은 모두 파 대협의 공이니 파 대협께서 앞서 들어가시구려."

말이 좋아 양보지, 그건 안에 어떤 위험이 있을지 모르니 뒤로 빠지겠다는 말이다.

"흐흐, 알겠소. 하지만 보물이란 먼저 차지하는 사람이 임자란 걸 명심하시오."

허소산이 실소를 흘리고는 황금문에 손을 댔다.

그르릉!

허소산의 공력이 문에 전해지자 황금문이 미끄러지듯 옆으로 열렸다. 다섯 개의 생사미로와 연결되었던 기관은 모두 해체된 것이 분명했다. 열린 문 안쪽에서는 어떤 위험도 가해지지 않았다. 단지 동굴 안쪽을 가득 메운 보배로운 야광주의 빛만이 일행을 맞이하고 있었다.

"정말 대단하구나. 이렇게 호화로운 야광주는 처음 보는군."

원보가 황금문 안쪽의 통로를 살피며 말했다. 야광주로 치장된 통로는 십여 장 정도 이어지다 오른쪽으로 방향을 틀고 있었다. 그래서 그 길 끝에 무엇이 있는지는 여전히 오리무중이었다.

"갑시다."

허소산이 망설이지 않고 문 안쪽으로 걸음을 옮겼다.

야광주가 이어진 통로를 따라 우측으로 방향을 돌리자 그곳에 세 갈래의 길이 나타났다. 모두가 같은 모양을 하고 있었는데 색이 달랐다. 색이 다른 이유는 동굴 천장에 박혀 있는 야광주의 색이 다르기 때문이었다.

"어느 길로 가실 생각이오?"

남궁황이 허소산에게 물었다. 그러자 허소산이 서슴없이 가운데 통로로 들어섰다.

"사내가 어찌 갓길로 가겠소!"

허소산이 중앙에 난 동굴로 성큼성큼 들어가자 뒤에 서 있던 강호의 고수들이 허소산을 따르지 않고 망설이기 시작했다. 허소산을 따라가면 일신의 안전은 보장받을 수 있겠지만 오릉의 보물 중 귀중한 것을 얻을 수는 없을 터였다.

그들이 죽음의 위험을 무릅쓰고 오릉에 들어온 것은 삼보를 얻기 위함인데 허소산을 따라간다는 것은 삼보 얻기를 포기한다는 말과 같았다. 목숨과 보물 사이에서 갈등이 일어나지 않을 수 없는 상황이었다.

"난 그와 달리 가겠소."

문득 청진자가 말을 하더니 왼쪽의 푸르스름한 야광주가 빛을 발하는 동굴로 향했다. 그러자 일부의 사람들이 무당의 도사들을 따라 왼쪽 동굴로 향했다.

청진자가 왼쪽 길을 선택하자 남궁황이 잠시 망설이다 오른쪽 동굴을 택했다. 그러자 절대삼문의 고수들이 재빨리 남궁황을 따라 움직였다.

"장주, 어느 쪽으로 가시겠습니까?"

절대삼문의 고수들까지 사라지자 장내에 남아 있던 금천장의 사람들이 금선옹에게 물었다. 그러자 금선옹이 잠시 생각에 잠겼다가 왼쪽 동굴로 향했다.

"그를 따라가지 않을 생각이십니까?"

금천장 제이총관 비사도가 의아한 듯 금선옹에게 물었다. 그들과 허소산은 이미 내밀한 약속이 있었기에 한 배를 탄 사람들이나 마찬가지였다.

"그를 믿을 수 있겠는가?"

금선옹이 비사도를 보며 물었다.

"그가 다른 생각을 할 수도 있단 말인지요?"

"우린 지금까지 그를 과소평가했던 것 같네. 천하의 모든 강자들이 영락대인의 계책에 당했으나 오직 그만이 영락대인의 마수에 당하지 않았네. 더군다나 그의 무공을 보지 않았나? 그 수하들은 어떻고. 보물도 보물이지만 만약 그의 흉중에 다른 생각이 있다면 우리의 안위도 보장받을 수 없을 걸세."

금선옹의 말에 비사도가 고개를 끄덕였다.

"그렇군요."

"다른 이유도 있지. 우리에겐 산공독을 해독할 해약은 없지 만 적어도 산공독에서 빨리 벗어날 수 있는 영약이 있지 않은 가? 영약을 복용한다면 적어도 그를 제외한 다른 자들을 충분 히 상대할 수 있을 것이네. 우리가 유리한 셈이지. 그러니 굳 이 그를 따를 이유가 없지 않겠나?"

"알겠습니다. 그럼 제가 앞장을 서겠습니다."

"그러시게. 모두들 청기단을 복용하라. 운기를 할 시간이 없으니 걸으며 스스로 기운을 회복하라."

금선옹의 말에 금천장의 고수들이 일제히 품속에서 푸른 환 단을 꺼내 삼켰다. 금선옹도 황금색으로 된 환약을 복용하고 는 천천히 왼쪽 동굴로 들어섰다.

다시 황금색 문이 일행을 막아섰다.

"무슨 놈의 문이 이렇게 많아!"

원보가 황금색 문을 바라보며 투덜거렸다.

"이게 마지막 문 같군."

설도우가 신중하게 문을 살피며 말했다.

"재신지로라……. 참 거창한 말이군."

황금문에는 재신지로(財神之路)라는 글씨가 새겨져 있었는데 곧 재신이 되는 길이라는 의미일 터였다.

"아마도 재물들이 들어 있는 곳인가 보오이다."

허산왕이 말했다.

"그런데 이상하군."

원보가 고개를 갸웃했다.

"뭐가 말이오?"

허산왕이 물었다.

"좀 전에 세 갈래로 길이 나뉘어졌고, 그 길 끝에 이렇게 서로 다른 보물이 있다면 오왕의 시신은 어디 있는 것이오?"

"음, 그러고 보니 이상하구려. 앞서 통과한 황금문 뒤에 오왕의 시신이 잠든 묘실이 있을 거라 생각했는데……."

허산왕도 고개를 갸웃했다. 그러자 설도우가 말했다.

"그걸 알기 위해선 결국 이 문을 열어야 할 것이오."

설도우의 말에 허소산이 기다리지 않고 재신지로란 글씨가 새겨진 문을 열었다. 그러자 갑자기 뿌연 먼지가 앉은 기이한 석실이 일행의 눈에 들어왔다.

"제길, 이건 뭐야? 재신지로라더니 재물은커녕 먼지만 날리는구나."

석실은 지금까지 그들이 지나온 길과는 너무도 달랐다. 그동안은 비록 수백 년 동안 땅속에 묻혀 있던 공간이지만 마치 어제까지 사람이 쓸고 닦은 듯 깨끗했던 오릉의 내부다. 그런데 지금 일행의 눈앞에 나타난 석실은 그야말로 수백 년, 아니,

수천 년이 되었음 직한 모습을 하고 있었던 것이다.

"난 이제야 제대로 온 것 같은 생각이 드는구려."

설도우가 말했다.

"그게 무슨 말씀이십니까?"

"무덤은 이래야 하지 않겠소? 아무리 왕의 무덤이라도 일천 년 가까이 된 무덤이라면 말이오."

"흠, 그도 그렇군요. 들어가 보죠, 안에 뭐가 있는지."

원보가 앞서서 석실 안으로 들어갔다. 그러자 석실 여기저기에 먼지가 앉은 물건들이 눈에 들어왔다. 모두 오왕이 살아 있을 때 쓰였던 물건들 같았는데 몇몇 개는 아주 귀중한 것으로 보이기도 했다.

"음, 밖으로 가져 나가면 돈이 될 만한 물건들이 제법 보이는군. 하지만 이런 것들로 재신을 운운할 수는 없을 터인데……. 이런 거야 도굴꾼들이나 노리는 거고."

원보가 혀를 차며 말했다. 다른 사람들의 얼굴에도 조금 실망한 듯한 표정이 떠올랐다. 석실은 오왕의 무덤이라고 생각하기에는 너무나 평범했다. 그저 지방의 어느 호족 무덤 정도로 보였다.

그런데 그때 앞으로 나아갔던 허산왕이 나직하게 허소산을 불렀다.

"소산, 이리 와보아라."

허산왕의 부름에 허소산이 급히 걸음을 옮겼다.

"저게 뭐냐?"

허소산이 다가서자 허산왕이 물었다. 고대의 물건들이 쌓여 있는 석실 안쪽에 길이가 십여 장, 넓이는 일 장 정도 되는 기이한 공간이 모습을 드러냈다.

"또 다른 길 같기도 하군요."

허소산이 말했다.

"아니, 그 끝에 있는 물건 말이다."

허산왕이 고개를 저으며 말했다. 그제야 허소산은 어두운 공간 저쪽에 작은 석대가 서 있는 것을 발견했다. 그리고 그 위에는 거무튀튀한 석함이 하나 올려 있었다.

"뭔가를 담은 석함이군요."

"귀한 것이 들어 있지 않을까?"

허산왕이 허소산을 보며 물었다. 그러자 허소산이 미소를 지었다.

"열어보면 되죠."

허소산이 성큼성큼 걸음을 옮겨 석대가 있는 곳으로 다가갔다. 그러자 다른 사람들이 재빨리 허소산의 뒤를 따랐다.

석대 위의 석함은 그야말로 볼품이 없었다. 매끄럽게 돌을 연마한 것도 아니어서 투박한 모습을 하고 있는 석함은 석실에 있는 물건들 중에서도 가장 값어치가 떨어져 보였다.

"이게 뭘까?"

원보가 석함에 손을 가져가 위에 쌓인 먼지를 털어내며 중얼거렸다.

"윽!"

그런데 석함에 손을 대었던 원보가 놀란 표정으로 재빨리 석함에서 손을 뗐다.

"무슨 일이오?"

허산왕이 걱정스런 표정으로 원보에게 물었다. 그러자 원보가 석함에 대었던 손을 눈앞에 들어 올리며 말했다.

"이상한 석함이오. 마치 얼음장처럼 차구려."

"손은 괜찮소?"

"괜찮소. 사람을 상하게 할 만큼 찬 것은 아니오."

"무슨 일일까?"

허산왕이 호기심이 돋는지 가만히 석함에 손을 대어보았다. 그리곤 원보처럼 재빨리 손을 뗐다.

"정말 차군. 전설에 빙정이란 물건이 있다더니 이런 것일까?"

허산왕이 고개를 갸웃하며 중얼거렸다.

"열어볼까요?"

허소산이 두 사람 사이로 들어서며 물었다.

"조심해라. 보통 물건이 아니다."

허산왕이 걱정스런 표정으로 말했다.

"걱정 마세요. 그래 봐야 돌이죠."

허소산이 농을 던지고는 진기를 손끝에 모으며 석함에 손을 댔다. 차가운 냉기가 무섭게 허소산의 손을 타고 들어왔다. 과연 보통의 석함이 아닌 것은 분명했다.

그러나 이미 진기를 일으킨 이상 아무리 찬 한기라도 허소산의 손길을 막을 수는 없었다. 허소산이 한기를 물리치며 석함의 뚜껑을 열었다.

탕!

석함의 뚜껑이 마치 얼음이 깨어지듯 날카로운 소리를 내며 석대에서 떨어져 내렸다. 사람들의 시선이 일제히 석함 안으로 향했다. 석함에는 바로 어제 넣어놓은 듯한 비단 주머니가 놓여 있었다.

"이게 뭘까?"

원보가 비단 주머니를 들어 올리며 중얼거렸다.

"열어보세요. 뭐가 들어 있는 것 같은데……."

허소산의 말에 원보가 지체없이 비단 주머니를 열었다. 그러자 한 장의 양피지가 주머니 안에서 흘러나왔다.

"보자, 천보도라……."

양피지에는 천보도란 글씨와 함께 미세한 선들이 이어진 지도가 들어 있었다.

"그것이야말로 오릉의 삼보 중 하나인 것 같구려."

설도우가 말했다.

"오릉삼보요?"

원보가 놀란 눈으로 설도우를 보며 물었다.

"그렇소. 본시 오릉삼보 중 하나가 오왕이 숨겨놓은 막대한 재물이 숨겨져 있는 곳을 알려주는 장보도라고 하지 않았소. 그 지도의 이름이 천보도라면 역시 그 물건일 가능성이 가장 크오."

"흐흐, 그럼 우린 천하제일의 갑부가 되는 것인가?"

원보가 득의한 웃음을 흘리며 말했다.

"삼보 중 재물을 얻었으니 나쁘지는 않군요."

허소산이 말했다.

"왜, 무공이 더 낫지 않겠느냐? 아니면 신검이라든지. 우린 무인이 아니냐?"

"더 수련하실 무공이 있으세요?"

허소산이 되물었다. 그러자 원보가 히쭉 웃으며 고개를 끄덕였다.

"하긴 이 나이에 절대비급을 얻은들 무엇에 쓰랴. 또한 검이란 것도 결국 사람이 쓰는 물건이니 검일 뿐이고. 맞아, 재물이 제일 낫지."

그런데 원보가 말을 끝내는 바로 그 순간 갑자기 석대가 있던 공간의 북쪽 벽면이 진동하기 시작했다.

우르릉!

"엇! 이게 뭔 일이지?"

원보가 놀란 얼굴로 훌쩍 뒤로 물러났다. 그러는 사이 북쪽 벽면은 계속 진동을 일으키더니 한순간 좌우로 갈라지기 시작했다.

"또 다른 문이었나?"

설도우가 조심스럽게 좌우로 갈라진 벽의 안쪽을 살폈다. 그러자 오색 광채가 영롱하게 흘러나와 설도우의 얼굴을 비쳤다.

"음!"

설도우의 입에서 나직한 침음성이 흘러나왔다.

"뭐가 있습니까?"

원보가 호기심을 이기지 못하고 설도우 옆으로 다가왔다.

"아!"

곧이어 원보의 입에서도 곧 탄성이 흘러나왔다.

"경주님, 드디어 오왕의 묘실에 들어온 것 같습니다."

설도우가 허소산을 돌아보며 말했다. 허소산이 천천히 황홀한 빛이 흘러나오는 석실로 다가섰다. 그러자 허소산의 눈에 사방이 오색의 돌로 이루어진 거대한 석실이 들어왔다.

석실의 가운데에는 황금으로 만들어진 관이 놓여 있었는데 아마도 그것이 오왕이 잠들어 있는 관인 듯싶었다.

"죽어서도 호사를 누리는군."

원보가 부러운 듯 중얼거렸다. 그런데 그 순간 허소산의 나직한 목소리가 흘러나왔다.

"모두 조심하세요."

갑작스런 허소산의 경고에 설도우 등이 급히 두어 걸음 뒤로 물러났다.

"무슨 일이냐?"

허산왕이 허소산에게 물었다. 그러자 허소산이 석실을 세세히 살피며 말했다.

"그는 분명 우리보다 먼저 이 묘실에 들어왔을 겁니다."

"그러면… 야율거공을 말하는 것이냐?"

"네."

"하지만 사람의 흔적은 없는 것 같은데?"

허산왕이 사냥꾼의 본능으로 묘실을 살피며 말했다. 허소산 역시 묘실에서 사람의 인기척을 발견하지는 못했다.

"들어가 보자."

역시 언제나 앞장서는 것은 원보였다. 원보가 성큼 묘실 안으로 들어갔다.

묘실은 밖에서 보던 것보다도 더 화려했다. 어디를 보아도 오색의 광채가 휘몰아치고 있었고, 그 가운데에 황금관이 신비한 모습으로 자리 잡고 있었다.

"역시 사람의 흔적이 없어. 설마 그가 아직 도착하지 못한 걸까?"

허산왕이 고개를 갸웃했다.

"가장 먼저 움직인 자가 그이니 분명 먼저 이곳에 왔어야 정상이에요."

허소산이 대답했다.

"다른 길들도 모두 이곳으로 이어진다면 그 길 끝에는 우리가 천보도를 얻었던 것처럼 다른 오릉삼보가 있지 않겠습니까? 그가 그것들을 취하고 오릉을 떠난 것이 아닐까요?"

설도우가 허소산을 보며 말했다. 그러자 허소산이 생각에 잠겼다가 고개를 저었다.

"그가 그렇게 욕심이 없는 사람은 아니지요. 셋 모두를 노릴 겁니다."

그런데 허소산의 말이 끝나자마자 묘실의 다른 쪽 벽면이 허물어지며 일단의 사람들이 묘실 안으로 뛰어들었다.

다른 길을 택해 움직인 청진자와 금선옹 등이었다. 그런데 그들의 모양새가 기이했다. 그들은 마치 지옥에서 살아 돌아온 사람들처럼 온몸에 피칠을 하고 있었던 것이다.

"어찌 된 거요?"

설도우가 청진자를 보며 물었다. 그러자 청진자가 이를 갈며 말했다.

"놈이 기다리고 있었소."

"놈이라면… 영락대인이란 자 말이오?"

"그렇소이다. 그자가 오릉삼보 중 하나인 오왕의 검을 들고서 우리를 기다리고 있었소이다."

"그럼 그에게 당한 것이오?"

"음, 공력이 감소한 상황에서 그를 상대할 수 없었소. 살아남은 것도 다행일 정도요. 더군다나 그 오왕의 검은… 으음, 진정 천하제일보검일 것이오. 우리의 병기가 나뭇가지처럼 잘라져 나갔소."

"달리 오릉삼보가 아니었던 모양이구려."

설도우가 고개를 끄덕이며 말했다. 그런데 그 순간 또 다른 쪽 벽면이 허물어지며 이번에는 남궁황 등이 모습을 드러냈다. 그런데 그들의 모습은 청진자 등과 달리 깨끗했다.

"먼저들 와 계셨구려."

남궁황이 묘실 안의 고수들을 보며 말했다. 그러다가 청진자 등의 모습을 보고는 다시 물었다.

"어찌 된 일이오?"

"놈에게 당했소이다."

"영락대인 말이오?"

"그렇소."

"음, 그쪽에 숨어 있었군. 그런데 오릉삼보는……?"

남궁황이 탐욕의 빛을 보이며 물었다.

"그자가 이미 오왕의 검을 가지고 있었소. 그런데 그자가 우리 쪽에 있었으니 남궁 노사께선 오릉삼보 중 하나를 취하셨겠구려."

이번에는 청진자가 탐욕의 빛을 드러내며 물었다. 그러자 남궁황이 재빨리 고개를 저었다.

"그렇지 않소. 놈이 이미 석대에 있었던 듯 보이는 보물을 가지고 간 후이더이다."

"정말이오?"

청진자의 얼굴에 의심의 빛이 돌자 남궁황이 불쾌한 빛을 보이며 말했다.

"설마 날 못 믿겠단 말이오?"

그 순간 갑자기 어딘가에서 야율거공의 목소리가 들려왔다.

"천하 만물 중 가장 믿지 못할 것이 사람의 세 치 혀다. 너희들 중 누군가는 분명 삼보 중 하나를 가지고 있다. 하하하, 그

게 누구일까? 살아남은 자가 있다면 그 보물의 행방을 찾아보
거라. 이제 이 오릉은 영원히 땅에 묻힐 것이다. 아마도… 너
희들과 함께!'

第四章
무너지는 산

독경
毒經

구르릉!

산이 거대한 울음을 토하기 시작했다. 수만 년 이어온 고요한 심처에 사람의 발길이 닿은 것에 분노한 듯 산이 울었다. 오왕의 관이 들어 있는 묘실의 천장에 금이 가기 시작하자 그 사이에서 흙이 떨어져 내리기 시작했다.

"나가야 하오! 놈이 오릉을 무너뜨리는 모양이오!"

청진자가 보물에 대한 욕망 같은 것은 잊어버린 채 다급하게 말했다. 아무리 보물이 좋아도 목숨 같지는 않다. 장내의 고수들 얼굴에도 당혹한 기색이 역력했다.

"가자."

남궁황이 다급히 명을 내렸다. 그러자 절대삼문의 고수들이 일제히 그들이 들어왔던 통로를 향해 달리기 시작했다. 그러자 다른 사람들도 애초에 그들이 들어왔던 길로 몸을 날렸다.

구쿵!

묘실의 한쪽 면이 허물어져 내렸다. 드디어 묘실이 붕괴하기 시작한 것이다.

"우리도 가야지?"

허산왕이 허소산에게 급히 물었다. 그러자 허소산이 고개를 끄덕였다.

"그래야지요. 그자가 독하게 마음먹었나 봐요. 아마도… 살인멸구를 노린 것 같아요."

"살인멸구?"

"오늘 이 오릉에 들어온 자들을 모두 죽이겠다는 심산인 것 같아요. 스스로의 정체를 강호에 알리지 않으려면 그 방법이 제일이지요."

"음, 그렇다면 정말 악독한 인간이구나. 교활한 줄은 알았지만 이렇게 악독할 줄은 생각지 못했는데……."

"가시죠."

설도우가 더 이상 기다릴 수 없다는 듯 허소산을 재촉했다. 그러자 허소산이 고개를 끄덕이고는 훌쩍 신형을 날려 천보도가 있던 곳으로 움직였다.

일행은 바람처럼 천보도가 있던 석실을 지나 오나라 당대에 쓰던 물건들이 먼지에 쌓여 있던 곳까지 도달했다. 그러자 눈에 익은 사람들이 보였다. 양양육수가 먼지를 헤치며 석실의 물건들을 챙기고 있다가 당황한 표정으로 허소산 등을 바라봤다.

"뭘 하고 있소?"

원보가 퉁명한 목소리로 물었다.

"제법 쓸 만한 물건이 있어서……."

마치 도둑질을 하다 들킨 사람처럼 강이상이 말했다.

"지금 보물이나 챙기고 있을 때가 아니오. 오릉이 무너지고 있소."

"오릉이 무너지다니요? 어떻게 그런 일이 있을 수 있나요?"

강이상의 곁에서 은월후가 믿기 어렵다는 듯 물었다. 그런데 그 순간 다시 거대한 진동이 일어났다.

쿠쿠쿵!

그러자 허소산 등이 달려나온 통로가 그대로 함몰됐다.

"아, 정말이군요?"

은월후가 놀란 얼굴로 무너진 통로를 보며 말했다.

"갑시다. 보물도 중요하지만 그것도 살아 있을 때나 소용되는 일 아니겠소?"

원보의 말에 강이상이 아쉬운 표정을 짓다가 이내 다른 형제들에게 말했다.

"돌아가자."

강이상의 명에 양양육수가 황급히 석실을 벗어나기 시작했다. 그러면서도 그들은 손에 들고 있던 몇 가지 물건을 놓지 않았다.

"쩝, 먼지 구덩이 속에 귀한 것들이 섞여 있었던 건가?"

양양육수에게는 서둘러 나갈 것을 종용하고서 원보 자신은 석실의 물건들을 자세히 살피지 못한 것이 아쉬운지 주위를 두리번거렸다.

"천보도를 얻었는데 뭘 더 욕심내오?"

허산왕이 그런 원보의 소매를 끌며 말했다.

"흐흐, 그렇긴 하오. 욕심이 과하면 결국 화를 부르는 법이니 우리도 갑시다."

천지가 무너져 내리는 와중에도 한순간 여유를 보인 원보가 일행 먼저 신형을 날렸다.

구르릉!

이미 지하 광장은 흙과 돌의 무덤이 되어 있었다. 그런데 더 비참한 것은 그 와중에 적지 않은 사람들이 목숨을 잃은 채 쓰러져 있다는 것이었다. 그리고 그들이 죽은 이유는 무너져 내린 토석 때문이 아니었다.

"도검에 베인 거군."

토석 사이에 깔려 있는 시신들을 보며 원보가 심각한 표정으로 말했다.

"놈이 살수들을 움직이고 있군요."

허소산이 원보의 말을 받았다.

"악독한 놈이야. 정말 독하군."

원보가 고개를 저었다.

"이대로라면 이 산을 벗어나도 그의 수하들이 기다리고 있을 겁니다."

"그야 두려운 것은 아니지요."

"다른 사람들은 그렇지 못할 겁니다."

설도우가 걱정스런 표정으로 말했다.

"봉화호에서 한 일을 다시 해야 하는 건가?"

원보가 고개를 갸웃했다. 그러자 허소산이 고개를 저었다.

"그렇기에는 송산이 너무 넓어요."

"음, 그렇군. 어쩔 수 없지. 각자의 운명을 하늘에 맡기는 수밖에. 우리도 얼른 나가자고."

허소산 일행은 애초에 오룡으로 들어왔던 서북면 동굴을 택해 오룡을 탈출했다. 이미 동굴 대부분이 무너져 가끔은 나갈 길을 만들기 위해 돌과 흙을 치워야 할 때도 있었다.

그러나 어쨌든 일행은 그렇게 길을 뚫으며 오룡을 벗어났다. 동굴 밖은 한밤중이었다. 어스름한 달빛이 비추기는 해도 오히려 야광주가 빛나는 동굴보다도 어두웠다.

그런데 동굴을 벗어나는 순간 그 어둠 속에서 일단의 무리가 싸움을 벌이는 것이 눈에 들어왔다.

"뭐지?"

원보가 걸음을 멈추고 싸우는 자들을 살폈다. 자세히 보니 앞서 동굴을 벗어난 양양육수가 이름 모를 자들과 한바탕 생사결을 펼치고 있었다.

"야율거공의 수하들인가?"

양양육수와 치열하게 싸우고 있는 자들을 살피며 원보가 중얼거렸다. 그러나 잠시 후 일행은 양양육수를 상대하고 있는 자들이 야율거공의 수하들이 아니라는 것을 알아챘다. 그건 싸우고 있는 자들이 내뱉은 말에 의해 확인되었다.

"가지고 나온 보물을 내놓고 사라져라. 그러면 목숨은 살려주겠다."

양양육수를 상대하고 있던 자들 중 하나가 내뱉은 말은 곧 이들이 야율거공의 명에 의해 강호인들을 공격하는 살수들이 아니라 오릉의 보물에 욕심을 낸 또 다른 강호인들임을 말해주는 것이었다.

"흥, 네놈들 따위에게 갖다 바치려고 죽을 고비를 넘기며 가지고 나온 물건이 아니다! 너희들이야말로 물러나거라. 감히 우리 양양육수의 손에서 보물을 빼앗을 수 있다고 생각하느냐?"

"흐흐, 양양육수라……. 그건 양양에서나 통하는 이름이다. 우리 천상천하십이웅에게는 한낱 날파리 같은 이름일 뿐이지."

양양육수의 맏이 강이상을 상대하고 있는 몸집 좋은 중년 사내가 여유있게 말을 받았다.

"천상천하십이웅이라……. 거참, 별호 한번 거하구나!"

원보가 흥미가 도는 표정으로 양양육수를 상대하는 자들을 보며 말했다. 그들의 모습은 양양육수만큼이나 각양각색이어서 크고 작음은 물론 남녀와 노소가 모두 모여 있는 기이한 집단이었다.

"정말 천상천하십이웅이 실존하는 자들이었군."

설도우도 호기심을 드러내며 말했다.

"알고 계시는 자들입니까?"

원보가 설도우에게 묻자 설도우가 고개를 끄덕였다.

"본 적은 오늘이 처음이고 풍문으로 듣기는 했소. 그런데 사실 강호에선 저들이 실존하는 자들인지 아닌지의 의견이 분분했다오."

"그게 무슨 말씀이십니까? 소문까지 났다면 당연히 존재하는 자들이지요."

"그게 그럴 만한 사연이 있소."

"사연이라니요?"

"강호에서 천상천하십이웅이라고 자처하는 자들이 발견되었다는 소문이 너무 많아서 말이오. 그런데 그들을 보았다는 사람마다 서로 다른 모습의 천상천하십이웅을 말했소. 어떤 자는 호걸풍의 사내들이었다고 하고, 또 어떤 사람들은 여인과 아이들이었다고도 하고, 또 다른 사람들은 저자의 뒷골목 왈패들의 모습이었다고도 했소. 그래서 사람들 중에는 천상천하십이웅이라는 자들은 실존하는 자들이 아니라 저마다 자신의 신분을 숨기고자 하는 자들이 빌려 쓰는 별호라는 말도 있었소. 더군다나 그들이 모습을 나타내는 경우도 통 이해할 수가 없다는 소문이오."

"어떤 면에서 말입니까?"

"어느 때는 강호의 절정고수와 일수를 겨뤘다는 소문이 있는가 하면 또 어느 때는 도적질을 하고 있었다고도 하고, 가끔은 시전의 흑도 무리처럼 상인들의 등을 치기도 한다고 하니 역시 하나의 무리가 하는 짓이라고 하기에는 너무나 다르지 않소? 가끔은 가난한 자들에게 재물을 나누어 주는 의적 노릇도 한다고 하더구려."

"그렇군요. 영웅과 악인의 피가 한 몸에 흐르는 자들이라면 모를까. 그런데 저들의 모습을 보니 그간 사람들이 천상천하 십이응의 모습을 다르게 말한 이유를 알겠군요. 아마도 저들이 강호에서 함께 몰려다니지는 않았던 듯싶습니다. 서로 떨어져 다니다가 모이곤 하는 모양이지요. 열둘 모두가 달라도 너무 다르지 않습니까?"

"그렇구려. 이제야 저들에 대한 소문을 이해할 수 있겠구려."

"어쨌거나 무공은 제법 대단한 듯합니다, 양양육수가 결코 허술한 자들이 아닌데 저렇게 몰아붙이는 것을 보면."

"어쩌시겠습니까?"

설도우가 허소산에게 물었다. 그러자 허소산이 담담하게 대답했다.

"오릉을 벗어난 이상 다른 사람들의 싸움에 관여할 필요는 없지요. 더군다나 저 싸움은 야율거공과는 관련이 없는 듯하니……."

그런데 허소산의 말이 끝나기가 무섭게 은월후가 훌쩍 신형을 날려 허소산 곁에 내려섰다. 그리고는 마치 아주 오래전부터 친분을 가져온 사람처럼 말했다.

"파 대협, 왜 이제야 오세요. 저들이 감히 우리의 물건을 빼앗으려고 해요."

은월후가 말한 우리라는 것은 듣기에 따라서 양양육수와 허소산 일행 모두를 말하는 것으로 들릴 수도 있었다. 은월후의 행동이 잠시 싸움을 멈추게 만들었다. 사람들의 시선이 은월후 곁에 있는 허소산에게로 향했다.

"이들과 한 무리냐?"

갑자기 천상천하십이웅이란 자들 중 중년 사내가 허소산에게 물었다.

"아니오."

허소산이 차갑게 대답했다.

"파 대협!"

순간 은월후가 원망스럽다는 듯 허소산을 불렀다.

"우리가 한패였소?"

허소산이 심드렁하게 물었다.

"우린 함께 오릉을 탐험한 사이 아닌가요?"

"함께라……. 그저 길이 같았을 뿐 아니오?"

"그래도 인연이란 것이 있는데 어찌 이리 매정하신가요?"

은월후가 애처롭게 말했다.

"필시 전생에 여우였을 거요."

원보가 허산왕에게 나직하게 말했다. 그러자 허산왕이 짐짓 농을 흘렸다.

"소산은 어려서부터 여우 사냥을 무척 즐겼지요."

"오호, 그랬소? 그럼 저 여우는 어찌 상대할까?"

"글쎄요. 별로 관심이 없어 보이는구려. 관심없는 사냥감은 그냥 돌려보내는 법이라오."

허산왕의 말이 끝나는 순간 허소산이 가볍게 은월후의 등을 떠밀었다. 그 가벼운 손길에 은월후가 훌쩍 밀려 허소산에게서 멀어졌다.

"파 대협!"

은월후가 원망스런 시선으로 허소산을 바라봤다. 그러자 허소산이 은월후에게는 시선을 주지 않고 양양육수와 천상천하십이응을 번갈아 바라보며 말했다.

"내가 본시 다른 사람들의 일에는 별 관심이 없는 사람이나 오늘은 특별히 한마디 하겠소. 당신들은 지금 싸우고 있을 때가 아니오."

허소산의 말에 강이상이 조심스럽게 물었다.

"다른 일이 있소이까?"

"지금쯤 아마 이 송산에는 천라지망이 펼쳐졌을 것이오."

허소산의 말에 양양육수와 천상천하십이응이 모두 놀라 허소산을 바라봤다.

"천라지망라면……?"

"그대는 묘실까지는 들어오지 않아서 모르겠지만 영락대인 그자가 오릉을 무너뜨린 것이오. 더불어 오릉에 든 자들을 모두 도륙하려 하고 있소. 자신이 오릉에서 꾸민 일을 숨기기 위해서 말이오. 그러니 분명 송산 주변에도 살수들을 심어놓았을 거요. 그의 성정으로 보건대 결코 살아 나가기가 만만치 않을 거요. 더군다나 아직 송산 주변의 진식도 걷히지 않았고."

허소산이 여전히 현조봉을 뿌옇게 감싸고 있는 연무를 보며 말했다. 그러자 강이상이 어두운 안색으로 말했다.

"이 연무를 뚫고 나가려면 다시 산공독에 중독될 것인데… 걱정이군요."

"지금 산공독이라 했소?"

천상천하십이웅을 대신해 중년 사내가 물었다. 그러자 강이상이 비웃는 얼굴로 물었다.

"몰랐소, 이 연무에 산공독이 포함된 사실을? 오, 이제 보니 조금 늦게 온 덕에 아직 산공독이 체내에 퍼지지 않았겠구려. 그렇다면, 후후후, 산공독이 효과를 나타내면 싸움은 지금과 같지 않겠군."

양양육수는 여전히 산공독에 중독된 상태였다. 그 상태로 천상천하십이웅을 상대했으니 상대가 산공독의 독기에 중독되면 승부는 싸워보지 않아도 알 수 있었다.

"자자, 더 이상 싸울 생각들일랑 마시구려. 살아가는 게 더 급한 때요!"

원보가 양측의 가운데로 끼어들며 말했다. 그러자 강이상이 중년 사내를 보며 물었다.

"계속하겠소?"

강이상의 물음에 중년 사내가 잠시 망설이다 고개를 저었다.

"이미 사지(死地)에 들어와 있으니 보물이 무슨 소용이겠소. 오늘은 그만 검을 거두리다."

"잘 생각하셨소. 그럼 이제 각자 살길을 찾아가시구려. 우리도 가야 하지 않겠습니까?"

원보가 짐짓 허소산을 돌아보며 물었다. 그러자 허소산이 고개를 끄덕였다.

"그러지요. 언제까지 이 송산에 머물 수는 없으니."

대답과 함께 허소산이 걸음을 옮겼다. 그런데 허소산이 채 몇 걸음 이동하기도 전에 갑자기 그의 뒤쪽에서 거대한 파열음이 사람들의 걸음을 멈추게 했다.

쿠르르릉!

그야말로 하늘이 무너지는 듯한 굉음이었다. 장내의 사람들이 모두 놀라 소리가 들린 쪽으로 시선을 돌리자 안개에 싸인 현조봉이 그들의 눈앞에서 십여 장 아래로 내려앉고 있었다.

쿠우웅!

거대한 산봉우리가 단번에 물러앉는 것은 대지진이 일어나거나 화산이 폭발했을 때 말고는 볼 수 없는 광경이다. 그런데 그 일이 지금 일행 앞에서 일어나고 있었다.

강렬한 파열음과 함께 봉우리 곳곳에서 뿌연 연기가 솟아올랐다.

"망할 놈! 아예 산을 무너뜨린 모양이군."

원보가 욕설을 흘렸다. 그러자 설도우가 말했다.

"아마도 화약을 쓴 듯하오."

"화약이요?"

원보가 되물었다.

"그렇지 않다면 어찌 이 거대한 산을 무너뜨릴 수 있겠는가?"

"도대체 그자의 능력이 어디까지기에 산을 무너뜨릴 만큼의 화약을 구했을까요?"

"애초에 내부가 비어 있는 봉우리였으니 화약이 그리 많이 필요하지는 않았을 것이오."

설도우의 말에 원보가 고개를 끄덕이는데 허산왕이 불쑥 끼어들었다.

"그나저나 이제 오릉은 정말 완전한 무덤이 되었군. 이젠 누구도 망자의 잠을 방해하지 못하겠어."

"흐흐흐, 그게게 말이오. 좀 아깝네. 그 황금문이나 야광주들은."

원보가 실소를 흘렸다. 그러자 설도우가 다시 입을 열었다.

"난 여전히 의문이오."

"뭐가 말입니까?"

"과연 그 관 안에 정말 손권의 시신이 있었을까 하고 말이오."

"음, 손권의 무덤이 아닐 수도 있단 말입니까?"

"눈으로 본 것은 아니니까."

"그럼 누구의 무덤이었을까요?"

"오직 그자만이 알고 있지 않겠소?"

"영락대인 말이군요."

원보가 어두운 안색으로 말했다.

"일단 갑시다."

허산왕이 두 사람을 재촉했다. 허소산은 이미 신형을 돌려 장내를 떠나고 있었다. 그러자 양양육수가 재빨리 허소산 등을 따라나섰다.

"파 대협, 같이 가요!"

은월후가 큰 소리로 허소산을 부르며 신형을 날렸다.

순식간에 허소산 일행과 양양육수가 사라지자 천상천하십이웅 중 아이 모습을 한 사내 한 명이 중년 사내에게 물었다.

"그의 말이 사실일까?"

아이가 어른에게 하는 말치고는 어울리지 않는 말투였지만 중년 사내는 전혀 불쾌한 기색을 보이지 않았다.

"사실인 듯하네."

"그자는 누굴까?"

"근자에 무창에 파 씨 성을 가진 청년 고수의 명성이 자자했지."

"그럼 그자가 그 유명한 파금검이란 말인가?"

"그가 아니면 누구겠는가? 그나저나 우리도 저들을 따라가세."

"우리가 왜?"

"그의 말대로 이곳에 영락대인이란 자가 천라지망을 펼쳤다면 저들을 따라가는 것이 안전할 걸세."

"우리가 누구의 도움을 받아야 한단 말인가?"

어린애 모습의 남자가 불쾌한 표정으로 말했다.

"양양육수조차도 그들의 꽁무니를 따라다니고 있지 않은가? 보통 사람이 아닌 것이 확실해. 위험할 때는 하나보단 둘이 낫기도 하고."

"쩝, 그래도 꼭 도망을 가는 것 같아서 기분이 좋지 않군."

"우리가 언제 자존심을 내세우며 살았나?"

"흐흐, 그렇긴 하지. 살아남는 자가 강한 거니까."

아이 모습의 사내가 어울리지 않는 실소를 흘리고는 허소산 등이 사라진 방향으로 움직이기 시작했다. 그러자 남녀노소의 모습을 한 천상천하십이웅이 그 뒤를 따르기 시작했다.

＊　　　＊　　　＊

현조봉이 무너진 그날 송산은 새벽이 올 때까지 연무에 휩싸여 있었다. 연무는 새벽빛이 몰려와 바람을 일으키고 나서야 겨우 사방으로 흩어졌다. 현조봉은 십여 장 이상 낮아지기는 했으나 여전히 굳건한 모습으로 송산의 다른 봉우리들과 어깨를 나란히 하고 있었다.

그날 밤 송산에서 몇 명의 목숨이 사라졌는지는 아무도 몰랐다. 다만 송산 근처에 사는 사람들은 지난날 송산으로 들어 갔던 무림의 고수들 중 살아 돌아온 사람을 본 자가 거의 없어 그들이 대부분 현조봉이 무너질 때 죽었으리라 짐작할 뿐이었 다.

간밤의 거친 피바람을 겪어낸 송산의 아침, 작은 봉우리 위 에 서생 모습을 한 중년 사내가 아침 바람에 옷자락을 휘날리 며 서 있었다.

"그들을 그냥 보내실 생각이십니까?"

문득 사내의 뒤에서 노인 한 명이 물었다. 야율거공과 수하 조치효다. 조치효의 물음에 야율거공이 차가운 표정으로 되물 었다.

"그를 감당할 수 있겠느냐?"

"송산에 있는 모든 전력을 동원한다면 가능하지 않겠습니 까?"

"불가능하다."

야율거공이 단호하게 고개를 저었다. 그러자 조치효가 이해 가 가지 않는다는 표정으로 말했다.

"송산에 온 야문의 고수가 모두 일백오십입니다. 그중 일부 가 상했다고는 해도 그를 상대하는 것이 어려운 일은 아니지 요."

"그에게 패할 거란 말은 아니다. 다만 그를 잡을 수 없다는 말이지. 파금검과 같은 고수가 도주하려고 한다면 이 넓은 산야에서 그를 잡는 건 불가능해. 그를 제거하려 했으면 오릉 내부에서 했어야 한다. 일단 그가 오릉을 벗어난 이상 그를 제거하는 일은 어렵다."

"놓아두기엔 너무 위험한 인물 아닙니까?"

"글쎄, 생각보다 더 위험하기는 하지만 또한 그만큼 더 쓸모 있는 자가 아닐까?"

야율거공이 살짝 여유를 보였다. 그러자 조치효의 얼굴에 미소가 드리워졌다.

"대인께서 그리 생각하신다면 걱정하지 않겠습니다."

"후후, 자넨 날 너무 믿는군."

"대인을 믿지 않으면 천하에 믿을 수 있는 사람이 없습니다."

"그런데… 그분은 왜 날 믿지 않는지 모르겠군."

야율거공의 말에 조치효의 표정이 어두워졌다.

"그건……."

"왜일까?"

야율거공이 다시 물었다. 그러자 조치효가 조심스럽게 대답했다.

"그건 아마도 대인께서 너무 뛰어나시기 때문일 겁니다."

"뛰어나서라……. 날 시기하기라도 한다는 건가? 천하를 가진 사람이?"

"두려워하는 것이겠지요, 대인께서……."

조치효가 말을 하다 말고 입을 닫았다.

"두렵다라……. 후후, 그럴지도. 나 역시 언제까지 참을 수 있을지 모르겠으니까. 그때가 되면 그대는 어쩔 생각인가?"

"무슨 말씀을……?"

"날 따르겠나, 아니면……."

"저야 언제까지나 대인의 수족입니다. 지옥에 가서라도!"

조치효가 단호하게 말했다. 그러자 야율거공이 만족한 듯 고개를 끄덕였다.

"좋아, 한 사람이라도 진심으로 날 따르는 사람이 있다는 건 기분 좋은 일이지. 배신이 판을 치는 이 세상에서 말이야. 하하하! 그나저나 불궁천과 당 노사는?"

"죽지는 않을 듯합니다."

"잘 보살펴. 그만한 사람들도 없으니."

"옛!"

조치효가 고개를 숙여 보였다.

그런데 그때였다. 문득 숲에서 다섯 사내가 모습을 드러내더니 그들이 서 있는 산비탈로 다가오기 시작했다. 사내들이 나타나자 야율거공과 조치효가 거의 동시에 사내들을 살피다가 이내 얼굴에 경계심이 드러났다.

"야문의 사람들은 아니군."

"그렇습니다."

"누구지?"

"오릉에 들었던 자들이 아닐까요?"

"아니야. 저런 자들을 본 적이 없어. 날 알지?"

"대인께서 기억하지 못하신다면 오릉에 든 자들은 아니군요."

"누굴까?"

야율거공이 불길한 표정으로 중얼거리는 사이 어느새 다섯 사내가 야율거공 앞에 도달했다.

"뉘시오?"

어느새 앞으로 나선 조치효가 예전처럼 늙은 문지기 모습을 하며 물었다. 그러자 다섯 사내 중 제일 젊어 보이는 삼십 대의 사내가 입을 열었다.

"노인, 괜히 고생할 필요 없소. 당신이 어떤 사람인지 대충을 알고 있으니… 본색을 드러내셔도 되오."

사내의 말에 조치효가 굽혔던 허리를 펴며 말했다.

"우리가 누군지 알고 온 것이군."

"어찌 모르겠소. 무덤 하나를 이용해 천하의 고수들을 농락한 실력자를 말이오. 그런데 난 그대의 주인과 이야기를 나누고 싶은데……."

사내의 시선이 조치효를 지나 영락대인 야율거공으로 향했다. 그러자 지금까지 침묵하고 있던 야율거공이 앞으로 나서며 말했다.

"그대는… 처음 보는 사람이군. 강호는 이래서 재밌어. 숨어 있던 고수들이 끊임없이 나오거든. 그대의 이름이 뭔가?"

야율거공이 도도한 음성으로 물었다. 그러자 사내가 한줄기 미소를 지으며 대답했다.

"내 이름을 알게 된다면 그대가 위험할 수도 있는데?"

"후후후, 천하에 날 위험에 빠뜨릴 사람은 없소."

"하하하, 대단한 자신감이군. 하지만 당신은 이미 이 오릉에서 절반의 실패를 맛보지 않았소?"

사내가 아픈 곳을 찔렀음인가, 야율거공의 얼굴에 살짝 노기가 흘렀다.

"실패? 난 결코 실패하지 않았다."

"그 말은 오릉의 보물을 얻었다는 말이구려?"

사내가 날카롭게 물었다.

"좋을 대로 생각하라."

야율거공이 냉랭하게 대답했다.

"흠, 오릉의 보물이라면 역시 오릉삼보, 그 셋을 모두 얻었소?"

사내가 다시 물었다.

"궁금하면 직접 알아보라."

야율거공이 싸늘한 표정으로 대답했다.

"그 말 후회하지 않겠소?"

사내가 협박하듯 물었다. 그러자 야율거공의 얼굴에 분노가 사라지고 대신 짙은 호기심이 깃들었다.

"도대체 그대의 정체가 뭔가?"

"뭐, 궁금하다면 말해주리다. 난 목인몽이라고 하오."

사내는 바로 목인몽이었다. 신황림에서 허소산에게 일패도지한 목인몽이 무창에 모습을 드러낸 것이다. 그동안 허소산과 신노들은 목인몽의 거취를 찾기 위해 동분서주하고 있었지만 어디서도 그의 흔적을 찾을 수 없었다. 그런데 그가 오늘 이 송산에 모습을 드러낸 것이다.

"목인몽이라……. 역시 모르는 이름이야. 사문이 어디냐?"

"사문이라……. 물론 나에게도 사문이란 것이 있긴 하오. 하지만 그걸 말해줄 수는 없소."

목인몽이 단호하게 말했다.

"좋아, 사문이야 어쨌든 내게 원하는 바가 있어서 찾아왔을 터인데?"

"맞소. 난 분명 당신에게 원하는 것이 있소."

"무엇이냐?"

"애초에 내가 이 송산에 온 것은 당신이 강호에 알린 오릉삼보를 얻기 위해서였소. 내가 지금 조금 곤란한 처지에 처해 있는 상태라 오릉삼보가 큰 도움이 될 것이기 때문이었소. 물론 오릉삼보가 실존한다면 말이오."

목인몽이 정색을 하며 말했다. 그러자 그의 눈에서 언뜻 한 줄기 녹광이 스치고 지나갔다. 목인몽의 기인한 안광에 야율거공이 사뭇 경계심을 드러낸 표정으로 물었다.

"내게 오릉삼보가 있다고 확신하는군."

"후후후, 음모의 주재자가 당신이니 당연히 오릉삼보는 당신 품에 있겠지."

"그건 틀렸다. 오릉삼보는 다른 사람의 손에 있다."

야율거공의 말에 목인몽이 의아한 표정으로 물었다.

"다른 사람에게 있다고? 누가 당신을 대신해 오릉삼보를 차지했단 말이오?"

"혹 파금검이라고 들어보았나?"

"파금검……. 최근 떠오른 신진고수?"

"알고 있군."

"그자가 오릉삼보를 가지고 있단 말이오?"

"그렇다. 오릉삼보는 그에게 있다."

순간 목인몽이 잠시 생각에 잠겼다가 희미한 미소를 지으며 입을 열었다.

"뭐, 그럴 수도 있겠지. 하지만 난 여전히 당신이 오릉삼보를 가지고 있다고 생각하오. 당신의 간계야 이미 천하에 유명하니 이 또한 나를 따돌리려는 술책일 수 있어."

"내가 그대를 두려워한다고 생각하나?"

"그러는 것이 좋을 거요. 난… 무척 무서운 사람이오."

목인몽이 도도한 기색을 보이며 말했다.

"정말 오만하군. 천하에 내가 두려워하는 자는 존재하지 않아. 그대는 아직 강호를 모르는군."

"오늘 두려운 사람이 생길 거요. 그리고 앞으로 그 사람을 위해 일해야 할 거요."

"애송이! 감히 누구에게!"

곁에서 목인몽의 말을 듣고 있던 조치효가 노성을 터뜨리며 목인몽을 향해 날아들며 일장을 날렸다.

파앙!

조치효의 손에서 시작된 장력이 강력한 회오리를 일으키며 목인몽을 향해 닥쳐들었다.

"늙은이! 네가 낄 곳이 아니다!"

목인몽의 입에서 차가운 노성이 터져 나왔다. 동시에 그의 손이 빠르게 허공을 갈랐다.

콰룽!

장력과 장력이 허공에서 무섭게 충돌했다.

"욱!"

순간 목인몽을 향해 장력을 쏟아냈던 조치효가 한마디 침음 성과 함께 사오 장 뒤로 날아가 비틀거리며 내려섰다.

"그대가 나서야 할 거요."

목인몽이 야율거공을 보며 말했다. 그러자 야율거공이 대답을 하는 대신 조치효를 돌아보며 물었다.

"괜찮은가?"

"괜찮습니다."

조치효가 고개를 숙이며 대답했다.

"좋아, 일단 천라지망을 거둔다."

"알겠습니다."

조치효가 야율거공의 말을 한순간에 알아듣고 손을 입에다 대고 길게 새소리를 냈다. 그러자 송산 여기저기서 동시에 맑은 새소리가 울려나왔다.

"서둘러야 할 거다. 내 수하들이 이제 이곳으로 몰려올 테니."

야율거공이 목인몽을 보며 말했다. 그러자 목인몽이 차가운 비웃음을 흘렸다.

"겨우 한다는 것이 수하들을 불러 모으는 것이라……. 실망이군. 이래서야 내 신발이라도 닦겠나! 쯔쯔."

목인몽이 혀를 찼지만 야율거공은 전혀 표정의 변화가 없었다. 대신 싸늘한 목소리로 입을 열었다.

"그래서… 네가 아직 애송이라는 거다. 내가 널 상대할 자신이 없어서 수하들을 부른 줄 아느냐? 내가 수하들을 부른 것은 혹여 네놈이 도주를 하는 것을 방비하기 위함이다."

"그럼 직접 나서보든지!"

"원한다면 상대해 주마!"

스르릉!

야율거공이 드디어 검을 뽑았다. 그의 검은 도와 검의 중간 모양을 하고 있었는데 검끝이 살짝 위쪽으로 휜 것은 도의 장점을 살려 상대를 베기에 유리한 점을 취한 것이었다.

"보기 힘든 검이군."

목인몽도 천천히 검을 빼 들었다. 그러자 그의 검에 푸르스름한 녹광이 일렁였다. 천황림에서 허소산을 상대할 때에 비하면 한결 독의 기운이 강렬한 듯 보이는 목인몽이었다.

"독공을 익혔구나."

야율거공이 한순간에 목인몽의 무공이 독에 기반을 두고 있다는 것을 알아봤다.

그러자 목인몽이 한줄기 미소를 지으며 대답했다.

"맞아. 천하에서 가장 강한 독공을 익혔지. 날 상대할 사람은… 천하에 오직 한 사람밖에 없다."

"그게 누구냐?"

"물론 그대는 아니다. 그는……."

목인몽이 무엇인가를 말하려다 입을 닫았다.

"이제 보니 너에게도 두려운 존재가 있었구나."

야율거공이 비웃듯 물었다. 그러자 목인몽이 고개를 끄덕였다.

"그래, 두렵지. 그를 두려워하지 않는다면 누굴 두려워하겠나? 그러나 결국 언젠가는 그도 내 앞에 무릎을 꿇게 될 것이다. 오늘이 바로 그 시작이지. 네게서 오릉의 보물을 얻어내는 것으로 말이야."

목인몽의 말투가 변했다. 이젠 스스럼없이 야율거공에게 하대를 하고 있었다. 이미 그의 주인이 된 듯한 행동에 야율거공의 눈에 노기가 스치고 지나갔다.

"오늘 네 목을 베어주마. 세상엔 두려운 사람이 많다는 걸 죽으면서 알게 될 게다!"

팟!

한순간 야율거공의 검이 허리 높이에서 횡으로 그어졌다. 그러자 한 줄기 푸른 검기가 흘러나와 목인몽의 허리를 채찍처럼 감아갔다. 순간 목인몽의 눈에 놀람의 기색이 떠올랐다. 본시 검기나 도기나 이렇게 유연한 곡선을 만들기는 어려웠다. 그런데 야율거공은 검기에 생명력을 불어넣은 듯 꿈틀거리며 목인몽의 허리를 베어오고 있었던 것이다.

"좋아! 제대로 된 상대를 만났어!"

목인몽이 호기를 드러내며 허공으로 치솟았다. 그러자 야율
거공의 검기가 먹이를 노리는 뱀처럼 목인몽을 따라붙었다.

"돌아가라!"

목인몽이 자신의 다리를 물고 늘어지는 야율거공의 검기를
향해 번개처럼 검을 휘둘렀다.

쿠웅!

순간 그의 검에서 묵직한 녹색의 기운이 흘러나오더니 이내
그의 발아래 둥근 검망을 형성했다.

콰쾅!

검기와 검망이 충돌하자 한순간에 산비탈이 무너져 내릴 것
같은 충돌음이 터져 나왔다.

"과연 오만할 만하구나!"

야율거공의 얼굴에도 경탄의 기색이 떠올랐다. 설마 이 사
내가 자신의 검기를 상대할 공력을 지니고 있으리라고는 예상
치 못했던 모양이다.

투툭!

두 사람이 각자 오 장여의 거리를 두고 움직임을 멈췄다. 그
리고는 일생일대의 적수를 만난 사람들처럼 날카로운 눈으로
서로를 응시하기 시작했다.

"이건 정말 놀랍군. 이 정도일 줄은 몰랐어."

목인몽이 기이한 괴물을 보듯 야율거공을 보며 말했다.

"너 또한 대단하구나. 정녕 오릉의 삼보를 노릴 만하구나."

"후후, 혹시 밑천을 모두 드러낸 건가?"

목인몽이 음산한 미소를 지으며 물었다.

"너는 어떠한가?"

"아직 난 몇 수 남아 있는데."

"나 역시!"

"좋아, 그럼 모두 드러내 보자구!"

목인몽이 호쾌하게 소리치며 야율거공을 향해 다시 달려들었다. 그러자 야율거공이 땅을 스치듯 전진하며 목인몽의 하단으로 마주 달려갔다.

쐐액!

목인몽이 허공에 뜬 채 야율거공을 향해 일 검을 내리그었다. 그러자 한 줄기 검기가 땅을 꿰뚫을 듯한 기세로 야율거공의 머리를 쪼개갔다. 순간 야율거공이 재빨리 들고 있던 검을 치켜 올렸다.

웅!

한 줄기 파공음과 함께 야율거공의 검에서도 서늘한 검기가 만들어져 떨어지는 목인몽의 검을 막아갔다.

쾅!

두 개의 검기가 어김없이 벽력 소리를 내며 격돌했다. 처음과 마찬가지로 승패를 가늠할 수 없는 승부여서 두 사람의 신형이 마치 얼어붙은 듯 정지했다.

그런데 그 짧은 순간 문득 목인몽이 왼손을 번개처럼 휘둘렀다. 그러자 그의 손에 녹색의 장력이 넓게 퍼져 나왔다.

"흡!"

한순간 야율거공이 대경하며 뒤로 물러났다.

"독을!"

뒤로 물러나며 야율거공이 차갑게 소리쳤다.

"그게 내 밑천 중 하나라지 않았나!"

독장을 이용해 승기를 잡은 목인몽이 야율거공을 몰아가며 소리쳤다.

우웅!

이 장 이상 길어진 목인몽의 검이 야율거공의 몸을 열십자로 갈라갔다. 순간 야율거공의 얼굴이 창백하게 변했다. 아마도 독장의 영향을 받은 모양이었다.

"후후, 오릉에 든 자들에게 산공독을 썼다지? 하지만 나의 독은 그따위 독과는 차원이 달라. 아마 지금쯤 혈맥이 터질 것 같은 고통을 느낄 텐데!"

목인몽의 말이 채 끝나기도 전에 그의 검기가 야율거공을 덮쳤다.

"음!"

야율거공이 다시 사오 장 뒤로 물러났다. 창백해진 그의 얼굴은 목인몽의 말처럼 그가 독에 중독되었음을 말해주고 있었다.

"이제 그만 무릎을 꿇어라!"

목인몽이 야율거공의 상태를 살피며 재차 검을 휘둘렀다.

콰아아!

파도를 가르듯 목인몽의 검기가 공기를 가르며 야율거공을 향해 밀려갔다. 야율거공의 상태로는 도저히 감당할 수 없을 듯한 공세였다. 그런데 그 순간 갑자기 야율거공이 들고 있던 검을 목인몽을 향해 거칠게 던져냈다.

쐐애액!

야율거공이 던진 검이 화살처럼 목인몽을 향해 날아들었다.

"급하긴 급한 모양이구나. 병기를 버리다니."

캉!

목인몽이 검의 방향을 틀어 날아드는 야율거공의 검을 쳐내며 소리쳤다. 그런데 그 순간 야율거공이 어느새 다시 한 자루의 검을 빼 들고 목인몽을 향해 달려들었다.

"죽을 곳을 찾는구나!"

목인몽이 득의한 목소리로 소리치며 야율거공을 향해 다시 일검을 휘둘렀다. 그의 검에서 삼 장 길이의 검기가 만들어졌다. 반면에 야율거공의 검에서는 어떤 검기도 흘러나오지 않았다. 누가 보아도 명백해 보이는 승부였다. 강호의 뭇 고수들을 농락한 야율거공의 최후가 눈앞에 다가와 있었다.

第五章

오왕의 검

깡!

한줄기 날카로운 파열음이 장내를 울렸다. 순간 누구도 예상치 못한 일이 벌어졌다. 경각의 위기에 달렸던 야율거공의 검이 강력한 목인몽의 검기를 뚫고 들어가더니 단번에 그의 검을 베어버렸던 것이다.

잘려 나간 검의 앞부분이 허공에서 빙글빙글 돌며 날아가더니 커다란 아름드리나무에 박혔다.

"웃!"

승부를 자신했던 목인몽이 놀란 음성을 토해내며 재빨리 뒤로 물러났다. 동시에 그의 손에서 자욱한 녹색 연무가 일었다. 독장을 떨쳐 낸 것이다.

목인몽의 검을 잘라 버리고 재차 일격을 가하려던 야율거공 역시 목인몽의 독장을 감당하지 못하고 뒤로 물러났다.

"어떻게 된 일이지?"

적에게 목인몽이 아이처럼 물었다. 그의 시선은 야율거공이 들고 있는 검에 고정되어 있었다. 어려서부터 목우와 요소빙의 극진한 돌봄 속에 자란 목인몽이었기에 삼십이 넘은 나이에도 가끔 이렇게 어린애 같은 모습을 보일 때가 있었다.

"네가 찾던 물건이다."

야율거공이 차갑게 말했다.

"내가 찾던 물건? 오룡삼보!"

목인몽의 외침에 야율거공이 고개를 끄덕였다. 그러면서 나직하게 입을 열었다.

"오왕의 검이지. 본래의 이름은 천명검. 그러나 정말 오왕이 썼던 것인지는 모르겠군. 전설에 의하면 오왕 손권은 무공을 익힌 적이 없는데 자신을 암살하려 했던 열두 명의 자객을 이 검으로 모두 베었다고 하더군. 그러나 그게 사실인지는 모르겠다. 하지만 어쨌든 이 검이 대단한 것은 사실이야. 그대의 목을 베기에 충분한 날카로움을 지니고 있지."

"흐흐흐, 날 도검으로만 상대하려 한다는 것은 어리석은 일이야."

목인몽이 야율거공이 들고 있는 오왕의 검에 여전히 눈길을 주면서 말했다.

"너의 독공이 대단하다는 것은 인정하마. 어디서 그런 독공을 익혔는지 모르겠군. 내 당문의 고수를 수하로 두고 있지 만… 제길, 그자는 왜 그렇게 쉽게 패해 버린 걸까?'

갑자기 야율거공이 얼굴을 찌푸렸다. 그러자 뒤에 있던 조치효가 얼른 입을 열었다.

"상대가 파금검 아니었습니까?"

"아쉬운 일이야. 그가 몸이 성했다면 오늘 굉장한 독의 대결을 구경할 수도 있었을 텐데……."

야율거공의 말에 목인몽이 비릿한 미소를 지었다.

"당문? 후후, 당문 문도 따위가 감히 내 앞에서 독공을 펼칠 수 있다고 생각하나?"

"정말 지나친 자신감이군. 당문의 독까지 무시하다니……. 하지만 어쨌든 오늘 넌 죽어야겠다. 처음에는 수하로 거둘까 생각했는데 네놈의 독이 너무 위험해. 그리고 그 독보다 더 위험한 것은 야망인 것 같고."

"글쎄, 그따위 검 한 자루로 날 죽일 수는 없다니까."

목인몽이 빙글거리며 말했다. 그러자 야율거공이 한줄기 미소를 지으며 대답했다.

"이 검으로 널 베긴 할 거다. 그러나 그전에 네 팔과 다리가 먼저 상할 거야. 뒤를 보거라."

야율거공의 말에 목인몽이 슬쩍 시선을 뒤로 돌렸다. 그러자 숲 사이로 달려오고 있는 수백에 달하는 흑의인들이 눈에 들어왔다.

"흠, 좋지 않긴 하군."

아무리 목인몽의 무공이 뛰어나더라도 근 일백에 달하는 야율거공의 수하들을 당해낼 수는 없었다. 더군다나 야율거공 자신도 절대의 고수일뿐더러 그의 손에는 천명검이 들려 있었다.

"가시지요."

문득 목인몽 뒤에 있던 다섯 사내 중 초로의 노인이 입을 열었다.

"그래야겠지?"

목인몽이 아쉬운 듯 말했다.

"나중에… 기회가 또 있을 겁니다."

노인이 달래듯 말했다.

"좋아, 오늘은 내가 양보하지. 이보시오, 영락대인!"

언제 목숨을 걸고 싸운 사이냐는 듯이 목인몽의 말투가 또 변했다.

"왜 그러시나?"

야율거공이 빙그레 미소를 지으며 대답했다.

"그 검, 잘 보관해 두시오."

목인몽이 마치 자기 물건을 맡긴 듯 말했다. 그러자 야율거공이 지지 않고 대답했다.

"알겠네. 아주 소중히 보관하지. 자네도 그 목 잘 보관하게."

서늘한 협박에 목인몽의 표정이 일변했다. 그의 입에서 노기가 섞인 음성이 흘러나왔다.

"다음에 만날 때는 요행 따위는 없을 게다! 가자!"

목인몽이 한마디 경고를 남기고는 훌쩍 신형을 날려 산비탈을 타고 오르기 시작했다. 일반적으로 도주를 하는 자는 산을 내려가게 마련인데 목인몽은 기이하게도 산을 거슬러 올라 도주를 시도했다.

"쫓아라!"

조치효가 주위의 흑의인들에게 명을 내리는 순간 야율거공이 손을 들어 흑의인들을 말렸다.

"아니, 쫓지 마라."

"하지만……?"

"바람이 위에서 아래로 불고 있어. 그자가 독을 쓰면 꼼짝없이 당하게 되네. 그래서 놈이 위로 올라간 거야."

"그, 그렇군요."

조치효가 얼른 고개를 끄덕였다. 그러자 야율거공이 도주하는 목인몽을 보며 중얼거렸다.

"아까운 자다. 당천용보다 열 배는 뛰어나. 하지만… 야망이 큰 자이니 역시 제거하는 것만 못하지. 다음에는 반드시 죽여주마, 목인몽!"

＊　　　＊　　　＊

몇 달간 뜨거웠던 무창의 공기가 하루아침에 차갑게 가라앉았다. 그동안 무창을 휩쓸고 다녔던 무인들의 모습은 더 이상 찾아보기 힘들었다. 들리는 소문에 의하면 오릉이 발견되었다는 송산에서 보물을 쫓아 무창에 들어왔던 모든 고수들이 전멸을 당했다고도 하고, 혹자는 오릉의 보물 주인이 정해지자 그곳에서 뿔뿔이 흩어졌다고도 했다.

무창에 정박해 있던 수많은 배도 어느덧 사라지고, 최후까지 남아 있던 절대삼문의 용선이 장강을 따라 상류로 떠난 지도 이틀, 그 배에 오릉으로 향했던 절대삼문의 고수들이 올 때와 마찬가지로 모두 타고 있는지는 아무도 알 수 없었다.

한동안 무창을 떠들썩하게 했던 젊은 고수 파금검에 대한 소문도 한량한 무창의 공기에 섞여 사라졌다. 덕분에 편해진 것은 허소산 일행이었다.

"정말 모두 죽은 걸까요?"

망향원은 앞으로는 강을, 뒤로는 험한 산이 위치한 위태로운 곳에 자리 잡고 있는 만큼 경치가 빼어났다. 굽어 돌아가는 강줄기를 바라보며 망향원의 식구들이 오랜만에 망향원 뒤쪽에 있는 정자에 앉아 차를 즐기고 있었다.

입을 연 것은 감명이었다. 망향원 앞을 굽어 돌아가는 강줄기를 따라 몇 척의 배가 무창을 떠나고 있는 것이 보였다.

"명아, 본시 사람 목숨은 질긴 거란다."

원보가 부드럽게 말했다.

"그럼 살아남은 사람이 있다는 거지요?"

"당장 우리도 그렇고 양양육수도 그렇고… 또 그 천상천하 십이웅이라는 요상스런 자들도 살지 않았느냐?"

"그런데 왜 소문이 돌지 않은 걸까요?"

"무슨 소문?"

"그 야율거공에 대한 소문 말이에요. 그자의 흉측한 음모가 이미 강호 전역에 퍼졌어야 하는 것 아닌가요? 그래서 강호 공적이 되어 있어야 할 사람인데……"

"글쎄다. 그건 나도 의문이구나. 살아남은 사람이 너무 적어서 그런가? 아니면 그를 추적하는 움직임이 생기려면 시간이 필요한 걸까?"

원보가 고개를 갸웃하며 중얼거렸다. 그러나 두 사람의 의문을 풀어줄 사람은 장내에 없었다. 정자에 앉아 있는 사람들 역시 두 사람이 가진 의문을 똑같이 가지고 있었기 때문이다.

"금천장주에게서도 소식이 없으니 그들도 죽은 걸까?"

이번에는 허산왕이 입을 열었다. 그러자 허소산이 고개를 저었다.

"그자가 죽었을 것 같지는 않아요. 쉽게 죽을 사람이 아니죠."

"나도 그렇게 생각은 한다만, 그럼 왜 연락이 없지?"

"그가 죽지는 않았어도 큰 피해를 입었을 수는 있지요. 미처 우리에게 신경 쓸 겨를이 없었을 거예요."

"그럴 수도 있겠구나. 어쨌든 그 덕에 우리는 조금 편한 시간을 가지게 되었군."

"그러게 말이에요."

허소산이 미소를 지으며 대답했다.

"이젠 어떻게 할 거지?"

문득 전조명이 허소산에게 물었다. 그러자 허소산이 오히려 전조명에게 되물었다.

"뭘 하면 좋을까? 항주로 가서 본격적으로 만재방을 일으켜 볼까?"

"아버님이 돌아오시기 전에는 이른 일인걸."

전조명이 고개를 저었다. 그러자 원보가 느긋한 목소리로 입을 열었다.

"할 일을 찾는다면 꼭 해야 할 일 두 가지가 있지."

"뭐죠?"

전조명이 호기심을 드러내며 물었다.

"하나는 오릉에서 얻은 천보도의 보물을 찾으러 가는 것, 다른 하나는……."

원보가 슬쩍 허소산과 전조명을 보며 말꼬리를 흐렸다.

"다른 하나는 뭔데요, 할아버지?"

감아라가 원보에게 매달리며 물었다.

"뭐가 있겠느냐? 두 선남선녀가 부부가 되는 일이지."

원보의 말에 전조명의 얼굴이 붉게 물들었다. 그런데 의외로 허산왕이 원보의 의견에 반대를 하고 나섰다.

"지금은 때가 아니지요."

"어? 허 엽사께선 두 사람의 혼인을 반대하는 것이오?"

원보의 말에 전조명이 화들짝 놀란 표정으로 허산왕을 바라봤다. 허산왕은 절대 두 사람의 혼인을 반대할 사람이 아니기 때문이었다.

"반대하는 것이 아니라 지금은 혼인을 할 때가 아니라는 말이오. 혼인이란 인륜지대사인데 어찌 방주께서 돌아오시지도 않은 상황에서 혼인을 할 수 있겠소. 두 사람의 일은 방주께서 돌아오신 이후에 가능한 일이오."

"흠, 그도 그렇구려. 내 생각이 짧았소. 그럼 결국 보물을 찾으러 가는 일만 남은 거군."

원보가 흥미진진한 표정으로 말했다. 그러자 전조명이 허소산에게 물었다.

"정말 그 천보도의 보물을 찾으러 갈 거야?"

"그건 내가 아니라 조명이 결정해."

"내가?"

"그래. 사실 난 재물이 필요없어. 이 천보도가 내겐 크게 중요한 물건이 아니라는 거지. 하지만 조명에게는 다르지. 어때, 천보도의 보물을 찾아볼까?"

허소산의 물음에 전조명이 말을 않고 깊은 생각에 잠겼다. 그러자 원보가 참지 못하고 입을 열었다.

"아니, 고민할 게 뭐가 있소? 천보도의 보물을 찾는다면 금세 만재방을 재건할 수 있을 텐데."

원보의 질문에 전조명이 고개를 저었다.

"그렇게 간단한 문제가 아닌 것 같아요."

"뭐가 말이오?"

"물론 천보도의 재물이 있다면 만재방을 재건하는 데 큰 도움이 되겠죠. 하지만 사실 우리 만재방은 상가이거든요."

"뭐가 다르오?"

"다르죠. 만재방은 단순히 재물을 많이 모으려는 가문이 아니에요. 만재방은 천하를 대상으로 상로를 개척하고, 거래를 하면서 살아가는 삶을 원하는 사람들의 가문이에요. 단순히 재물을 탐하는 집단과는 다르죠. 그래서 우리 만재방에서는 전방이나 투장을 운영하지 않지요. 물론 앵속 같은 물건도 취급하지 않아요."

"음, 그러니까 천보도의 재물이 아니라 상행을 통해 이뤄지는 부에 가치가 있다는 거구려?"

"그렇지요. 물론 부를 축적하는 것 자체도 큰 목적이긴 하지만, 사실 재물로 보자면 지금도 그렇게 부족한 것은 아니에요. 다른 자들의 방해만 없다면……."

"무슨 말인지 알겠소. 하지만 지금의 상황에서 재물이란 것은 많을수록 좋은 것 아니겠소? 지금은 정상적인 상황이 아니라 상권을 두고 목숨이 오가는 싸움을 벌여야 할 때니 말이오."

"그렇긴 하지요. 그래서 고민이에요."

"찾아보는 것도 나쁘지는 않을 것 같소이다."

감천홍도 입을 열었다.

"감 녹사도 재물에 관심이 있는가?"

원보가 의외라는 듯 물었다.

"개인적으로는 별 소용없으나 여기 계신 분들이 모두 할 일들이 있으니 얼마간의 재물은 필요하지 않을까 싶습니다만……."

"음, 그렇긴 하지. 고려로 돌아가는데 빈손으로 갈 수는 없으니까. 어떻게 생각하느냐?"

물음이 다시 허소산에게로 돌아왔다.

"제 대답은 같아요. 천보도는 조명에게 준 선물이에요."

"아이구, 이거 벌써 이렇게 잡혀 사는 거야?"

원보가 두 손을 들며 소리쳤다.

"난 좀 더 생각해 볼게."

전조명이 허소산을 보며 말했다. 그러자 허소산이 고개를 끄덕였다.

"그래, 그렇게 해. 시간은 많으니까. 그런데 그자의 소식은 없나요?"

문득 허소산이 설도우에게 물었다. 그러자 설도우가 고개를 저었다.

"아직 없습니다. 천신노와 화신노까지 나서서 은밀히 그를 찾고 있지만 어디서도 흔적이 없군요."

"목인몽 말이냐?"

원보가 물었다. 그러자 허소산이 고개를 끄덕이며 대답했다.

"어쩌면 그가 우리를 주시하고 있을지도 몰라요."

"응? 그게 무슨 말이냐?"

"그가 무창에 왔다면……."

"하지만 무창에서 그의 흔적은 찾지 못했지 않느냐? 우리도 무척 조심스럽게 움직였고."

"그러나 우리보단 그가 유리한 상황이지요. 우린… 오산금림이 함께 움직이고 있으니까."

"그렇긴 하구나. 아무튼 조심해야 해. 야율거공 그자도 그렇고. 에이, 왜 힘 좀 있는 놈들은 하나같이 위험할까?"

원보가 손을 털며 투덜거렸다.

그런데 그때 문득 서쪽에서 한 마리 새가 날아오더니 빙글빙글 정자 위를 돌기 시작했다. 순간 전조명과 지풍하가 벌떡 자리에서 일어났다.

"무슨 일이에요?"

감명이 놀란 얼굴로 두 사람을 보며 물었다. 그러나 전조명은 감명의 물음에 대답하는 대신 하늘로 손을 들어 올렸다. 그러자 정자 위를 날던 새가 가볍게 전조명의 팔에 올라앉았다.

구구구!

전조명의 팔에 앉은 비둘기가 구슬픈 울음을 울었다.

"그래, 잘 다녀왔어?"

전조명이 마치 오랫동안 알고 지낸 친구에게 말하듯 비둘기를 보며 말했다. 그러자 비둘기가 고개를 주억거리며 전조명의 팔목에 부리를 비벼댔다.

전조명이 조심스런 손길로 비둘기를 움켜잡더니 그 발목에서 작은 전서통을 꺼내 들었다.

"방주께서 보내신 거구려."

이세교가 전조명 곁으로 다가서며 말했다.

"맞아요."

"무슨 소식입니까?"

지몽하의 물음에 전조명이 서둘러 전서를 펼쳤다. 그리고 잠시 후 전조명의 표정이 밝아졌다.

"난주까지 오셨대요."

"난주라면 중원에 들어오셨군요. 잘된 일입니다."

지몽하가 반색을 하며 말했다. 그러자 전조명이 잠시 후 고개를 갸웃하며 입을 열었다.

"그런데… 서안까지 배를 가지고 오라시는군요."

"서안이라면……. 그런데 배는 왜?"

지몽하가 의문스런 표정으로 물었다. 그러자 전조명이 고개를 저었다.

"자세한 내용은 쓰여 있지 않아요. 어쩌면 서역에서 가져오는 물품들이 적지 않기 때문일지도 모르죠. 일단 서둘러 배를 구해 장안으로 가야 할 것 같아요."

"장안으로 가려면 대운하를 타고 가야겠군."

원보가 중얼거렸다.

그날부터 망향원 사람들이 바쁘게 움직이기 시작했다. 배를 구하는 일도 쉽지 않았다. 사람들의 이목을 피하기 위해 배를 구하는 일을 맡은 것은 원보와 허산왕이었는데, 두 사람은 거래를 하는 데 도통 익숙지가 않았다.

그래서 배를 보고 오면 만재방 사람들에게 그 가격을 확인해 보고 다시 가서 흥정을 하는 식으로 상선을 구할 수밖에 없었다. 하지만 결국 두 사람은 제법 큰 상선을 구입하는 데 성공했다.

"보기에는 허름해 보여도 안은 무척 튼실하더군."

상선의 거래를 마치고 돌아온 원보가 사람들에 둘러싸여 마치 전장에서 큰 공을 세우고 돌아온 장수처럼 자신과 허산왕이 구입한 상선에 대해 이런저런 이야기를 늘어놓았다.

"운하를 통과할 수는 있겠지요?"

전조명이 걱정스런 표정으로 물었다.

"당연히 가능한 일이오. 이미 확인했지 않소?"

원보가 고개를 끄덕이며 대답했다. 그러자 전조명이 안심한 표정을 짓더니 허소산을 보며 말했다.

"서둘러 떠나야 해. 아버지께서 이달 보름까지는 장안에 와 달라고 했어. 장안에 도착해서는 두 척의 배를 더 구해야 하고."

"그럼 내일이라도 떠나지, 뭐."

"괜찮아?"

"나야 자유로운 사람이야."

"하지만……."

전조명이 시선을 돌려 설도우 등 오산금림의 사람들을 바라봤다. 그러자 설도우가 천천히 허소산에게 다가서며 물었다.

"함께 가실 생각이신지요?"

"그래야겠지요."

"알겠습니다. 그럼 저도⋯⋯."

"아니, 아니에요. 신노께서는 이곳에 남아주세요."

"하지만⋯⋯."

"그래 주세요. 아무래도 목인몽 그자와 야율거공이 마음에 걸려요. 그 두 사람의 행적을 추적해 주세요."

"그 일이라면 이미 다른 사람들이 나서고 있지 않습니까?"

"만약에라도 그들과 조우한다면 설 신노께서 있으셔야 하지요. 그 두 사람을 상대할 사람은 신노님밖에 없어요. 오산금림의 고수들일지라도 두 사람을 상대하는 것은 역부족이지요."

허소산의 말에 설도우가 고개를 끄덕였다.

"알겠습니다. 하지만 경주님을 홀로 보내는 것이 걱정이군요."

"왜요? 제가 무슨 일이라도 당할까 봐요?"

허소산이 짐짓 웃으며 물었다. 그러자 설도우가 고개를 저으며 대답했다.

"천하에 누가 있어 경주님을 위협하겠습니까? 단지⋯ 경주님께서 이대로 우리를 떠나실지도 모른다는 생각이 들어서⋯⋯."

순간 허소산이 빙그레 미소를 지으며 말했다.

"이제 보니 신노께선 절 보호하기 위해서가 아니라 감시하기 위해서 따라다니신 거군요?"

"아니라고는 말할 수 없습니다. 신황림이 다시 주인없는 숲이 되는 것은 끔찍하니까요."

"하하하, 걱정 마세요. 만약 언젠가 떠나게 된다 해도 반드시 작별 인사를 하고 갈 테니까요."

"약속하시는 거지요?"

"약속하지요."

허소산의 대답에 그제야 설도우가 미소를 지으며 말했다.

"알겠습니다. 그럼 안심하고 보내드리지요. 평안히 다녀오십시오."

*   *   *

배가 뜬 곳은 무창의 포구였지만 배는 곧바로 대운하를 향해 나아가지 않았다. 무창의 포구를 떠난 배는 잠시 방향을 틀어 망향원 앞에 흐르는 장강의 지류를 따라 올라왔다.

배가 강의 굴곡을 지나 망향원 앞을 지날 때 허소산과 조명, 그리고 만재방의 식솔들이 은밀하게 배에 올랐다. 원보와 설도우, 그리고 감천홍의 가족은 망향원에 남았다. 혹시 모를 금천장의 방문에 대비한 것이다. 허소산을 따라나선 사람은 오직 허산왕뿐이었다.

반면에 망향원에 머물던 만재방 식솔들은 거의 대부분 배에 올랐다. 사람들을 태운 배는 다시 강을 거슬러 내려와 장강으로 들어선 후 대운하를 향해 전진했다.

"사람은 참 대단하지?"

시원한 강바람을 맞으며 전조명이 허소산에게 말을 건넸다. 두 사람은 대운하를 따라 늘어선 민가와 숲들을 구경하며 갑판에 올라 있었다. 이미 망향원을 떠난 지 닷새가 지나고 있었다.

"뭐가?"

"이 운하 말이야. 어떤 이렇게 길고 거대한 운하를 만들 생각을 했을까?"

"필요에 의해서 만든 거지. 예전 장안과 낙양이 황도로 쓰일 때는 강남의 미곡을 북쪽으로 옮길 뱃길이 필요했으니까. 하지만 그 덕에 수조가 멸망했지."

"사람도 많이 죽었다고 하더라고."

"좋은 일이었을까, 나쁜 일이었을까?"

"누군가에겐 좋고 누군가에겐 나쁜 일이었겠지. 세상일이 모두 그런 것 같아."

"우리도 나이가 들어가는 걸까? 이런 이야기를 하고 있는 걸 보면."

"난 아직 그런 말 듣고 싶지 않은데?"

전조명이 고개를 저으며 말했다.

"알았어. 조명은 아직 어린아이라고 해두지."

"호호, 그런 말이 아니잖아?"

전조명이 밝게 웃음을 터뜨렸다. 그런데 그때 함께 배에 타고 있던 지몽하가 달려왔다.

"아가씨!"

"무슨 일이죠?"

"전서구가 다시 왔습니다."

"그래요?"

전조명이 급히 지몽하의 손에서 전서구를 받아 들었다. 그리고는 한참 글을 읽더니 지몽하에게 급히 말했다.

"서둘러야겠어요. 아버지께서 닷새 후면 장안에 도착하신대요."

"알겠습니다. 우리도 곧 운하를 벗어나 황하에 들어설 것이니 그리 늦은 것은 아닙니다."

"서둘러 주세요."

"알겠습니다."

지몽하가 고개를 숙여 보이고는 다시 배의 중심으로 달려갔다.

황하로 들어선 배는 강을 거슬러 올라 장안으로 향했다. 허소산으로서는 의도치 않게 고도를 돌아볼 기회를 얻은 것이기에 제법 흥미로운 여행이었지만 전조명과 만재방 식솔들은 가끔 조급한 기색을 보이기도 했다.

그렇게 다시 며칠을 거슬러 오르자 배가 드디어 장안의 포구에 이르렀다. 일행이 포구에 도착한 것은 어둠이 서서히 내리는 저녁 무렵이었는데, 일행은 포구에 도착하자마자 배에서 내려 밤길을 마다않고 만재방주 전욱 일행이 머물고 있다는 장안 외곽의 객잔으로 향했다.

그런데 기이한 일이 벌어졌다. 전욱 일행이 머물고 있다는 객잔에 도착했지만 전욱 일행은 그림자도 찾아볼 수 없었던 것이다.

"이게 도대체 어찌 된 일이죠?"

전조명이 당황한 표정으로 지몽하에게 물었다.

"그러게 말입니다. 알 수가 없는 일이군요. 분명 전서에는 이곳으로 오라 쓰여 있었는데……. 그건 아가씨도 확인하지 않으셨습니까."

지몽하도 어리둥절한 표정으로 대답했다.

"혹 일이 잘못된 건 아닐까?"

칠대행수 이덕송이 어두운 얼굴로 말했다.

"도대체 이게 무슨 일이지?"

전조명이 근심 어린 표정으로 객잔의 이곳저곳을 둘러봤다. 그러나 그 어디서도 전욱 일행의 흔적을 찾을 수가 없었다.

"누군가 수작을 부린 건 아닐까요?"

지몽하가 나직하게 말했다.

"수작이라뇨?"

전조명의 물음에 지몽하가 정색을 하고 대답했다.

"우릴 이곳으로 유인하려는……."

"그럴 리 없어요. 전서구는 분명 아버지께서만 쓰실 수 있는 금구였어요."

"그렇지요. 맞습니다. 그럼 도대체 이게 어찌 된 일인지……."

지몽하가 다시 곤혹스런 표정으로 고개를 저었다.

허소산과 허산왕도 근심스런 눈길로 객잔의 이곳저곳을 살폈다. 그러다가 한순간 허소산의 눈빛이 번쩍였다.

'이상하다.'

허소산의 머릿속에 한순간 의구심이 들었다. 객잔에 들어 있는 손님들의 모습에서 기이한 점을 발견했기 때문이다. 손님들이 앉아 있는 탁자에는 분명 음식과 술이 놓여 있었는데 그 음식에서 김이 나지 않았다.

'김이 나지 않는 음식이란 오랫동안 상에 올려 있었다는 의미. 그런데 음식의 양은 줄지 않았다. 한 곳이 아니라 거의 모든 탁자에 있는 음식이 마찬가지야. 그렇다면 이건 이들 모두가 한통속의 사람들이란 말인데……'

허소산이 다시 고개를 돌려 주방 쪽을 바라봤다. 그러자 주방에서 일하는 자 한 명이 주방으로 들어가는 문을 열고 밖을 내다보고 있다가 급히 눈길을 돌렸다.

"조명, 나가야 할 것 같아."

허소산이 전조명에게 나직하게 말했다.

"그게 무슨 말이야? 나가자니?"

"함정인 것 같아."

"함정?"

전조명이 놀란 눈을 하고 재빨리 되물었다.

"객잔 안의 분위기가 이상해. 평범한 손님들이 아니야. 누군가를 기다리고 있어."

허소산의 말에 일행이 재빨리 객잔 안의 손님들을 살폈다. 잠시 후 지몽하가 입을 열었다.

"맞군요. 정말 이상한 면이 있습니다, 아가씨."

"나가는 것이 좋을 것 같습니다."

이덕송도 지몽하를 거들었다. 그러자 전조명이 망설이며 말했다.

"하지만 그리되면……."

"만약 방주님이 장안에 계신다면 다시 연락이 올 거야. 배에서 기다리는 것이 나아."

허소산이 단호하게 말했다. 그러자 전조명이 고개를 끄덕였다.

"알겠어. 그럼 일단 돌아가."

전조명의 동의가 있자 일행이 자리에서 일어났다. 그리고는 천천히 객잔의 문 쪽으로 걸어갔다. 그런데 그 순간 갑자기 삼십대로 보이는 점소이가 일행의 앞을 막아섰다.

"무슨 일이오?"

지몽하가 싸늘한 기색을 물었다.

"벌써 가시게요?"

점소이가 익숙하지 않은 태도로 물었다.

"음식이 형편없군."

"아이구, 죄송합니다. 하지만 그래도 음식 값은 내셔야 하는

데……."

"탁자 위에 올려놨소. 부족함이 없을 거요."

"아, 그러시군요. 그런데……."

"또 뭐요?"

"혹 서역에서 오는 길이십니까?"

"서역?"

지몽하가 고개를 갸웃하며 되물었다.

"그렇습니다. 혹시 서역에서 오시는 길입니까?"

점소이가 같은 질문을 다시 했다. 그러자 지몽하가 고개를
저었다.

"아니오. 우린 강남에서 왔소. 그런데 그건 왜 물으시오?"

지몽하의 질문에 점소이가 고개를 저었다.

"아닙니다. 그만 가보십시오."

마치 축객령이라도 내리듯 점소이가 말했다. 절대 평범한
점소이는 아니었다. 그때 문득 허소산이 곁에 있는 탁자를 내
려쳤다.

쾅!

한순간에 탁자가 박살이 났다. 갑작스런 허소산의 행동에
점소이는 물론 전조명과 지몽하도 놀라서 허소산을 바라봤다.

"이런 괘씸한 놈을 보았나? 감히 점소이 주제에 아가씨의
앞을 막고 쓸데없는 질문을 늘어놓더니 이젠 그만 가보라고?
정말 간이 배 밖으로 나온 놈이 아니더냐? 주인을 나오라고 해
라!"

허소산의 호통에 점소이가 비굴한 미소를 지으며 말했다.

"이거 미안하게 되었습니다. 제가 고향이 서역이다 보니 혹 그곳에서 오신 분들인가 해서…… 너그러이 용서해 주십시오."

"네놈 한 팔을 잘라야겠다."

허소산이 번개처럼 검을 휘둘렀다. 검집을 벗어나는 순간 이미 검은 점소이의 어깨를 베고 있었다. 그런데 더 놀라운 것은 점소이였다. 허소산의 검이 그의 어깨를 베려는 순간 그가 흐릿한 그림자로 변하더니 한순간에 삼사 장 뒤로 물러나는 것이 아닌가.

"과연 보통 놈이 아니구나."

허소산이 다시 노성을 토해내며 점소이를 향해 달려들려는 순간 점소이가 재빨리 손을 들어 허소산을 막았다.

"잠깐, 잠깐 기다리시오."

여유 가득하던 점소이 얼굴이 차갑게 가라앉아 있었다.

"뭐냐? 스스로 팔을 베어 바치겠느냐?"

"일단 내 말을 들어보시오. 내가 그대들에게 무례를 범한 것은 미안하오. 하지만 사실은 여기는 보통 객잔이 아니오. 그대들이 객잔을 잘못 찾아 들어온 것이란 말이오."

"객잔이 술 팔고 밥 팔고 잠자리 팔면 그만이지, 무슨 특별한 것이 있단 말이냐?"

"오늘만은 이곳이 그런 곳이 아니오. 나 역시 그저 그런 점소이는 아니오. 서로 싸우면 양측 모두 피해를 입을 테니 내

사과를 받고 이대로 물러나 주시오. 우린 소란이 이는 것을 원치 않소."

"감히 우릴 무시하고 한마디 말로 보내겠다고?"

허소산이 다시 검을 들어 올렸다. 그러자 갑자기 객잔 안쪽에서 한 사람이 바람처럼 날아와 점소이 옆에 섰다.

"무례에 대한 보상을 하겠으니 검을 멈춰주시오!"

새롭게 장내에 모습을 드러낸 자는 오십여 세로 보이는 중년 사내였다. 한 자루의 장검을 등에 메고 있는 것이 살기가 물씬 풍겼다.

"어떻게 보상을 하겠소?"

허소산이 검을 겨누며 물었다.

"자, 이거면 되겠소? 당신들이 낸 음식 값의 열 배는 될 거요."

사내가 품속에서 전낭 하나를 꺼내 허소산에게 던졌다. 그러자 허소산이 재빨리 검을 휘둘러 날렵하게 전낭을 낚아채더니 냉소를 흘렸다.

"겨우 은자 몇 냥으로 우리를 돌려보내겠다고?"

허소산의 비웃음에 중년 사내의 표정이 싸늘하게 굳었다.

"정녕 피를 보겠단 말이오? 우리가 힘이 없어 참고 있는 것이 아니오. 우린 오늘 특별한 손님을 맞아야 하기에 당신들의 비위를 맞추고 있는 것이오."

"흐흐, 우리도 특별한 손님이지."

허소산이 음산한 웃음을 흘리며 말했다. 그러자 중년 사내가 차가운 안광을 흘리며 천천히 검을 잡아갔다. 그런데 그때 문득 전조명의 목소리가 들렸다.

"소산, 그만 가자."

"하지만 아가씨."

허소산이 굽실거리며 전조명을 돌아봤다. 그러자 전조명이 고개를 저으며 말했다.

"아무래도 이 객잔은 용담호혈인 듯하구나. 괜히 강호의 분란에 끼어들 필요 없다. 가자."

"그래도……."

"소산, 싸움이 하고 싶으면 투장에나 가!"

전조명이 차갑게 말했다. 그러자 허소산이 검을 거뒀다.

"뭐… 그만하지요. 운 좋은 줄 아쇼!"

허소산이 중년 사내를 넌지시 바라보며 말했다. 그러는 사이 어느새 전조명은 객잔을 벗어나고 있었다.

"아가씨, 같이 가시죠."

허소산이 부드럽게 걸음을 옮기자 그의 신형이 바람처럼 전조명의 뒤로 따라 붙었다.

"보통 인물이 아닙니다."

허소산이 객잔을 나가자 점소이가 중년 사내를 보며 말했다.

"그래, 신법이 경지에 이르렀구나."

"그대로 보냅니까?"

"긁어 부스럼을 만들 필요 없다. 혹여 전가가 오기라도 한다면 기습은 물 건너가고 말 거야."

"알겠습니다."

점소이가 고개를 숙여 보였다.

"그런데 기이하군."

"뭐가 말입니까?"

"왜 이렇게 늦지? 연락이 온 대로라면 이미 전가와 그 상단이 이틀 전에 도착했어야 하지 않느냐?"

"곧 오겠지요. 흑사림의 행보가 그렇게 허술치는 않을 것입니다."

"그렇긴 하지. 좋아, 며칠 더 기다려 보자."

중년 사내가 고개를 끄덕이고는 다시 객잔의 내실로 들어갔다.

"왜 그랬어?"

객잔을 벗어나자 전조명이 허소산에게 물었다.

"소란을 피우지 않았다면 오히려 의심을 했을 거야."

허소산이 대답했다.

"그럼 일부러 소란을 피운 거야?"

"그래. 그런 수모를 받고도 순순히 객잔을 떠난다면 의심하지 않을 사람이 없으니까."

"그렇구나. 그런데 어떤 자들일까?"

전조명이 객잔을 돌아보며 말하자 지몽하가 걱정스런 안색으로 말했다.

"필경 방주님을 기다리고 있는 것이 분명한 듯합니다."

"삼대행수님도 그렇게 보셨어요?"

"서역에서 온 사람이냐고 묻는 것과 애초에 이곳에 방주께서 여장을 풀 예정이었다는 것을 생각하면 분명한 일입니다."

"맞아요. 그런데 저자들은 서역에서부터 아버지를 쫓아온 것 같지는 않잖아요? 복색이 모두 중원 사람들이었어요. 아버지의 정확한 행적도 모르는 것 같고."

"내 생각에는 살수들인 것 같구만."

지금까지 침묵하고 있던 허산왕이 말했다.

"살수요?"

전조명이 놀란 눈으로 허산왕을 보며 되물었다.

"손님으로 가장한 자들에게서 살기가 느껴졌어. 살의를 가진 자들이라면 숨길 수 없는 살기지. 늑대가 흘리는 살기 같은 건데… 본능적으로 느낄 수 있지."

"그럼 아버지가 위험하겠어요."

전조명이 걱정스럽게 말했다. 그러자 허소산이 고개를 저었다.

"방주님 걱정은 안 해도 될 것 같은데."

"왜?"

"저 객잔에 들지 않으셨다는 것은 저자들이 기다리고 있다는 걸 아셨다는 말이니까."

"과연 그럴까?"

전조명이 여전히 걱정스러운 표정으로 고개를 갸웃했다. 그런데 그 순간 그들 앞에 불쑥 한 명의 인물이 나타났다.

"누구냐?"

지몽하가 날쌔게 검을 뽑으며 소리쳤다. 그러자 어둠에 얼굴이 가려진 사람이 입을 열었다.

"오랜만이네, 지 대행수."

第六章

흑사림

독경
壽廷

깊은 눈, 침착한 행동, 서 있기만 할 뿐인데도 흘러나오는 고
수의 풍취, 허소산은 눈앞의 노인을 한눈에 알아봤다. 어찌 잊
을 수 있겠는가. 그에게는 스승과 다름없는 사람을.

"어르신!"

지몽하가 감격스런 표정으로 노인을 부르며 크게 허리를 굽
혔다.

"잘 있었는가?"

노인이 부드러운 목소리로 물었다. 그 목소리에 깃든 평온
하면서도 굳건한 힘이 듣는 사람의 마음을 한순간에 편안하게
만들었다.

"오셨어요?"

전조명이 앞으로 나섰다.

"조명, 잘 지냈느냐?"

"그럼요. 할아버지는요?"

"나야 아주 즐거운 여행을 했지."

노인이 가벼운 미소와 함께 말했다. 그러다가 문득 노인의 시선이 허소산에게로 향했다. 허산왕과 나란히 서 있는 허소산의 모습을 빤히 바라보다 노인이 깊은 울림이 느껴지는 목소리로 물었다.

"소… 산이냐?"

노인의 물음에 허소산이 깊게 허리를 굽혀 인사를 하고는 침착하게 대답했다.

"네, 어르신. 소산입니다."

"아! 소산! 네가 살아 있었구나. 하긴 네가 죽었으리라고는 꿈에도 생각지 않았다. 이렇게 널 보다니… 허허허! 과연 돌아오니 좋구나. 이 하모극 평생 이렇게 기쁜 날은 없었을 것이다."

노인은 만재사신 하모극이었다. 세월이 지나 그의 얼굴에 그려진 주름살이 몇 가닥 늘기는 했으나 그 모습은 거의 변하지 않았으므로 그를 알아보는 것은 어려운 일이 아니었다.

"저도 어르신을 뵈니 너무도 기쁩니다."

허소산이 다시 고개를 숙이며 말했다. 그러자 곁에 있던 허산왕이 재빨리 입을 열었다.

"이곳은 위험한 곳 아닌지요?"

그러자 하모극이 고개를 끄덕였다.

　"허 엽사 말이 맞소이다. 내 소산을 만난 기쁨에 잠시 방심을 했구려. 자, 날 따라들 오시게."

　하모극이 재빨리 일행을 이끌고 어두운 골목길을 헤쳐 나가기 시작했다.

　이각여 정도를 이동해 일행은 한 채의 허름한 객잔 앞에 도착했다. 하모극은 그 객잔 안으로 일행을 데리고 들어갔다. 객잔으로 들어간 하모극은 구석진 객방으로 일행을 인도했는데, 객방은 작고 허름해 절대 하모극 같은 사람이 머물 곳으로 보이지 않았다.

　"도대체 어찌 된 일이에요?"

　객방에 들어서자마자 전조명이 걱정스런 표정으로 물었다. 이런 허름한 객방에 하모극이 머물고 있다는 사실이 그녀를 두렵게 만든 모양이었다.

　"걱정할 것 없다. 저들의 눈을 피하고자 잠시 이곳에 머물고 있는 것이니까."

　"저들이라뇨?"

　"흑사림이라고 들어보았느냐?"

　하모극이 불쑥 물었다. 전조명이 갑작스런 질문에 당황한 표정을 짓다가 고개를 저었다.

　"모르는 곳인데요. 흑사림이 왜요?"

　"대행수는 어떠한가?"

하모극이 이번에는 지몽하에게 물었다. 그러자 지몽하가 곰곰이 생각에 잠겼다가 입을 열었다.

"아주 오래전 중원에 상행을 나왔을 때 서역의 대상들로부터 그 이름을 들은 것 같습니다. 혹 돈황 서북쪽 천산남로의 사막에서 패자를 자처하는 도적떼가 아닌지요?"

"알고 있군."

"그자들이 무슨 일입니까?"

"그들이 우릴 쫓고 있네."

"아니, 무슨 일로 그들이……."

"음, 이야기를 하자면 기네. 지금은 그 이야기를 자세히 할 때는 아닌 것 같고."

"아버님은, 아버님은 어디 계시죠?"

전조명이 걱정스런 표정으로 물었다.

"걱정 말거라. 장주께서는 무탈하시다. 지금 장안에서 이틀 거리의 궁천이란 곳에 머물고 계신다. 배를 댈 수 있는 곳이니 내일 중으로 두 척의 배를 더 구해 그리로 오거라. 배로는 하루면 당도할 것이다."

"왜 배가 그렇게 많이 필요한 거죠?"

"당연히 상행을 다녀왔으니 배가 필요치 않겠느냐?"

"물건을 가지고 오신 거예요?"

"그래. 이번에 서역에서 제법 귀중한 물건들을 구할 수 있었단다."

"보통은 난주나 이곳 장안에서 물건들을 처리하잖아요?"

"음, 보통은 그런데 장주께서는 이 물건들을 항주로 가지고 가실 생각이다. 지금 화북은 대요가 들어선 이후 귀한 물건들이 제값은 받지 못하고 있단다. 송도 개봉도 북쪽의 위협에 대시가 서기는 어렵고. 결국 천하물산의 중심이 항주로 옮겨간 것은 이미 오래전의 일이다. 더불어 장주께선 항주에서 만재방의 이름으로 이 물건들을 거래하실 생각이시다. 만재방의 재기를 알리는 가장 훌륭한 방책이지."

"만재방의 이름으로요?"

전조명이 놀란 얼굴로 하모극을 바라봤다.

"그래. 이제 다시 일어설 때다."

하모극의 말에 장내의 사람들 얼굴에 흥분된 기운이 흘렀다. 그런데 그 와중에 허소산이 차분하게 물었다.

"흑사림이란 자들은 방해가 되지 않겠습니까?"

"장주께선 그들과 부딪치는 것보다 피해가길 원하시고 계신다. 일단 배를 타고 강남으로 가면 그들도 더 이상 우릴 쫓을 수는 없을 게다. 서역의 마도들이 중원을 함부로 넘을 수 있는 것이 아니다. 이미 중원에 들어서면서부터 그들의 추격도 한풀 꺾인 상태다. 그래서 중원의 살수들을 동원한 것이겠지만."

하모극이 큰일 아니라는 듯 말했다.

"그럼 일단 내일 배를 구해서 약속한 곳으로 갈게요."

전조명이 말했다. 그러자 하모극이 자리에서 일어났다.

"좋아, 그럼 오늘은 여기서 헤어지자. 내일 저녁이나 되어야 도착하겠지?"

"최대한 서둘게요."

"오냐. 자세한 이야기는 다시 만나서 하자꾸나. 나가자!"

하모극의 말을 마치자마자 객방을 나섰다. 그러자 일행 역시 재빨리 객방을 벗어났다.

배를 구하는 일은 그날 저녁 바로 시작됐다. 배를 구하는 것이 그리 쉬운 일은 아니지만 장안은 큰 성읍이라 조금 비싸게 값을 치르자 이튿날 오전 중에 두 척의 배를 구할 수 있었다.

허소산 일행은 사람이 그리 많지 않았기에 몇 명의 사공을 더 고용해 일행은 정오 무렵 궁천이라는 장안 하류의 작은 포구 마을을 향해 배를 몰았다.

*　　　　*　　　　*

한 채의 허름한 장원이 부산하게 움직이고 있었다. 장원의 마당에는 다섯 대의 거대한 마차가 있었고, 그 주변으로도 적지 않은 짐이 쌓여 있었다.

마치 장원을 버리고 피난을 가는 사람들처럼 장원 안의 사람들은 누가 불러도 대답을 할 수 없을 만큼 분주했다. 그런데 어느 순간부터 그런 장원 주변에 하나둘 이방인들이 나타나기 시작했다.

나타난 자들이 행색은 각양각색이었다. 누구는 장사치 모습을 하고 있었고, 어떤 자는 도검을 등에 멘 채 유랑 무인의 모습을 하고 있었다. 그중에는 여인도 있었고 늙은 노부부의 모습을 한 자들도 있었다.

어찌 보면 평범한 사람들의 모습이랄 수 있는 이들의 등장이 특별한 것은 장원 주변에 그동안 이렇게 많은 사람들이 동시에 나타난 경우가 없었기 때문이다.

그들은 장원 옆으로 난 길을 따라 오가기도 하고, 혹은 장원이 보이는 나무 그늘에서 쉬기도 하며 시간을 보냈다. 그렇게 반 시진 사이에 급격히 늘어난 사람들의 숫자가 스물이 넘었을 때 장원에서도 이들의 등장이 평범치 않다는 것을 알아챘는지 분주하던 사람들의 움직임이 뚝 멈췄다.

그리고 한순간 다시 십여 명의 특이한 복색을 한 자들이 장원 앞에 나타나자 순식간에 장원 주변을 어슬렁거리던 자들이 그들 곁으로 모여들었다.

양쪽의 사람들은 몇 마디 말을 나누더니 이내 장원으로 다가갔다. 그러자 장원에서 일단의 사람들이 나와 정문 앞을 막았다.

"멈추시오!"

장원 앞을 막아선 초로의 사내가 다가오는 자들을 향해 소리쳤다. 그러자 장원으로 다가오던 사내들이 걸음을 멈췄다. 그리고 특이한 복색의 사람들이 앞으로 나섰다.

"안녕하시오?"

어눌한 한어가 사내들의 입에서 흘러나왔다.

"무슨 일이오?"

장원을 막아선 사람이 다시 물었다.

"후후후, 우리가 누군지 모른단 말이오?"

나직한 음소가 사내의 입에서 흘러나왔다. 사내들의 복식은 중원의 것이 아니었다. 폭이 넓은 바지에 상의는 너른 천으로 홀홀 두른 것 같은 모습에, 머리는 뒤로 돌려 꽉 묶은 것이 거친 황야에 사는 자들의 모습을 하고 있었다.

"흑사림인가?"

장원의 막아선 사람이 물었다. 그러자 사내가 고개를 끄덕였다.

"맞소. 흑사림에서 왔소. 난 흑사림의 부림주 무무사라 하오. 만재방의 방주를 만나야겠소."

"무슨 일로 방주님을 찾는 것이오?"

"지금 나하고 말장난을 하자는 건가? 그대들이 서하 천일광곡을 지날 때 본 림의 형제들을 도륙하고 흑사림의 물건을 강탈하지 않았던가?"

"무슨 억지를 부리는 것이냐? 당시 그들은 통행세를 내었음에도 불구하고 본 방의 모든 물건을 원했다. 그들이 죽게 된 것 역시 그들이 먼저 도검을 뽑아 우리 상단의 사람을 해쳤기 때문이다. 사죄를 받아야 할 쪽은 우리 쪽이야!"

"후후후, 좋아. 어느 쪽이 되었든 난 만재방주와 이야기를 나누어야겠어. 그러니 방주를 나오라 하라!"

"방주를 만나려면 나 장익을 넘어야 할 거다!"

초로의 인물은 만재방의 제일대행수 장익이었다. 그는 거친 서역행 때문인지 고려에서보다 훨씬 늙어 보였다. 그러나 그의 눈빛만은 형형해서 누구도 함부로 대할 수 없는 위엄이 흘렀다.

"후후, 장익이라……. 네가 바로 우리 형제들을 베었다는 그 자군. 잘 만났다. 널 베야 만재방주를 만날 수 있다면 널 베어주마!"

흑사림의 부림주 무무사가 망설이지 않고 반월도를 꺼내 들었다. 숱한 사람의 피를 흘렸을 월도가 투명한 햇살을 눈부시게 반사했다. 그러자 장익 역시 마주 검을 뽑았다.

장익이 검을 뽑자 장내의 공기가 일순간에 긴장으로 차가워졌다. 장익의 뒤에 있던 만재방의 식솔들과 무무사의 뒤에 있던 흑사림의 사내들도 일제히 병기를 꺼내 들었던 것이다.

"다른 사람의 피는 필요없겠지?"

무무사가 장익을 보며 물었다. 그러자 장익이 고개를 끄덕이고는 뒤를 돌아보며 말했다.

"병기들을 거두게. 내가 상대하겠네."

장익의 말에 만재방의 식솔들이 들어 올렸던 병기를 내렸다. 그러자 장익이 십여 걸음 앞으로 나서며 입을 열었다.

"흑사림은 대막의 호걸들인 줄 알았는데 살수까지 동원할 줄은 몰랐군."

"후후, 물론 살수를 부른 것은 비난받을 만한 일이지. 하지만 알다시피 이 중원은 팔황의 세상이라 흑사림의 형제들이 모두 들어올 수 없는 곳이거든. 해서 부득이 살수들을 부를 수밖에 없었다. 아, 저들이 어떤 사람들인지 아나?'

무무사가 고개를 돌려 각양각색의 모습으로 서 있는 이십여 명의 사람들을 보며 말했다.

"강호의 살수를 어찌 알겠느냐?'

"그래도 저들은 알아두는 게 좋을 거야. 저들이 바로 그 유명한 불문사의 살수들이니까."

순간 장익의 표정이 일변했다. 살수단 불문사는 중원 살수계에서 다섯 손가락에 꼽히는 살수단이었다.

간혹 팔황의 강자들까지 암살하는 터에 팔황으로부터 공적으로 지목된 자들이기도 했다. 그런 만큼 그 손속의 악랄함이 극악에 이른 자들이었다.

"불문사라⋯⋯. 정말 제대로 사람을 부리는군."

장익이 감탄하듯 말했다. 그러자 무무사가 고개를 끄덕였다.

"이번 일은 우리도 단단히 준비를 했지. 만재방은 조심해야 할 거야. 저들은 오늘 최선을 다해 만재방을 상대할 것이다. 왜냐하면 그대들이 서역에서 가지고 온 물건 중 절반은 저들이 몫으로 넘기기로 했거든. 아마도 수만 냥의 가치는 있겠지?'

무무사가 싸늘한 미소를 지으며 물었다. 그러자 장익이 차가운 음성으로 대답했다.

"그런 일은 일어나지 않는다. 본 방은 지금껏 누구에게도 본

방의 물건은 빼앗긴 적이 없어!"

"후후후, 역시 대단한 호기야. 그러니 본 림을 도발했겠지. 좋아, 어디 실력을 보자!"

팟!

한순간 무무사가 허공으로 도약하며 장익을 향해 도를 휘둘렀다. 그러자 그의 도에서 뿌연 도기가 어른거리더니 일순간 장익의 머리를 도기로 덮었다

차앙!

장익의 검이 아래서 위로 그어지며 떨어지는 무무사의 도기를 막아냈다. 그러나 무무사의 도에 실린 공력이 워낙 강력해 장익의 신형이 크게 휘청거렸다.

차창!

장익이 뒤로 물러나며 계속해서 검을 휘둘렀다. 그러자 장익의 검과 무무사의 도가 순식간에 십여 번의 격돌을 일으켰다. 사방으로 햇발보다 더 눈부신 광채가 퍼져 나갔다. 두 사람의 신형이 바람을 일으키며 장내를 휘돌았다. 떨어진 나뭇잎들이 두 사람의 도검에 휘말려 허공으로 비산하고 주위에서 두 사람의 격돌을 지켜보던 사람들은 자신들도 모르게 사오 장 뒤로 더 물러났다.

삭!

한순간 두 사람 사이에 미세한 파열음이 일어났다. 그리고 두 사람의 움직임이 거짓말처럼 정지했다. 그렇게 두 사람이 얼어붙은 듯 멈춘 사이 한 가닥 바람이 불어와 장익의 어깨 어

림의 옷깃을 날렸다.

팔락!

작은 소리와 함께 장익의 옷이 벌어지며 그의 맨살이 드러났다. 적지 않은 부상, 길게 이어진 자상에서 피가 흐르고 있었다.

"그만하지. 이쯤이면 만재방주가 얼굴을 보여야 할 때 아닌가?"

무무사가 훌쩍 뒤로 물러나며 장익에게 말했다. 그러자 장익이 검을 고쳐 잡으며 소리쳤다.

"아직 승부는 끝나지 않았다!"

"정녕 목을 내놓겠다는 말이냐?"

무무사가 차가운 살기를 드러내며 말했다.

"검을 든 자, 어찌 죽음을 두려워하겠는가?"

장익의 말에 무무사가 고개를 끄덕였다.

"대단한 기개! 일개 장사치가 아니구나. 고려 무사들의 강단이 천하제일이라더니 과연 명불허전이다. 좋아, 무사에게 어울리는 죽음을 선사하마!"

무무사가 다시 도를 들어 올렸다. 두 사람 사이에 차가운 긴장이 흐르기 시작했다. 그런데 그 순간 갑자기 장원 안쪽에서 한줄기 목소리가 들려왔다.

"대행수는 그만 물러나시게."

순간 장익이 얼른 검을 거두고 뒤를 돌아봤다. 그러자 푸근한 인상의 전욱이 정문을 통과해 공터로 나와 섰다. 그의 주변에는 만재방의 대행수들과 만재사신 중 최항과 하모극이 따르고 있었다.

"방주!"

장익이 얼른 고개를 숙여 보였다.

"귀한 몸이네. 함부로 굴리지 말게."

"죄송합니다, 방주!"

"물러나 있으시게."

전욱의 말에 장익이 지체없이 뒤로 물러났다. 그러자 전욱이 넌지시 무무사를 건네다 보며 물었다.

"대단한 용기구려."

전욱의 말에 무무사가 고개를 갸웃했다.

"무슨 말인지 모르겠구려. 천산남로에서 흑사림을 도발한 그대들의 용기가 대단하다면 모를까."

"이곳은 중원이오. 흑사림이 중원의 경계를 넘은 것이 강호팔황에 전해지면 아마 팔황은 그것을 기화로 토벌대라도 조직해 천산남로로 보낼 것이오. 가뜩이나 천산남로를 왕래하는 대상들의 원성이 자자한 터에 좋은 구실 아니겠소? 천산남로의 상권을 장악하는 것은 팔황에게도 엄청난 이문이지. 그런 위험에도 불구하고 중원까지 진출했으니 이 얼마나 대단한 용기요."

전욱의 말에 무무사의 표정이 살짝 변했다.

"그렇지 않아도 그걸 걱정하고 있었소. 그래서 흑사림의 본대가 중원으로 들어오지 않은 것이오. 만약 흑사림의 본대가

왔다면 그대들은 절대 장안에 도착하지 못했을 것이오."

무무사가 말했다.

"하나나 둘이나 중원에 들어온 것은 마찬가지. 더군다나 본 상단을 상대로 일을 벌인다면 그건 결코 단순한 문제가 아닐 거요."

"하하하, 역시 천하의 대상단을 이끄는 방주답게 말재주가 뛰어나구려. 그러나 그런 걱정은 하지 마시오. 흑사림이 중원에 왔다는 것은 아무도 모를 테니까."

"천하에 비밀은 없소."

"가끔은 세상에 드러나지 않고 묻히는 일도 있는 법이오. 아주 적당한 말이 있지 않소? 살인멸구!"

"음, 끝을 보잔 말이군."

"부인치 않겠소. 그대의 말이 맞소. 우리가 중원에 나온 것은 엄청난 모험이오. 그러니 어찌 후환을 남기겠소. 미안하지만 오늘 만재방은 이곳에서 그 뿌리가 뽑힐 것이오."

"그대는… 만재방을 잘 모르는군."

"알 필요는 없지. 오직 그대들의 죽음이 예정되었다는 사실만 알면 되는 것이오."

그러자 전욱이 크게 한숨을 내쉬고 잠시 허공을 보다가 다시 입을 열었다.

"죽을 때 죽더라도 알고 싶은 것이 있소."

"말해보시오. 죽을 사람의 소원 하나쯤은 들어줄 요량이 있소."

"도대체 왜 우릴 기필코 따라와야 했던 거요? 비록 우리가 서역에서 가지고 온 물건들이 제법 가치가 있다고는 해도 이렇게까지 추격한다는 것은 이해가 가지 않는구려."

전욱의 물음에 무무사가 잠시 침묵을 지키다가 입을 열었다.

"그대들은 자신들도 모르는 사이에 무척 귀중한 물건을 가지고 왔소."

"귀중한 물건? 무슨 물건을 말하는 것이오? 원한다면 내어줄 수도 있소."

"아니, 그게 무엇인지는 말해줄 수 없소. 그 물건의 존재는 누구도 알아서는 안 되니까."

그러자 전욱이 잠시 눈을 가늘게 뜨고 생각에 잠기더니 나직한 목소리로 물었다.

"혹 그 물건이 하나의 화로가 아니오?"

순간 무무사의 표정이 크게 변했다.

"알고 있었구나! 역시 만재방주다!"

순간 전욱이 고개를 끄덕였다.

"역시 그랬구만. 처음부터 보통 물건은 아니라고 생각했지. 음, 그 물건을 내어주면 돌아가겠소?"

"아니. 그 물건의 존재를 아는 자는 모두 죽어야 하오."

"불문사의 살수들도 말이오?"

"후후, 이간계라……. 괜한 심기를 쓸 것 없소. 불문사와 흑사림은 형제의 의를 맺은 사이니까."

"그랬구려. 그 화로는… 역시 배화교의……."

"그만! 더 이상 입을 열면 베겠다!"

무무사가 소리쳤다. 그러자 전욱이 한줄기 미소를 지으며 말했다.

"훗, 어차피 죽을 목숨을 두고 위협을 하는 건가? 그랬군. 과연 그 화로는 배화교의 신물이었어. 그런데 본래 배화교의 화로에선 불이 꺼지면 안 되는 것인데. 보자, 그 화로에 불을 살리면 배화교의 교세가 다시 살아난다는 건가? 중원의 마교를 다시 세우려는 것이군."

"장사치 주제에 너무 많은 걸 알고 있구나!"

무무사가 살기를 드러내며 소리쳤다.

"반면 그대는 우리에 대해 너무 모르는군."

"한낱 장사치를 어찌 알겠는가? 신보를 손에 넣은 것을 원망해라. 아니, 성전 앞에 흘린 피의 존귀함으로 보자면 복 받은 운명이리라."

"놈! 하늘 높은 줄 모르는구나!"

한순간 전욱 옆에 서 있던 하모극이 훌쩍 날아올라 무무사를 향해 달려들었다.

웅!

어느새 뽑힌 하모극의 검이 무무사의 머리를 쪼개갔다. 순간 무무사의 얼굴이 경직됐다. 앞서 장익을 상대할 때와는 전혀 다른 기운이 그를 덮쳐왔던 것이다.

차앙!

맑은 마찰음과 함께 하모극의 검과 무무사의 도가 허공에서 격돌했다. 순간 두 사람이 거의 동시에 삼 장 뒤로 물러났다. 팽팽한 균형의 추가 둘 가운데 생겨났다.

하모극도 무무사도 서로를 향해 놀란 시선을 보냈다. 하모극으로서는 변방의 마도라고는 생각할 수 없는 무무사의 강력한 공력에 놀랐고, 무무사는 상가에 이런 고수가 있을 수 있는가 하는 표정으로 하모극을 바라보고 있었다.

"마졸치고는 제법이구나."

하모극의 말에 무무사가 진중한 어조로 말했다.

"그대 또한 상가에 몸담고 있다는 것이 믿어지지 않는군."

"그래도 오늘 본가를 침범한 죄는 목숨으로 갚아야 할 게다."

"순교를 한다면 그도 나쁘지 않지."

무무사는 정녕 죽음을 두려워하지 않는 듯 보였다.

"마교도들이 사람 목숨을 중히 생각지 않는다더니 과연 그렇구나."

"누가 마교란 말인가? 마교란 그저 자신과 다른 것을 인정하지 못하는 속 좁은 자들이 만든 두려움의 이름일 뿐!"

"흑사림의 행보가 어찌 사마에 기울지 않았다고 할 수 있는가? 그대들이 오늘날 본 방에 행하는 도발이 과연 정의에 합당한 것인가? 스스로 마교임을 자처하는 행동일 뿐이다."

"본 교의 신보를 훔쳐 간 것은 너희들이다."

"우린 오로지 정당한 거래를 하고 물건을 가져왔을 뿐. 더군

다나 그 물건을 내어준다고 해도 살인멸구를 하겠다니 어찌
네놈들이 마교 소리를 듣는 것이 억울하다 할까."

하모극의 추궁에 무무사가 더 이상 대답을 하지 않았다. 대
신 도를 비스듬히 꼬나 잡더니 하모극을 향해 번개같이 일도
를 그어냈다. 그러자 사선을 그린 도기가 하모극의 몸을 좌에
서 우로 베어갔다.

하모극이 신형이 도기의 방향에 따라 기울어졌다. 그러자
무무사의 도기가 하모극의 측면을 따라 허공을 갈랐다.

쾅!

하모극을 비켜간 무무사의 도기가 공터에 떨어져 내리며 커
다란 굉음을 일으켰다. 도기가 움직인 방향을 따라 길게 땅이
파였다. 그러자 그 선을 따라 하모극이 무무사를 육박했다

슉!

하모극의 검이 번개처럼 무무사의 심장을 찔렀다.

"웃!"

순간 무무사가 다급성을 발하며 재빨리 몸을 옆으로 틀었
다.

삭!

미세한 파열음과 함께 무무사의 가슴 어림 옷자락이 길게
베어져 나갔다.

"늙은이!"

무무사의 입에서 한줄기 노성이 흘러나오더니 그의 몸이 허
공으로 떠올랐다. 그리고는 공중에서 한 바퀴 제비를 돌더니

왼손을 번개처럼 뻗어냈다.

팡!

강렬한 파공음과 함께 검은 물체 하나가 하모극의 어깨에 떨어져 내렸다.

착!

기분 나쁜 마찰음과 함께 검은 물체가 하모극의 어깨를 스치고 땅에 꽂혔다.

"암기를 쓰는구나. 과연 하는 짓이 요사스럽다!"

하모극이 노성을 발했다. 그러는 사이 땅에 박힌 암기에서 푸른 연기가 솟아올랐다.

"조심하시게. 독 암기네."

전욱의 곁에 서 있던 최항이 급히 소리쳤다. 그러자 하모극이 재빨리 오른쪽 어깨를 살폈다. 다행히 몸은 이상 없었지만 암기가 건드린 그의 옷자락이 검게 변해 있었다.

삭!

하모극이 재빨리 검을 휘둘러 독이 닿은 옷자락을 베어냈다. 그리고는 거의 동시에 무무사를 향해 일검을 휘둘렀다.

우웅!

강력한 검기에 둘러싸인 하모극의 검이 번개처럼 무무사의 두 다리를 베어냈다. 무무사가 대경하며 뒤로 신형을 날렸지만 하모극의 검기 한 자락이 그의 허벅지를 베는 것을 피하지는 못했다.

투툭!

무무사가 하모극으로부터 십여 장을 물러났다. 더 이상 싸움을 하겠다는 의사가 없는 듯 보이는 행동이었다.

"물러가겠느냐?"

하모극이 무무사를 보며 차갑게 물었다. 그러자 무무사가 천천히 고개를 저었다.

"교의 신보를 두고 뒤로 물러날 신교의 제자는 없다."

"그럼 오라. 끝을 보자꾸나."

"아니, 오늘의 일은 무공의 대결보다 신보의 회수가 중하니 이런 싸움은 더 이상 할 생각이 없다."

"그럼 다음 수를 보여라."

"그렇잖아도 그럴 생각이었다. 모두 나서야겠소. 교의 신보를 회수하는 일이니 손속에 사정을 두지 마시오."

무무사의 말에 그의 뒤에 늘어서 있던 불문사의 살수들과 무무사와 같은 복장의 사내들이 고개를 끄덕였다. 순간 하모극이 표정이 어두워졌다. 무무사 한 명을 상대하는 일은 어려운 것이 아니나 강호의 일류 살수들을 상대로 난전을 벌이기에는 아무래도 만재방의 전력이 부족했다.

만재방은 누가 뭐래도 상가였다. 만재사신 같은 특출 난 고수가 있기는 하지만 그 대부분은 무공 수련보다 장사를 하며 살아온 사람들이었다. 그들에게 불문사의 살수와 흑사림의 고수는 상대하기 어려운 자들이었다.

그러나 그렇다고 넋놓고 당할 수는 없는 일. 전욱 곁에 있던 최항이 길게 신호음을 냈다. 그러자 장원 담장 위의 사신 중 다른 두 명, 전유향과 임후가 이끄는 만재방의 식솔 십여 명이 모습을 드러냈다. 그들이 손에는 제각기 하나씩의 각궁이 들려 있었다.

"제법 준비를 했구나. 그러나 오늘 이 장원이 만재방의 무덤이 된다는 사실은 변할 수 없다. 쳐라!"

무무사가 차갑게 명을 내렸다. 그러자 불문사의 살수들과 흑사림의 고수들이 일제히 만재방의 식솔들을 향해 달려들었다.

"무슨 일이 벌어진 모양이에요."

허소산이 문득 걸음을 멈추고는 앞쪽에서 들려오는 소리에 귀를 기울였다.

차창!

허소산의 귀에 어지러운 도검의 충돌음이 들려왔다.

"그렇구나. 이건… 싸움이 일어난 것 같아."

허산왕도 고개를 끄덕였다. 그러자 전조명이 조급한 표정으로 말했다.

"그들이 온 걸까?"

"아마도. 먼저 가봐야겠어. 아버지, 조명을 부탁해요."

"알았다. 서둘러라!"

허산왕의 말이 채 끝나기도 전에 허소산의 신형이 십여 장 앞을 달리고 있었다.

"우리도 어서 갑시다, 아가씨."

두려운 듯 서 있는 전조명의 걸음을 허산왕이 재촉했다. 그의 손은 이미 어깨 위에 걸려 있던 각궁을 풀어내고 있었다.

싸움은 예상대로 힘겹게 진행되었다. 처음에는 장원의 담장 위에서 날리는 화살로 흑사림과 불문사 살수들의 움직임을 어느 정도 막을 수 있었으나 이내 무무사를 포함한 일부 고수들이 화살 공격을 피해 만재방의 식솔들 속으로 파고들자 더 이상 화살 공격은 효과를 거두기 어렵게 되었다.

장내는 순식간에 아수라장이 되었다. 만재사신이 놀라운 무공으로 살수들을 상대했지만 그들 네 사람이 수십 명이나 되는 침입자들을 모두 상대할 수는 없었다.

"악!"

"크악!"

흑사림과 불문사의 살수들은 가차없이 살검을 썼다. 곳곳에서 만재방의 식솔들이 쓰러져 갔다. 물론 만재사신의 도검에 살수들도 여럿 상했지만 전세는 금세 기울지고 있었다.

싸움이 시작된 지 채 이각이 되지 않아 만재방의 식솔들은 장원 안쪽으로 물러나고 있었다. 침입자들은 장원의 담장을 날아 넘으며 물러나는 만재방 식솔들을 쉬지 않고 공격했다.

그런데 갑자기 장내에 예상치 못한 일이 벌어졌다. 만재방 식솔들을 향해 살검을 날리는 불문사의 살수들 사이로 한줄기 검은 바람이 불어온 듯싶더니 한순간에 두 명의 살수가 맥없이 쓰러졌던 것이다.

"웬 놈이냐?"

후방으로부터 나타나 단번에 불문사의 살수 둘을 베어 넘긴 사람은 허소산이었다. 불문사의 살수들이 갑작스런 허소산의 등장에 만재방의 식솔들은 놓아두고 허소산을 향해 날아들었다.

허소산의 검이 빠르게 허공을 휘저었다. 풍로검의 검결들이 허공에 미세한 진기의 결을 만들어냈다. 그 결들 하나하나가 살아 있는 생명처럼 날아드는 불문사의 살수들을 향해 파고들었다.

파팟!

"악!"

"크악!"

불문사의 살수들이 살 맞은 새처럼 땅에 떨어져 내리며 비명을 토해냈다. 그러자 장내의 분위기가 일신했다. 허소산의 등장으로 불문사 살수들의 진영이 크게 흔들렸기 때문이다.

"큭!"

한쪽 기둥이 흔들리자 다른 쪽 기둥도 흔들리기 시작했다. 만재사신 최항이 어느새 한 명의 흑사림 고수를 베어 넘기고 있었다.

"침착해라. 나타난 놈은 한 명에 불과해!"

무무사가 동요하는 수하들을 진정시키기 위해 사자후를 토해냈다. 그런데 그 순간 그의 말이 무색하게 갑자기 두 대의 화살이 벼락처럼 날아와 흑사림 고수들을 꿰뚫었다.

퍼퍽!

"악"

"욱!"

화살에 꽂힌 흑사림 고수 둘이 땅 위에 나뒹굴었다.

"물러나라!"

무무사가 상황이 심상치 않게 돌아간다고 느꼈는지 수하들을 장원의 담장 쪽으로 물렀다. 그러자 물러나는 침입자들을 향해 다시 두 대의 화살이 날아들었다.

창!

"컥!"

한 대의 화살은 누군가의 검에 막혔으나 다시 한 대의 화살이 흑사림의 고수를 꿰뚫었다. 그리고 연이어 십여 명의 사람들이 장원 안으로 달려들어 왔다.

"아버지!"

장원에 나타난 사람들은 전조명을 비롯한 만재방의 식솔들이었다. 전조명은 장원에 들어서자마자 한쪽에 검을 들고 서 있는 전욱을 향해 달려갔다.

"조명아!"

전욱이 반가운 얼굴로 전조명을 맞았다.

"왔구나."

다른 쪽에서 싸움을 벌이고 있던 전무산도 신형을 날려 전조명 앞으로 다가왔다.

"오라버니!"

전조명이 반갑게 전무산의 손을 잡았다.

"그래, 고생 많았다."

어느새 중년의 사내가 되어 있는 전무산의 얼굴에선 이제 굴강한 장부의 기운이 흐르고 있었다.

"인사는 나중에 나누시지요."

하모극이 세 사람 뒤에서 말했다. 그러자 전욱이 고개를 끄덕였다.

"그렇군요. 지금 급한 것은 저들을 상대하는 일이지요."

전욱이 고개를 들어 뒤로 물러난 흑사림과 불문사의 고수들을 바라봤다. 무무사가 이끄는 침입자들은 그때 허소산과 허산왕과 대치하고 있었다.

"저 아이가……?"

전욱이 허소산의 등을 보며 입을 열었다. 그러자 하모극이 얼른 대답했다.

"맞습니다. 소산 그 아입니다."

"아, 사신 어른의 말대로 몰라보게 변했군요."

전욱이 탄식을 흘렸다.

"세월이 흘렀으니까요. 그런데 오늘 검을 쓰는 것을 보니 제가 예상한 것보다 훨씬 강해졌군요."

그러자 전조명이 얼른 끼어들었다.

"두 분은 더 이상 걱정하지 마세요. 소산의 무공은 천하제일이에요."

전조명의 말에 전욱이 빙그레 미소를 지으며 말했다.

"조명, 아무리 소산이 뛰어난 성취를 이뤘다고 해도 천하제
일이란 말은 함부로 하는 것이 아니란다."

"아니에요, 아버지. 두고 보세요. 제가 결코 허언을 한 게 아
니란 것을 아시게 될 거예요."

"이 녀석, 다 큰 줄 알았는데 여전히 어린애군."

전욱이 나직하게 혀를 찼다. 그러는 사이 무무사가 천천히
걸음을 옮겨 허소산 부자의 오 장 앞으로 나섰다.

"네놈들은 누구냐?"

무무사가 허산왕을 보며 물었다. 누가 보아도 어린 허소산
보다는 험상궂은 허산왕이 주도자로 보였기 때문이다.

"몰라서 묻는 건가?"

허산왕이 의아한 표정으로 허소산을 돌아보며 물었다.

"글쎄요. 바보가 아니라면 모를 리가 없는데……."

허소산이 고개를 갸웃했다. 그러자 허산왕이 다시 무무사를
보며 물었다.

"정녕 우리가 누군지 모른단 말이오?"

"우리가 언제 만난 적이 있다는 말이냐?"

"물론 우린 만난 적이 없소. 그러나 저자들은 우릴 본 적이
있을 터인데?"

허산왕이 무무사 뒤쪽에 늘어서 있는 불문사의 살수들을 가
리켰다. 그러자 무무사가 불문사의 살수 중 한 명에게 물었다.

"아는 자요?"

"장안의 객점에 들렀던 자들이오."

대답을 한 사람은 객잔에서 허소산 일행과 대거리를 했던 자였다. 그러자 무무사가 허산왕을 보며 말했다.

"그렇다면 역시 만재방의 식솔이었구나."

"그렇지 않다면 어찌 이 싸움에 끼어들었겠소?"

허산왕이 퉁명스레 대답했다.

"중원에 만재방의 식솔들이 남아 있을 거라 생각은 했지만 그대들 같은 고수가 있을 줄은 몰랐군."

"그런 줄 알았다면 그만 물러가시오. 오늘 일은 더 이상 추궁하지 않을 테니."

허산왕이 인심 쓰듯 말했다. 그러자 무무사가 살기를 흘리며 말했다.

"물러나라고? 겨우 너희 몇이 나타났다고 대사(大事)를 포기할 거라 생각했단 말인가?"

무무사가 날카로운 눈으로 허산왕을 보며 말했다. 그러자 허산왕이 고개를 저으며 대답했다.

"물러나는 게 좋을 거요. 몰살당하고 싶지 않다면."

"몰살? 그럴 능력이 있다고 생각하는 거냐?"

"나는 아니지만 이 아이에겐 그럴 능력이 있지."

허산왕이 툭 허소산의 어깨를 치며 말했다. 그러자 무무사가 기이한 눈으로 허소산을 바라봤다. 허소산이 무무사의 시선을 받자 가볍게 고개를 끄덕였다. 오만한 허소산의 태도에 무무사의 볼이 한차례 씰룩였다. 그리고는 천천히 앞으로 걸어나오며 말했다.

"실력을 봐야겠다."

"가끔 관을 봐야 눈물을 흘리는 자들이 있기는 하지."

허산왕이 고개를 젓자 허소산이 허산왕을 보며 말했다.

"제가 상대할게요."

"알겠다. 소란이 길어지면 곤란하니 서둘러라."

"걱정 마세요."

허소산이 한줄기 미소를 짓고는 다가오는 무무사를 향해 마주 걸어가기 시작했다.

第七章

독보(獨步)

독경 壽經

　무무사와 허소산의 거리가 서서히 좁혀졌다.

　사 장, 삼 장, 이 장……. 순간 허소산의 검이 비스듬히 사선
을 그리며 움직였다. 무무사의 반월도 역시 하늘에 한줄기 광
채를 그리며 허소산을 향해 떨어져 내렸다.

　삭!

　한순간 허소산의 신형이 형체없이 사라지더니 바람처럼 무
무사의 몸을 관통해 반대편에 나타났다.

　"흡!"

　무무사의 입에서 한마디 다급성이 흘러나왔다. 그의 옆구리
가 길게 베어져 옷자락이 바람에 날렸다.

　"놈!"

무무사가 정신을 차리고 번개처럼 신형을 돌려 허소산을 찾았다. 그런데 허소산은 그가 있어야 할 자리에 없었다.

모든 사람이 의아한 눈으로 허소산을 바라보고 있었다. 허소산은 무무사를 허깨비처럼 지나치더니 장원의 정문 쪽에 몰려 있는 흑사림과 불문사의 살수들 속으로 걸어 들어가고 있었다.

그의 걸음은 한 치의 흔들림도 없었다. 어찌 보면 자신 앞에 사람이라고는 존재하지 않는다는 듯한 모습이기도 했다. 그러나 현실에서 그의 행동은 극히 위험한 것이었다. 수십 명의 살수 속으로 홀로 걸어 들어가는 것은 지옥의 유황불에 몸을 던지는 것이나 마찬가지였다.

"소산!"

허산왕이 다급히 허소산을 불렀다. 그러나 허소산은 이번만큼은 허산왕의 부름에 반응하지 않았다. 그리고 드디어 허소산이 흑사림과 불문사 살수들과 조우했다.

"죽엿!"

불문사 살수 중 한 명이 차갑게 소리쳤다. 그러자 허소산을 향해 불문사의 살수들이 덮쳐왔다.

삭!

서걱!

서늘한 파열음이 장내에 터져 나왔다. 허소산의 검이 눈에 보이지 않는 속도로 허공을 베어냈다. 그럴 때마다 그의 앞을 가로막던 적들의 신형이 땅에 쓰러졌다.

큰 소음도 없었다. 허소산은 두 손으로 검을 움켜쥔 채 전혀 속도를 줄이지 않고 적들 사이를 관통하고 있었던 것이다.

"독보의 경지구나!"

멀리서 허소산의 움직임을 살피고 있던 하모극이 기쁨을 넘어 경악스런 표정으로 중얼거렸다.

"그게 무슨 말씀이신지요?"

하모극 옆에서 전무산이 물었다.

"절대의 경지에 이른 무인은 만인의 도검 속에서도 홀로 소요할 수 있다. 누구도 그의 앞을 막을 수 없으니 그를 곧 독보의 경지라 한다. 소산 저 아이가 그 독보의 경지를 보여주는 것 같구나. 이건… 무림사의 일대 기사라 할 수 있을 것이다. 과거 전설처럼 독보의 경지에 이른 무인의 이야기를 듣기는 했지만 내 눈으로 보는 것은 처음이군. 도대체 저 녀석에게 그동안 무슨 일이 있었던 것일까? 풍로검과 이산공, 그리고 금강밀공으로는 결코 저 나이에 독보의 경지에 이를 수 없거늘."

하모극이 믿을 수 없다는 듯 말했다.

그러는 사이 허소산은 삼십여 명에 이르는 적들 사이를 유유히 관통하더니 신형을 돌려 다시 장원의 중앙으로 걸어오기 시작했다. 이제 그의 앞을 막아서는 자는 아무도 없었다.

흑사림과 불문사의 살수들은 이 기이한 청년의 무공이 그들이 상상할 수 없는 세계에 도달해 있다는 것을 처절하게 느끼고 있었다. 그들의 정신이 아무리 적의 앞을 막으려고 해도 그들의 몸이 말을 듣지 않고 있었던 것이다.

낙엽 밟듯 자박거리는 소리를 내며 허소산이 유유히 서른 명의 적 사이를 빠져나와 다시 무무사와 조우했다. 무무사는 혼이 빠진 듯 허소산을 바라볼 뿐 그의 앞을 막지 않았다. 허소산 역시 그런 무무사를 없는 사람인 듯 스치고 지나 다시 허산왕 곁으로 돌아왔다.

　"녀석……."

　허산왕이 곁에 다가선 허소산을 대견한 눈으로 바라보며 입을 열었다. 이미 무창에서 허소산의 무공을 확인한 허산왕이었지만 오늘 허소산이 보여준 경지는 그조차도 상상할 수 없었던 기이한 경지였던 것이다.

　"괜찮았어요?"

　"그게 무슨 무공이냐?"

　"아시잖아요? 이산공이에요."

　"뭣? 이산공이라고?"

　"네. 제가 익힌 보법이라고는 이산공밖에 없는 걸요."

　"하지만 나도 같은 이산공을 익히고 있는걸?"

　"천독공이 내포되어 있지요."

　허소산이 허산왕에게 속삭이듯 말했다.

　"역시 그렇지?"

　허산왕도 빙그레 미소를 지었다. 허소산 부자가 짧은 대화를 하는 사이 무무사를 비롯한 흑사림과 불문사의 살수들도 서서히 정신을 차리고 있었다.

　"도대체 너… 는 누구냐?"

무무사가 자신도 모르게 허소산에게 주눅이 든 듯 억눌린 음성으로 물었다.

"이미 말했지 않소, 만재방의 식솔이라고."

"그럴 리 없다. 어찌 일개 상가의 식솔이 그런 무공을……."

"세상에 있을 수 없는 일이란 없소. 당신이 수하들을 데리고 지금 즉시 이곳을 물러가는 것도 없을 수 있는 일은 아니오. 오히려 지금 당연히 해야 할 일이지."

순간 무무사의 눈빛이 번뜩였다.

"교의 신보를 두고 물러날 수는 없다. 설혹 죽음을 맞는다 해도 그건 우리에게 영광일 뿐 두려움은 아니다."

"그대들의 교에 대해선 얼핏 들었소. 과연 그 신념이 대단하구려. 그래서 말인데, 꼭 이곳에서 한쪽이 다 죽어야 하오?"

"무슨 소리냐?"

"지금도 여전히 만재방을 멸문시켜야 한다는 생각을 가지고 있냐는 말이오. 잘 생각해서 대답하시오. 만약 그대들이 원하는 물건만 가지고 가겠다면 장주께 부탁을 드려보겠소. 하지만 살인멸구니 하는 가당찮은 소리를 계속한다면 그대가 원하는 대로 모두 영광스런 순교를 시켜드리리다."

허소산의 말에 무무사가 한참 허소산을 쏘아보다 입을 열었다.

"과연 네 말을 만재방주가 수락할까?"

그러자 뒤쪽에서 전욱의 목소리가 들렸다.

"그대들이 원하는 물건이 이것인가?"

전욱의 목소리에서 사람들이 시선을 돌려보니 어느새 전욱 앞에 작은 향로 같은 화로가 놓여 있었다. 그 크기가 추운 지방에서 사용하는 화로의 반의반도 미치지 못하는 화로였지만 신령스런 빛을 흘리는 것이 지금도 여전히 그 안에 불을 품고 있는 듯 보였다.

"오오! 정녕 성로(聖盧)로구나!"

무무사의 입에서 감격의 음성이 흘러나왔다.

"내어주실 수 있겠습니까?"

허소산이 전욱을 보며 묻자 전욱이 고개를 끄덕였다.

"이런 물건은 복이 아니라 화가 되는 것이지. 이것을 지니고 있는 한 끝없이 마교의 공격을 감당해야 할 테니 어찌 내어주지 않겠느냐?"

전욱이 동의하자 허소산이 무무사에게 물었다.

"장주께서 신보를 내어주시겠다 하오. 이제 돌아가시겠소?"

허소산의 말에 물음에 무무사가 천천히 고개를 끄덕였다.

"좋소. 신보를 내어주신다면 돌아가겠소."

"한 가지 약속을 더 받아야겠는데……."

허소산이 말꼬리를 흐리며 말했다. 그러자 무무사가 걱정스런 눈빛으로 허소산을 바라봤다.

"무엇이오?"

"그대들… 신교와 만재방의 인연은 오늘로 끝을 내고 싶소. 약속해 줄 수 있소?"

"음… 그건……."

"당신이 결정할 수 없는 문제요?"

"아니오. 약속하리다. 신교 남방사자 무무사의 이름으로 약속하오."

무무사가 흑사림의 부림주 이외의 또 다른 직책을 입에 올렸다.

"알겠소. 그럼……."

허소산이 전욱을 돌아보자 전욱이 곁에 있던 제이대행수 유웅비에게 고개를 끄덕였다. 그러자 유웅비가 화로를 들고 앞으로 나와 무무사에게 화로를 건넸다.

"아아!"

무무사가 감격스런 목소리를 흘려내며 화로를 받아 들었다. 그의 눈에 황홀한 빛이 떠올랐다. 마치 앵속이라도 흡입한 듯 무무사는 사람들이 지켜보는 와중에도 감격을 감추지 않았다.

"그만 물러가시오."

허소산이 화로를 받쳐 들고 감격에 겨워하는 무무사에게 말했다. 그러자 무무사가 고개를 끄덕이더니 고개를 돌려 흑사림과 불문사의 고수들을 보며 말했다.

"돌아갑시다. 불문사의 형제들도 일단 천산으로 갑시다."

무무사의 말에 불문사의 살수들이 말없이 고개를 끄덕였다. 그러자 무무사가 고개를 돌려 전욱을 보며 말했다.

"오늘 우리는 만나지 않았던 것으로 합시다."

"모든 것을 없던 것으로 하는 것은 우리도 바라던 바요."

전욱이 순순히 동의했다. 예로부터 강호에서 마교와 엮어서 좋은 끝을 보는 사람들이 없었던 것을 전욱도 익히 알고 있었던 것이다.

"좋소, 그럼 만재방의 앞날을 축원하오. 잘 계시구려."

무무사가 지금껏 싸우던 적이라고는 생각할 수 없는 작별의 말을 남기고 훌쩍 신형을 날려 장원의 담장을 넘었다. 그러자 흑사림과 불문사의 살수들 역시 무무사의 뒤를 쫓아 순식간에 자취를 감추었다.

"흠, 앞서 이렇게 계산을 끝냈으면 좋았을 것을. 쯔쯔!"

침입자들이 물러가자 최항이 혀를 차며 말했다.

"그들이야 만재방이 영원히 강호에서 사라지기를 원했으니까요."

장익이 대꾸했다.

"이상하군. 화로를 얻는 것이 중하다면서 왜 굳이 우리를 몰살시키려 했을까? 자신들이 중원에 들어온 것을 감추기 위해서라지만 그건 이유가 되지 않는 것 같은데……. 저들은 새외에서부터 우릴 몰살시키려 했으니까."

최항이 고개를 갸웃하자 하모극이 입을 열었다.

"아마도 신성시하는 화로가 다시 자신들의 손에 들어간 것을 숨기기 위해서였을 겁니다."

"왜 그래야 하는 거지?"

최항이 되물었다.

"과거의 역사를 보면 마교는 항시 강호 무림인들에게 핍박을 받아왔지요. 그들은 스스로를 신교라 칭하며 밝은 무리라 강변했지만 강호에선 어디 그렇습니까? 언제나 흉측한 마인들이라 여겼지요. 그러던 것이 지난 수십 년 동안은 마교도의 활동도 거의 없었지요. 당연히 강호의 고수들이 마교도를 주살했다는 소리를 들은 것이 언제인가 싶습니다."

"그런데?"

"아마도 그동안 마교도의 활동이 사라졌던 것은 저 화로의 실종과 연관이 있는 듯합니다. 다시 말해 천하의 마교도가 화로의 실종과 함께 구심점을 잃고 어둠 속으로 숨어들었던 것이지요. 그런데 이제 다시 화로가 저들의 손에 들어갔으니 그 소문이 강호에 퍼지면 무림의 시선이 마교로 향할 겁니다. 평소엔 싸우다가도 일단 마교가 출현하면 하나로 뭉치는 것이 무림의 속성 아닙니까?"

"그렇군. 그래서 저 물건을 회수한 사실을 숨기려 했던 거군. 그런데 그렇다면 우리가 잘못한 것이 아닐까?"

최항이 걱정스런 표정으로 말했다.

"뭐가 말입니까?"

"저 화로를 내어준 것 말이야. 천하가 혼란에 빠질 터인데……."

최항의 걱정이 하모극이 고개를 저었다.

"천하가 혼란에 빠진다고 해도 우리의 잘못은 아니지요. 애당초 마교의 무리가 그렇게 사이한 존재들도 아닐뿐더러… 그들이 아니더라도 천하는 이미 충분히 어지러우니 말입니다.

오히려 마교가 나타나 무림의 뜻이 하나로 모이면 그동안의 혼란이 정리될 수도 있겠지요, 물론 당분간이겠지만. 마교도 그 사실을 알고 있으니 화로를 되찾았다고 함부로 나서지는 않을 것입니다."

"알겠네. 어차피 일어날 일이니 우리가 막을 수는 없단 말이군. 하긴 그 화로를 가지고 있으면 저들이 지옥 끝까지 쫓아올 테니 이쯤에서 해결된 것이 좋은 일일지도 모르지. 그나저나… 저 아이를 좀 만나 봐야겠어."

최항이 허소산에게로 관심을 돌렸다. 어느새 전욱은 허소산을 향해 걸음을 옮기고 있었다.

"허 엽사, 잘 지내셨소이까?"

허소산에 대한 궁금함이 아무리 많아도 그 아버지인 허산왕을 무시할 수는 없었다.

"방주님!"

허산왕이 가볍게 고개를 숙여 보였다.

"그동안 조명을 보살펴 주서서 감사하오."

전욱의 말에 허산왕이 얼른 고개를 저었다.

"무슨 말씀을요. 외려 조명 아가씨가 절 살펴주었지요. 그간 전 조명 아가씨를 무척 힘들게 했습니다."

"하하, 그랬습니까? 조명이가 제법 일 처리를 잘하던가요?"

"이젠 천하의 그 누구보다 훌륭한 상인이 되었지요."

"그렇게 칭찬을 해주시니 고맙구려. 그나저나 소산, 네가 정녕 소산이냐?"

전욱이 시선을 돌려 허소산을 보며 물었다. 만재사신을 포함해 만재방의 식솔들이 모두 허소산 곁에 몰려와 있었다.

"방주님, 그간 무탈하셨습니까?"

허소산이 정중하게 전욱에게 인사를 했다. 그러자 전욱이 고개를 끄덕이며 말했다.

"오냐. 나야 잘 지냈다만… 도대체 어찌 된 일이냐?"

"운이 좋아 다시 아버지를 만날 수 있었습니다."

허소산이 빙그레 미소를 지었다. 그러자 전욱이 다시 입을 열려다 잠시 침묵을 지켰다. 가까이서 얼굴을 보고 이야기를 나누자니 과거의 허소산을 대하듯 하기가 어려웠던 것이다. 그러자 하모극이 뒤에서 입을 열었다.

"방주님, 지난 일은 나중에……."

"아, 그렇구려. 지금 급한 것은 이곳을 떠나는 일인 것을. 조명아, 배는 모두 구했느냐?"

전욱이 고개를 돌려 전조명을 바라봤다. 그러자 전조명이 얼른 대답했다.

"걱정 마세요. 세 척을 포구에 대어놓았어요."

"좋아, 그럼 모두들 서둘러 짐을 옮기도록 하세. 오늘 중으로 이곳을 떠날 걸세."

"네, 방주!"

만재방의 식솔들이 일제히 대답을 하고는 서둘러 마차와 말에 실어놓은 짐들을 가지고 장원을 벗어나기 시작했다.

기실 세 척의 배는 필요없었다. 두 척만으로도 서역에서 만재방이 가지고 온 짐을 싣기에는 충분했다. 전욱이 세 척을 배를 준비하게 했던 것은 만약을 위한 것이었다. 흑사림의 추적이 계속될 경우 적의 눈을 속일 배가 필요했던 것이다.

덕분에 일행의 행보는 이틀 정도 늦어졌다. 짐은 그날 배에 실었지만 짐을 싣지 않은 배까지 끌고 갈 필요는 없었기에 일부 사람들이 배를 다시 장안을 몰고 가 되팔고 육로를 통해 복귀했던 것이다.

그동안 사람들은 장원이 아닌 배에서 시간을 보냈다. 짐을 실은 이상 배를 지키는 것이 만재방 사람들에겐 가장 중요한 일이었다. 허소산이 살펴보니 만재방은 서역에서 거대한 부를 만들어온 것 같았다.

만재방 식솔들의 얼굴에는 흥분이 가득했는데, 그건 그들이 서역에서 가져온 물건들을 항주로 가져갈 경우 한순간에 중원 상계에 만재방의 이름을 다시 떨쳐 울릴 것이란 믿음 때문이었다.

그렇게 잠시 늦춰졌던 여정은 장안에 배를 처분하러 갔던 사람들이 돌아오자 다시 시작됐다.

"천보도의 보물은 필요없겠지?"

허소산은 허산왕, 전조명과 함께 배의 난간에서 멀어지는 포구를 바라보고 있었다. 질문은 던진 것은 전조명이었다.

"만재방은 재건되는 건가?"

허소산이 물었다.

"아마도… 금력으로는 그럴 거야. 문제는 금천장에서 과연 금력으로만 승부를 걸어올 것이냐는 거겠지."

"대비는 있는 거야?"

"그동안 살수단들과 연을 맺어놓기는 했는데……."

전조명이 말꼬리를 흐렸다. 상가의 싸움에 살수단까지 끌어들이는 것이 내키지 않는 모양이었다.

"너무 걱정 마. 방법이 있을 거야."

"설마 네가 전면에 나서려고?"

전조명이 놀란 얼굴로 물었다.

"글쎄, 그렇지 않더라도 방법은 있을 거야. 만재방이 항주에 자리를 잡는 동안 그들의 주위를 잠시 다른 곳에 돌려놓으면 되니까."

"다른 곳이라니?"

"천보도 같은 거."

"그걸 이용할 거야?"

"금천장은 만재방과는 다르지. 만재방이야 상가의 전통을 중시하지만 금천장은 어떻게 모인 재물이든 신경 쓰지 않을 거야. 그들의 눈이 상계가 아닌 무림 천하에 가 있다면."

허소산이 눈을 돌려 동쪽으로 흐르는 강을 바라보며 말했다.

"이해할 수 없는 게 있구나."

문득 허산왕이 입을 열었다.

"무엇을요?"

전조명이 허소산을 대신해 물었다.

"그 금천장이라는 곳 말이야. 왜 갑자기 무림 천하에 관심을 두는 것일까? 금천장이 항주에서 터를 잡고 살아온 것이 백 년 이상이라고 했지, 아마?"

"그렇지요."

허소산이 고개를 끄덕였다.

"무림을 도모한다는 것은 멸문을 각오한다는 말과 같은데… 이상하군. 이상해."

"그 이유는 아마도 그자를 만나 봐야 알 수 있겠지요."

"그자라니?"

"금천장주가 주인으로 모시는 그자요."

"북방을 여행하고 있다는?"

"네."

"음, 정말 궁금하구나, 그자가 과연 어떤 인물인지."

배는 일단 대운하를 거쳐 장강으로 들어선 이후 항주로 향하지 않고 무창으로 거슬러 올라갔다. 중원에서 만재방의 거처는 현재 무창의 망향원이었으므로 본격적으로 항주행을 하기 전 무창에서 강호와 상계의 흐름을 살피려는 의도에서였다.

더군다나 무창은 오릉의 소요 이후 무척 조용한 상태에 있었다. 무림인들의 거의 대부분이 죽었다는 소문이 파다했기에 다시 무창으로 발길을 들이는 사람도 거의 없었다.

수십 일의 침묵 끝에 팔황을 비롯한 강호의 주요 세력들이 무창에 사람을 보내 실종된 자파 고수들의 행적과 오룡혈사의 주모자라 알려진 야율거공의 행적을 쫓기는 했지만 그도 잠시, 그 어디서도 야율거공의 찾을 수 없자 이제 그를 추격하는 일은 중원 전체로 그 범위가 넓어진 상태였다.

덕분에 만재방의 상단은 사람들의 이목을 받지 않고 조용히 무창에 입성했다. 그런데 무창에 입성한 만재방 사람들은 그곳에서 또 다른 허소산의 모습을 볼 수 있었다.

무창에 도착한 그날 허소산을 만나러 설도우를 비롯한 오산금림의 고수들이 찾아왔기 때문이다. 허소산의 놀라운 무공에도 불구하고 어릴 때의 그에게 익숙해져 있던 전욱 등 만재방의 수뇌들은 설도우 등이 허소산에게 보이는 공손한 태도에 변해 버린 허소산의 존재감을 다시금 실감할 수밖에 없었다.

망향원에서 허소산의 거처는 언제나처럼 허산왕이 수년 간 지내왔던 허름한 오두막이었다. 그 주위로 원보와 감천홍 식구의 오두막이 서 있었는데 가끔 허소산을 찾아오는 설도우 등도 허소산의 오두막에 머물렀기에 기이하게도 망향원의 중심은 그 세 채의 오두막이 되어 있었다.

"놈이 무창에 들렀던 것은 확실합니다."

설도우가 가져온 소식은 목인몽에 관한 것이었다. 그동안 찾을 수 없었던 목인몽의 흔적이 지난 오릉혈사 직후 무창에서 발견되었다는 것이다.

"오릉에 왔었다는 건가요?"

허소산이 심각한 표정으로 물었다.

"그건 확실치 않습니다. 하지만 백부련이 나타났었다는 것은 곧 목인몽 그자도 무창에 왔었다는 의미가 되지요."

백부련은 과거 오산금림의 십이장로 중 한 사람으로 지난 금림의 반란 시에 유일하게 금림을 탈출해 목인몽을 따라간 자다. 그자가 무창에 나타났다는 것은 곧 목인몽이 무창에 왔었다는 것을 의미했다.

"이후의 행적은 알아보셨나요?"

"목인몽은 몰라도 백부련의 움직임은 이제 확인할 수 있습니다. 지금 항주에 머물고 있는 듯합니다."

"항주라……. 결국 또 항주군요."

허소산이 고개를 끄덕였다. 그러다가 다시 설도우에게 물었다.

"야율거공의 행적은 어떻습니까?"

"천하의 모든 고수가 그를 추격하고 있지만 쉽게 그 모습을 드러내지 않고 있습니다. 두 번 그를 보았다는 자가 있는데 모두 황하 인근에서였습니다."

"그럼 대요로 돌아갔다는 의미군요."

"그렇지요. 아무래도 중원무림에서의 활동이 위축될 수밖에 없으니 현명한 행보라고 해야겠지요."

"그가 요 황실과 관련이 있지는 않을까요? 그 성씨 하며……."

"물론 그 관계를 배제할 수는 없습니다. 하지만 본시 야율씨를 쓰는 자들은 거란족에 흔하니……."

"그렇기도 하군요. 일단 두 사람의 행적을 파악하는 데 주력해 주세요. 강호에 문제가 일어나면 결국 그 두 사람, 아니군요. 금천장의 배후 인물까지 세 사람이 그 중심에 있을 겁니다."

"알겠습니다."

설도우가 차분한 목소리로 대답했다. 두 사람의 대화가 일단락되자 문득 원보가 입을 열었다.

"그런데 만재방주는 언제 항주로 간다더냐?"

"얼마간은 이곳에 머물 것 같아요."

"음, 시간이 길어지는 것은 좋지 않은데. 강호의 소식은 하루에도 천리를 간다지 않느냐? 결국 만재방주가 서역에서 돌아왔다는 소식이 곧 천하에 퍼질 거다. 그럼 금천장도 그에 대한 준비를 하겠지."

"아직은 철저하게 활동을 자제하고 있으니 그들이 쉽게 이쪽의 움직임을 파악하지 못할 거예요. 그리고 일단 만재방이 강호에 드러나면 그땐 저도 좀 움직여 봐야죠."

"정말 천보도를 쓰려고?"

"천보도라면 금천장의 시선을 돌리는 데 적합하죠."

"하지만 아깝지 않느냐?"

"그들에게 천보도의 존재를 알린다고 천보도의 보물이 그들의 것이 되는 것은 아니잖아요. 더군다나 천보도라면… 그자를 좀 더 빨리 만날 수 있을 거예요."

"그자라면 북방을 여행하고 있다는 만재방의 배후자 말이냐?"

"네. 정말 궁금해요. 도대체 어떤 인물일지……."

"결국은 악연으로 만날 사이 아니더냐?"

"그렇긴 하지요."

허소산이 무겁게 고개를 끄덕였다.

만재방주는 무척 신중하게 움직였다. 물건을 실은 배들은 무창 포구에 놓아둔 상태로 그는 항주로 귀환할 준비를 서둘렀다. 항주에는 이미 전조명의 노력으로 다른 이름으로 운영되는 만재방의 상가들이 있었는데, 이제 만재방주가 항주로 들어가면 그때는 그 상가들이 모두 만재방의 명패를 달게 될 터였다.

그렇게 은밀하게 항주로의 귀환을 준비한 만재방주가 항주로 배를 띄운 것은 그가 무창에 돌아온 지 정확히 이십 일 후였다. 그리고 그 배에는 허소산 일행도 모두 타고 있었다.

*   *   *

간출한 차림의 노인이 강가에 이르렀다. 배 한 척이 노인을 맞이했다. 그러나 바다처럼 도도하게 흐르는 장강을 넘기에 배는 너무도 작았다. 일엽편주(一葉片舟)라는 말이 딱 어울리는 작은 배에서 두 사람이 노인을 맞이했다.

한 사람은 노인과 비슷해 보이는 나이 대의 귀한 인상을 가진 자였고, 한 사람은 한 자루 장검을 허리에 찬 채 노를 잡고 있는 중년 사내였다.

"대야(大爺)!"

귀한 인상의 노인이 배에 오른 노인을 향해 부복하듯 깊게 허리를 숙였다.

"예가 과하네."

배에 오른 노인이 가볍게 손을 들었다. 그러자 허리를 숙였던 노인이 천천히 허리를 폈다. 그러나 노를 잡고 있던 중년 사내는 여전히 배에 엎드린 상태였다.

"교룡, 자넨가?"

"예, 대야!"

배에 엎드린 중년 사내가 고개도 들지 않고 대답했다.

"허허, 예를 차리는 것은 좋지만 그래서야 어디 배를 저을 수 있겠는가?"

노인의 말에 사내가 얼른 일어나 노를 잡았다.

"그럼?"

사내가 노인을 보며 묻자 노인이 고개를 끄덕였다.

"가세."

대야라 불린 노인의 말에 중년 사내가 힘차게 노를 젓기 시작했다.

　배는 금세 장강의 중심을 향해 나가 뭍이 보이지 않는 지점에 이르렀다. 하류의 장강은 바다처럼 넓어 노인을 태운 일엽편주는 그야말로 낙엽처럼 보일 뿐이었다.

　배가 강의 중심으로 나오자 노인이 입을 열었다.

　"야율거공이라고 했던가?"

　"그렇습니다."

　다른 노인이 공손하게 대답했다.

　"야율거공이라……. 들어봤어."

　순간 다른 노인이 놀란 얼굴로 대야라 불린 사람을 바라봤다.

　"그자를 아신단 말씀이십니까?"

　"장주는 모르시나?"

　노인이 되묻자 귀한 인상의 노인이 고개를 갸웃했다.

　"저로서는 도통……."

　"허허, 천하의 금천장주도 모르는 것이 있었던가?"

　"송구합니다, 대야!"

　대야라 불리는 노인을 마중한 자는 다름 아닌 금천장의 장주 금선옹이었다. 그가 항주를 벗어나 홀로 누군가를 마중 나온 것은 기이한 일이 아닐 수 없었다. 또한 대야란 노인의 정체가 결코 범상치 않음을 말해주는 것이기도 했다.

　"야문을 알고 있지?"

　"어찌 모르겠습니까?"

"야율거공은 야문의 사람이야."

"넷?"

금선옹이 놀란 얼굴로 대야라 불린 노인을 바라봤다.

"놀랐나?"

"와해된 것이 아니었습니까?"

"와해됐었지."

"무슨 말씀이신지……?"

"야문이 와해되었다고 야문에 속했던 사람들이 모두 사라진 것은 아니지 않겠는가? 요의 황실이 야문을 두려워해 그 조직을 와해하기는 했어도 그중 몇몇은 살려두었지. 야율거공은 그중 한 사람일세. 만약 그가 이곳에서 움직였다면 그건 둘 중 하나를 뜻하는 걸세."

"무슨 목적이온지요?"

"하나는 그가 여전히 요 황실의 신임을 받아 송을 공략할 준비를 하고 있는 경우고, 다른 하나는 야문의 와해에 반발해 은밀히 요 황실에 대적할 세력을 모으고 있는 경우 둘 중 하나일 걸세."

"아무리 그래도 감히 요 황실에 대항하려 하겠습니까?"

"알고 있지 않은가? 결국 요가 성립한 것은 모두 야문의 공적이라는 것을. 요가 성국을 멸할 때 야문의 살수들이 행한 살행은 성국의 멸망에 결정적인 요인이 되었지. 물론 연운십육주를 차지할 때도 마찬가지고… 송이 문치에 집중해 무인의 정기를 꺾을 때 야문은 야율가를 위해 천하 공략의 선봉에 섰지. 야문은 일개 무림 문파가 아니네. 요가 서기 전 천하를 꿈꾸고 만든 거란의 결사체네. 그 소속원의 자부심이 황가의 피를 이은 자들을 능가하지."

"그렇군요. 하지만 그래도 저의 짧은 소견으로는 그가 요 황제의 명에 따라 무림에서 활동하는 쪽으로 생각이 됩니다. 사실 송은 망해도 벌써 망했어야 하지 않습니까? 그나마 지금껏 명맥을 유지하는 것은 요의 침략이 있을 때마다 암중에 그들의 진로를 방해한 중원 무림 때문이니 요 황실로선 중원 무림을 도모하지 않고는 송을 손에 넣을 수 없다고 판단했을 듯싶습니다. 더군다나 구주에서 고려에 당한 패배는 요에 치명적인 손실을 입혔으니 다시 중원을 도모하려면 역시 특단의 조치가 필요하겠지요."

"그렇다면 더 문제일 수 있네. 그건 곧 야문의 부활을 의미하는 것이니까."

"그도 그렇군요."

금선옹이 무거운 안색으로 고개를 끄덕였다.

"그래, 그자는 어찌 되었나?"

문득 노인이 물었다.

"그자라시면……?"

"그 파 씨 성을 가진 젊은이 말일세."

"아, 파금검을 말씀하시는 거군요. 송구스럽지만 오릉에서 워낙 손실이 커 그자에 대한 일은 잠시 미뤄두고 있었습니다."

"그래? 지금도 무창에 있는가?"

"얼마 전 어디론가 떠났다가 다시 돌아왔다고 합니다."

"한번 만나보세."

"그러시겠습니까?"

"음, 좋은 칼을 만나는 건 쉬운 일이 아닐세."

"한편으로는 걱정이 되기도 합니다."

금선옹이 어두운 안색으로 말했다.

"무엇이 말인가?"

"그의 능력을 제가 과소평가하고 있는 것이 아닌가 하여……."

금선옹의 말에 노인의 표정도 변했다.

"전서에 전한 것 이상일 수도 있단 말인가?"

"오릉에서 그는 야율거공의 음모를 깨뜨렸지요. 봉화호에서도 그렇고. 지금 생각해 보면 단순히 고강한 무공만으로 이뤄진 일이 아닌 것 같습니다. 속을 숨기고 있는 자일 수도 있다는 생각입니다."

"음, 그 무공에 노련한 심계까지라……. 점점 궁금해지는군."

"위험한 자라면 애초에 베어버리는 것도……."

"그가 우리에게 방해될 일이 뭐가 있겠는가? 우리가 이 땅에서 하고자 하는 일에 그가 방해가 될 이유가 있는가?"

"지금까지는 없습니다. 그는 건드리지 않으면 조용히 있을 인물이지요."

"그러니까 굳이 그를 벨 이유는 없네. 설혹 그를 우리 사람

으로 만들지 못한다 하더라도 괜한 분란을 만들 이유는 없다
는 거네."

"알겠습니다. 그럼 그에게 기별을 넣겠습니다."

"그러시게."

노인이 고개를 끄덕였다. 그사이 노인을 태운 일엽편주는
장강을 가로질러 남쪽 강변에 닿고 있었다.

                    *   *   *

"아주 적당한 때에 손을 내미는군요."

허소산이 선실에 앉아 무창의 망향원에서 급히 전해진 전서
를 읽고는 미소를 지었다.

"무슨 일이냐?"

허산왕이 물었다.

"금선옹에게서 연락이 왔답니다. 만나자는군요."

"그래? 역시 살아 있기는 했군."

"그런 자가 그렇게 쉽게 죽을 리는 없지요."

"어디서 보자는 거냐?"

"항주에 와줄 수 없느냐는 군요."

"허허, 마치 우리의 움직임을 보고 있는 듯하군."

"만재방이 항주에서 만보대전을 열기 전에 그들을 만나야
겠지요."

"그렇겠지. 그래야 그들이 만재방의 행보를 방해하지 못할

테니까."

허산왕이 고개를 끄덕였다.

만재방주 전욱은 무척 대담한 방법으로 재기하려 하고 있었다. 그는 서역에서 가져온 물건을 한날한시, 한 장소에서 공개할 계획을 세우고 있었다. 이름 하여 만보대전이라 부르는 커다란 시장을 열겠다는 것이었는데, 그는 그날 항주에 와 있는 송의 고관대작은 물론 중원 상계의 거물과 무림 명가들을 모두 초대하려 하고 있었다.

또한 그 자리에 초대한 자들을 위한 막대한 선물도 준비하고 있었는데, 그 단 하루를 기회로 금천장이 함부로 도발하지 못할 정도의 위치에 만재방을 올려놓겠다는 것이 전욱의 계획이었다.

만보대전을 기회로 관과 무림의 실력자들과 단번에 친교를 맺는다면 금천장이 아무리 강력한 재력과 무력을 갖추었다고 해도 드러내 놓고 만재방을 공격할 수는 없을 것이고, 만재방은 항주에 단단히 뿌리를 내릴 시간을 벌 수 있을 터였다.

그런데 전욱이 계획한 이 일들이 성공하기 위해선 만보대전이 열리기 전 만재방의 존재를 금천장에 노출해서는 안 되었다. 그래서 허소산은 자신이 오릉에서 얻은 천보도로 금천장주 금선옹의 이목을 흩뜨릴 생각이었던 것이다.

"그나저나 정말 대단한 분이지?"

"장주님이요?"

"그래."

"정말 그래요. 어떻게 그렇게 대담한 계획을 세우셨는지……. 타고난 상인이신 것 같아요."

"후후, 우리 같은 사람은 상상하기 어려운 수완이지."

허산왕이 웃음을 흘리며 말했다. 그때 문득 원보가 두 사람 앞에 나타났다.

"뭐가 그리 재밌으시오?"

원보가 자신을 빼놓고 담소를 나누고 있는 허소산 부자가 부러운지 심드렁한 표정으로 물었다.

"어서 오세요. 주무시기에… 깨우지 않았어요."

"후아, 이거 배를 타고 이동하는 일도 지겹군. 할 일이 자는 것밖에 없어. 그런데 전서가 왔다고?"

"네."

"무슨 일인데?"

"금천장주가 만나자는군요."

"금천장주라……. 아주 때를 맞출 줄 아는 자란 말이야."

원보의 얼굴에도 빙그레 미소가 지어졌다.

항주에 도착하기 전 허소산 일행은 미리 배에서 내렸다. 자신과 만재방과의 관계는 아직 드러낼 때가 아니기 때문이었다.

일행은 육로를 통해 항주에 도착했다. 일행이 항주 어귀에 도착했을 때는 어둠이 이 거대한 도읍을 침식하고 있는 시간이었다. 더불어 성내의 집들도 하나둘 불을 밝히고 있었다.

"별유천지라더니… 그 말이 바로 임황을 두고 한 말이렷다."

원보가 찬란하게 빛을 발하기 시작하는 밤의 항주를 보며 중얼거렸다. 항주는 임황으로도 불리는 도읍으로 당대에 이르러서는 송의 도읍인 개봉보다도 더 화려한 도시로 성장하고 있었다.

"요의 황제가 왜 이곳을 그토록 탐하는지 알 수 있겠어요."

허소산도 처음 보는 항주의 밤 풍경에 탄성을 자아냈다.

"여기가 항주예요?"

감아라가 두 손을 모으고 별처럼 반짝이는 항주의 불빛을 바라보며 물었다.

"그래, 여기가 항주다."

감천홍이 담담한 목소리로 대답했다.

"이 거대한 도시를 사람이 만든 거라니… 신기해요."

감명 역시 감탄의 기색을 지우지 못하고 말했다.

"얼마나 가야 하지요?"

"아직은 조금 더 가서야 합니다."

일행의 길을 안내하고 있던 주표가 고개를 돌려 허소산의 물음에 대답했다.

"어디쯤이죠?"

"동쪽 포구 근처입니다."

"멀군요."

"그래도 항주의 정세를 살피기에는 가장 좋은 곳이지요."

"알겠습니다."

허소산이 고개를 끄덕이자 주표가 일행을 항주 성내로 안내하기 시작했다.

第八章
호천대야 김류

독경讀經

한쪽으로 수많은 배가 드나드는 포구가, 다른 한쪽으로는 끝없이 늘어선 수천채의 가옥이 바라보이는 곳에 한 채의 고즈넉한 장원이 있었다. 그 장원으로 허소산 일행이 들어섰다.

장원은 항주에 마련된 오산금림의 안가였다. 항주는 개봉과 함께 당금 천하의 중심 역할을 하는 곳이라 은거지문 오산금림에서도 이곳에만큼은 사람들을 내보내어 천하의 정세를 살피고 있었다.

"갈유라 합니다. 대승 장로님께 기별을 받았습니다. 어서 오십시오."

주표의 안내로 장원에 들어온 허소산 일행을 맞이한 사람은 마르고 훤칠한 키를 지닌 갈유라는 사람이었다. 갈유는 껑충한 키에도 불구하고 날카로운 안광을 가진 사람이었는데, 천하의 움직임이 그의 눈을 벗어나지 못한다고 주표가 내내 칭찬했던 사람이다.

"만나서 반갑습니다. 주 대협께 말씀 많이 들었습니다. 앞으로 잘 부탁드립니다."

"주 형이 무슨 말을 했는지 모르겠군요."

갈유가 날카로운 눈매에 작은 웃음을 흘리며 말했다.

"천하의 움직임이 갈 대협의 눈을 피하지 못한다고 하더군요."

"그랬습니까? 주 형, 너무 칭찬이 과한 것 아니오?"

갈유가 한쪽에 서 있는 주표를 보며 물었다.

"무슨 말씀을! 천하의 정세가 갈 형 눈에 들어 있는 것은 금림 사람이라면 누구나 아는 사실 아니오. 그런데… 대협께서 이곳에 머무시면 문제가 되지 않겠소? 앞으로 대협께서는 항주에서 수많은 사람들을 만나실 터인데 그리되면 안가의 정체가 탄로 날 수도 있소."

"그래서 담장을 사이에 둔 바로 옆 장원을 사들였소이다. 물론 우리와 전혀 관련이 없는 사람 이름으로 말이오."

"하하하, 역시 갈 형이오. 하시는 일에 빈틈이 없으니."

"자, 이리로 오시지요. 거처로 안내를 해드리겠습니다."

갈유가 허소산 일행을 한쪽으로 이끌었다.

허소산 일행은 갈유의 안내에 따라 장원의 동쪽으로 이동했다. 잠시 후 갈유와 일행은 장원의 동쪽 담벼락에 다다랐다. 그러자 갈유가 갑자기 담의 한쪽에 손을 대고 앞으로 밀었다.

구궁!

돌을 쌓아 올린 담장이 기이하게도 한쪽으로 갈라지면서 텅 빈 공간을 내보였다.

"이건 양쪽 장원을 은밀히 연결하는 문입니다."

갈유가 허소산 일행을 보며 말했다.

"교묘하군, 교묘해. 누구도 이곳에 문이 있을 거라고는 생각지 못할 거요."

원보가 탄성을 흘렸다.

"들어가시지요."

갈유의 권유에 허소산 일행에 담장에 만들어진 통로를 통해 옆 장원으로 이동했다. 그러자 아담한 마당과 두 채의 자그마한 건물을 가진 장원이 일행 앞에 모습을 드러냈다.

"크기가 조금 작습니다만……."

갈유의 말에 허소산이 고개를 저었다.

"아닙니다. 오히려 적당한 것 같군요. 아늑하고… 좋군요."

"마음에 드신다니 다행입니다. 일하는 사람이 두 명 있습니다. 물론 금림의 사람들입니다."

갈유는 그 눈초리만큼이나 섬세한 사람이었다. 그는 허소산 일행이 생활하는 데 필요한 모든 것을 세세하게 준비해 놓고 있었다.

일행은 두 채의 건물 중 조금 큰 건물 안으로 들어갔다. 너른 대청과 네 개의 방이 있는 건물은 깨끗하게 정리되어 있었다. 허소산 일행은 각자 방을 정해 짐을 풀고 다시 대청에 모였다.

"금천장에 사람을 보내야겠어요."

사람들이 자리를 잡고 앉자 허소산이 말했다.

"그들의 이목을 흩뜨리려면 서둘러야겠지."

"금천장주를 데리고 항주를 떠날 수 있다면 그것처럼 좋은 일은 없겠지요."

원보의 말에 허소산이 대답했다.

"천보도는 좀 살펴보았느냐?"

원보가 다시 물었다.

"정확치는 않으나 절강의 남쪽 대해의 한 섬에 있는 듯합니다."

"섬?"

"오의 수군은 삼국 중 최강이었기에 만약의 경우 방어하기 유리한 섬에 재물들을 모아둔 것 같습니다."

"섬이라……. 어쩌면 더 잘된 일인지도 모르겠군. 섬이라면 배를 타고 가야 할 터이니. 일단 출발하면 배를 되돌리기는 어려울 거야. 그러면 그사이 만재방은 항주에서 제대로 자리를 잡을 수 있을 거고."

원보가 고개를 끄덕였다.

"그런데 금천장에는 누가 가지?"

문득 허산왕이 물었다. 그러자 감천홍이 나섰다.

"제가 다녀오지요."

"감 녹사께서요?"

허소산이 놀란 표정으로 물었다. 그러자 감천홍이 고개를 끄덕였다.

"만약 금천장에 해동오류의 고수들이 있다면 역시 내가 가는 것이 좋지 않겠느냐?"

"그렇긴 하지만… 위험할 수도 있습니다."

"하하, 말만 전하면 되는데 위험할 일이 뭐가 있느냐? 금천장주를 만나면 전해야 할 말이나 말해주거라."

감천홍의 말에 허소산이 고개를 끄덕이고는 신중하게 앞으로의 계획을 설명하기 시작했다.

그런데 이튿날 금천장에 다녀온 감천홍은 의외의 소식을 허소산에게 전했다. 금천장주 금선옹이 허소산을 금천장으로 초대한다는 전갈이었다. 본시 한시 바삐 항주를 벗어나 대해로 금천장주를 끌고 나갈 생각이던 허소산에게는 의외의 일이 아닐 수 없었다.

그러나 감천홍이 가져온 서찰을 본 허소산은 결국 금천장을 방문하기로 결정했다. 왜냐하면 금천장주의 서찰에는 한 사람의 존재가 거론되어 있었기 때문이다.

"호천대야…… . 참으로 거창한 별호군."

서찰에 쓰인 별호를 보며 원보가 중얼거렸다.

"그를 보지는 못하셨소?"

허산왕이 감천홍에게 물었다.

"보지 못했습니다. 그의 별호가 호천대야라는 것도 이 서찰을 보고서야 알았습니다. 금천장주는 단지 귀한 분이 소산을 만나고 싶어 한다는 말을 했을 뿐이지요."

"결국 그가 금천장의 실질적인 주인이란 말이겠지?"

원보가 허소산에게 물었다.

"그렇지요. 그러니 아니 만날 수 없지요."

"도대체 어떤 사람일까?"

원보가 짐짓 호기심을 드러냈다. 그러나 지금으로썬 서찰에 쓰인 호천대야가 누구인지는 알 도리가 없었다.

"일단 그를 만나보지요."

"위험하지 않겠느냐?"

"금천장주가 저를 탐내는 이유는 하나지요. 이용하기 좋은 사람이라고 생각하고 있을 겁니다. 그런 나를 해할 이유는 없지요."

"그렇구나. 나도 가고 싶다만……."

원보가 말꼬리를 흐렸다. 그로서는 금천장에 와 있다는 봉황문의 고수들이 꺼려질 수밖에 없었다. 물론 그들이 금천장에서 생활을 하는지 아니면 다른 곳에 거처를 잡고 있는지는 알 수 없었지만.

"천보도의 보물을 찾아 떠날 때 함께 가세요. 그때는 아마도 봉황문의 고수들이 따라오지 않을 거예요. 금천장과 인연을 맺었다고는 해도 보물을 함께 나눌 사이까지는 아닐 테니까요."

"혹 모르지. 그들이 아주 오래전부터 인연을 맺어왔는지도."

원보가 고개를 저으며 말했다.

금천장은 항주 북쪽 용산 자락에 자리 잡고 있었다. 말이 산이지 작은 언덕에 지나지 않는 용산은 그 전체가 금천장의 소유였다. 당금 금천장의 성세를 말해주듯 용산 주변은 천하에서 몰려든 상인들로 북적였다.

허소산 부자와 감천홍은 말을 몰아 항주 성내에서 용산까지 이어진 길을 따라 금천장으로 향했다. 떠들썩한 장사치들의 목소리가 쉬지 않고 들려왔다.

"과거 만재방을 보는 것 같군."

허산왕이 금천장의 장원 앞 너른 공터에 이르자 입을 열었다. 벽란도의 만재방도 번성할 때는 이렇게 천하의 장사치들이 전국에서 모여드는 곳이었다.

"듣자 하니 상업으로 보자면 개봉도 항주에 비할 바가 못 된다고 하더군요."

감천홍이 말했다.

"그래도 개봉은 송의 국도인데?"

"아무래도 대해로 나갈 수 있는 여건 때문에 항주가 상업은 더 발달했다고 봐야겠지요. 더군다나 북쪽 변경이 어지러우니……."

"하긴, 대요의 공세가 심상치 않다는 소리는 들었네. 그놈들이 고려의 변경도 노리는 듯하던데……."

"몇 차례의 침입 후 뜸해지긴 했지만 언제나 방심할 수는 없지요. 구주에서 그렇게 당하고도 여전히 욕심을 버리지 못하니… 오랑캐는 오랑캐인 모양입니다."

감천홍이 여전히 고려 관리의 심성을 가지고 있는 듯 말했다. 그러는 사이 일행이 금천장의 정문 앞에 도달했다.

"어서 오시오, 감 대협!"

일행에 도착하자 장원의 정문을 지키는 자들 중 하나가 감천홍에게 아는 척을 했다. 아마도 앞서 허소산의 전갈을 가지고 금천장을 방문한 감천홍의 얼굴을 잊지 않고 있었던 모양이다.

"다시 뵙는구려."

감천홍이 말에서 내리며 인사를 받았다.

"그렇잖아도 기다리고 있었소이다. 장주께서 파 대협의 방문이 있을 거라 전하시면 각별히 신경 쓰란 명을 내리셨지요. 그런데 어느 분이……."

장원의 경비무사가 허소산과 허산왕을 슬쩍 살피며 물었다. 그러자 감천홍이 허소산을 가리키며 말했다.

"이분이 바로 내가 모시는 분이오."

"아, 그러셨군요. 무창의 대영웅을 뵈오니 영광입니다."

경비무사가 두 손으로 검을 잡고 포권을 취하며 인사를 했다.

"장주는 안에 계시는가?"

허소산이 도도한 목소리로 물었다. 그러자 경비무사가 겁을 먹은 표정으로 대답했다.

"그렇습니다. 안으로 드시지요. 문을 열어라!"

경비무사의 명에 무거운 금천장 정문의 활짝 열렸다. 그런데 미처 허소산 등이 안으로 들어가기도 전에 장원 안에서 총관 비사도가 나는 듯이 달려나왔다.

"파 대협!"

비사도가 얼른 포권을 해보였다.

"다시 보는구려."

허소산이 오만한 표정으로 고개를 까딱였다.

"무창에서는 경황이 없어서 그만 인사도 못 드리고 왔습니다."

"음, 괘념치 마시오. 사실 무창에서 살아남은 것만도 천행인데 어찌 예를 차릴 수 있겠소. 그래, 금천장의 손실은 어떠했소?"

허소산이 묻자 비사도가 얼굴에 노기를 띠며 말했다.

"그 영락대인이란 자의 술책이 워낙 간교해서 우리 금천장도 많은 손실을 보았지요. 당시 무창에 간 식솔 중 살아남은 사람이 이 할도 되지 않습니다."

"음, 이 할이라……. 많이 상했구려."

"그래도 다행히 파 대협의 활약으로 놈의 수족이 되지는 않았지요. 다시 한 번 감사드립니다."

"고마워할 일은 아니오. 나 또한 놈에게 구원이 있던 터라……."

"구원이시라면?"

"봉화호에서 놈이 날 간계에 빠뜨리려 했지 않소이까?"

"아, 그 일을 말씀하시는 거군요. 여하튼 놈도 파 대협께 무례한 대가를 톡톡히 치렀다고 할 수 있지요."

"그래, 장주는 어디 계시오?"

"들어가시지요. 기다리고 계십니다."

비사도가 정중하게 허소산을 장원 안으로 이끌었다.

금천장은 천하제일의 상가답게 화려하기 이를 데 없었다. 장원의 모든 바닥에는 청석이 깔려 있었고, 기화이초가 곳곳에 만발했다. 용산 전체를 아우르며 만들어진 장원이었기에 그 넓이도 상상을 초월했다.

비사도는 허소산 일행을 장원의 북쪽으로 이끌었다. 장원 북쪽은 용산 비탈이었으므로 걸어 올라갈수록 항주가 한눈에 내려다보였다.

"오, 정말 대단한 경치구려."

허소산이 한순간 걸음을 멈추고 장원에서 내려다보이는 항주 성내를 바라보며 말했다.

"금천장의 자랑이라고 할 수 있지요."

비사도가 자부심이 깃든 표정으로 말했다.

"역시 금천장이 천하제일상가가 된 데에는 그럴 만한 이유가 있구려. 명불허전이오."

"고맙습니다."

비사도도 정중하게 대답했다. 그러자 허소산이 고개를 갸웃하며 물었다.

"그런데 이상한 것이 있구려."

"무엇이……?"

비사도가 걱정스런 표정으로 물었다.

"비 총관께서는 무창에선 나에게 이리 공대를 하지 않으셨지 않소?"

허소산의 물음에 비사도가 옅은 웃음을 흘리며 말했다.

"장주님의 특별한 명이 계셨습니다."

"장주의 명이라……."

"장주께서 향후 파 대협을 대하기를 장주님 본인을 대하듯 하라 말씀하셨지요."

"그런 명을 내리셨소?"

"그렇습니다. 그러하니 제가 어찌 감히 무창에서처럼 파 대협을 대하겠습니까?"

"허어, 이거 과례에 조금 불편하구려."

"그런 말씀 마십시오. 따지고 보면 파 대협께선 무창에서 살아남은 자들의 생명의 은인 아니겠습니까? 이 정도 예의는 당연한 것이지요."

"허허, 그렇소? 뭐 기분이 나쁘진 않군. 하하하!"

허소산이 짐짓 호탕한 웃음을 터뜨렸다. 그러자 비사도가 만족한 듯한 미소를 지으며 손을 들어 한 채의 전각을 가리켰다.

"장주께서는 저곳에 계십니다."

"오, 정말 멋진 전각이구려."

"오직 장주님과 금천장의 귀빈만이 드시는 곳이지요. 전각이 세워진 이후 저곳에 든 손님은 열을 넘지 않습니다."

"그런 곳이었소? 어떤 곳인지 궁금하구려."

"가시지요."

비사도의 말처럼 전각은 천하에서 가장 화려한 모습을 하고 있었다. 아마도 개봉 송 황실의 궁궐도 이보단 화려하지 않을 터였다. 기둥 하나하나에서 향기로운 목향이 흘러나왔고, 곳곳에 금칠을 한 가구들이 전각을 가득 채우고 있었다.

"이리로……."

전각의 화려함에 놀라고 있는 허소산 일행을 비사도가 득의한 표정으로 안으로 이끌었다.

스르르!

기름칠이 되어 있는지 문이 좌우로 미세한 소리와 함께 열렸다.

"파 대협을 뵈옵니다."

문 안쪽에서 두 명의 아름다운 여인이 허소산에게 허리를 굽혀 인사했다. 저자에 나가면 단번에 젊은 총각들을 휘몰고 다닐 만한 미모를 지닌 여인들이었다.

그리고 그 안쪽에서 금천장주 금선웅이 급한 걸음으로 걸어 나와 허소산을 맞았다.

"오서 오시오, 파 대협!"

금선웅이 정중하게 허소산을 맞아들였다.

"다시 뵈니 반갑소이다."

허소산 역시 만면에 웃음을 띠며 말했다.

"무창에서의 소란이 워낙 거칠어서 인사도 못하고 떠나왔구려."

"금천장의 손실도 적지 않았다니 안타깝소이다."

"음, 강호의 행사에 관여하면 가끔 손해를 볼 때도 있게 마련이지만 이번 손해는 정말 컸소이다. 잃은 문도의 수가 수십이외다."

"그 영락대인이란 자가 워낙 영악한 자라서……."

허소산이 말꼬리를 흐렸다.

"자, 일단 안으로 들어갑시다."

금선웅이 허소산을 황금빛으로 찬란한 방 중앙의 서탁으로 데려갔다. 서탁 위에는 옥빛의 찻잔이 놓여 있었고, 남쪽으로 만들어진 들창을 통해 멀리 항주의 전경이 한눈에 들어왔다.

"좋은 곳이외다."

허소산이 들창으로 보이는 풍경을 보며 말했다. 그러자 금선웅이 희미한 미소를 지으며 대답했다.

"기실 이 용천각을 지을 때 무척 신경을 썼소이다."

"용천각이라……. 좋은 이름이구려. 천하를 향한 금천장의 포부가 느껴지는 이름이오."

"하하하, 그리 생각해 주시니 고맙소이다. 어쨌든 이 용천각을 지을 때 들인 재물이 금자 일만 냥이외다."

"아니, 이 전각 하나를 짓는 데 일만 냥이 들었단 말이오?"

허소산이 놀란 얼굴로 물었다. 그러자 금선웅이 은근한 눈빛을 내보이며 말했다.

"그렇소이다. 사실 용천각은 귀빈을 모시는 곳이기도 하지만 그보다 아주 중요한 분이 거처하는 곳인지라 신경 쓰지 않을 수 없었소이다."

"음, 오늘 날 만나게 해주겠다는 그분 말이오?"

"그렇소이다."

"장주가 모시는 분이라니 정말 궁금하오. 도대체 어떤 분이시기에 장주와 같은 천하의 재사를 수하로 두고 있는지……."

"만나보시면 파 대협도 그분의 인품에 감탄하지 않을 수 없을 겁니다."

"언제 만날 수 있소?"

허소산이 궁금해서 못 참겠다는 듯 급히 물었다.

"지금 이곳으로 오고 계시니 반 시진 정도 후면 만나실 수 있을 것이오."

"반 시진이라……. 한 일 년쯤으로 느껴지겠구려."

"하하하, 대협의 마음을 아시면 그분도 무척 기뻐하실 거외다."

"그분의 별호가 호천대야라 하셨던가요?"

"그렇소이다."

"그 별호만으로도 보통 분이 아니라는 것이 느껴지는구려."

"하하하, 별호가 그분의 성품을 미처 못 담지요."

금선옹의 말에 허소산은 그가 얼마나 호천대야라는 사람을 존경하고 있는지 깨달았다.

'이런 존경은 결코 힘으로 얻을 수 있는 것이 아니다. 아주 오랫동안 금천장과 관련이 있는 사람이리라.'

허소산이 내심 생각하면서 가볍게 차를 한 모금 들이켰다. 그러자 금선옹이 허소산이 차를 마시기를 기다려 은근한 목소리로 입을 열었다.

"그런데 사람을 보내 꼭 하고 싶은 말씀이 있다고 하셨는데 그게 무엇이오?"

"이런, 내가 그만 호천대야란 분을 만날 생각에 중요한 일을 잊고 있었구려, 장주."

허소산이 몸을 조금 앞으로 숙이며 낮은 목소리로 금선옹을 불렀다.

"말씀하시지요, 파 대협."

"혹 천보도라고 들어보셨소이까?"

"천보도? 천보도라……. 금시초문이오만……."

"그럼 오릉삼보를 잊지는 않았겠지요?"

"물론 어찌 잊을 수가 있겠소이까?"

금선웅이 고개를 끄덕였다.

"그 오릉삼보 중 오왕 손권이 천하를 통일하기 위해 은밀히 준비한 재물의 위치를 그린 지도가 바로 천보도요."

"아, 그렇소이까? 그런데 천보도는 왜……?"

"그 천보도가 내 손에 있소이다."

순간 금선웅이 화들짝 놀라며 자리에서 일어섰다.

"아니, 그게 정말이오?"

"그렇소이다. 내 오릉에서 그 천보도를 얻었소이다."

"아, 옛말에 보물의 주인은 따로 있다더니 과연 파 대협은 하늘이 내린 분이오. 천보도를 손에 넣었다니, 감축드리오."

금선웅이 진심으로 부러운 듯 축하를 했다. 그러면서도 그의 눈에는 한순간 숨길 수 없는 탐욕의 빛이 흘렀다. 그런데 그런 금선웅의 탐욕을 허소산이 다시 자극했다.

"아직은 축하받을 때가 아니지요. 내 손에 들어온 것은 한 장의 지도지, 보물은 아니지 않소이까? 그 지도에 있는 보물을 찾으려면 다른 사람의 도움이 필요하기도 할 것 같고……."

허소산의 말에 금선웅이 지체하지 않고 대답했다.

"도움이라면 걱정 마시오. 우리 금천장이 물심양면으로 파 대협을 돕겠소이다."

"아, 그래 주시겠소? 사실 이 보물을 찾는 일은 골수부터 무인인 나에게는 좀 귀찮은 일이라 금천장 같은 상가의 도움을 받기를 원하고 있었소이다."

"어떻게 도와드리면 되겠소이까?"

금선옹이 은밀한 어조로 물었다. 그러자 허소산이 다시 고개를 앞으로 숙여 속삭이듯 말했다.

"지도를 분석해 본 결과 보물은 절강성 남쪽 앞바다의 작은 섬에 있는 것으로 판단되오."

"그렇소이까? 음, 바다라면 배가 필요하겠구려."

"맞소이다. 특히 이런 일에는 날파리 떼가 끼어들게 마련이니 극히 조심해서 배를 준비해야 하지요."

"본 장에서 배를 준비하는 것은 여반장이니 그건 걱정 마시오."

"좋소이다. 만약 내가 천보도의 보물을 얻게 되면 그 대부분을 금천장과 나 파금검의 천하 제패를 위해 내놓겠소이다."

"정말이십니까?"

"난 한 입으로 두말하는 사람이 아니오. 사실 나 같은 무인에게 재물이란 것이 무슨 소용 있겠소. 더군다나 솔직히 말해 지금도 재물은 부족하지 않소. 하지만 천하를 제패하기 위해선 부족하지요. 그러니 결국 천보도의 보물이 필요한 것이오. 무림천하를 도모하기 위한 모든 재정을 금천장에만 맡길 수는 없지 않겠소?"

"재정에 관해서는 이 금선옹에게 맡겨두셔도 될 터인데……."

"그래서 하는 말인데, 전설대로 천보도에서 가리키는 섬에 오왕 손권이 남긴 재보가 있다면 그 가치는 천하의 그 어떤 상가나 재력가의 재산보다도 많을 것이오. 그런데 난 그렇게 많은 재물을 관리할 능력도 생각도 없소. 해서 그 보물의 처분은 전적으로 장주께 맡기려 하오. 어떠시오. 나 대신 그 보물들을 관리해 주실 수 있겠소?"

"날 믿으실 수 있겠소?"

금선옹이 흥분한 어조로 물었다. 그러자 허소산이 고개를 갸웃하다 입을 열었다.

"물론 그렇게 일이 진행되기 위해서는 오늘 우리의 관계를 좀 더 확실히 할 필요는 있을 것이오. 아니 그렇습니까, 호천대야?"

갑자기 허소산이 북쪽 벽을 보며 큰 소리로 말했다. 그러자 금선옹이 화들짝 놀란 표정으로 고개를 돌려 허소산의 시선이 가 있는 벽을 바라봤다.

짧은 침묵이 흘렀다. 장내가 깊은 침묵에 휘감겼다. 허소산도 금선옹도 더 이상 입을 열지 않았다. 그리고 잠시 후,

스르륵!

거짓말처럼 벽이 좌우로 갈라지더니 보광이 흘러나오는 또다른 공간이 주렴에 가려진 채 허소산 앞에 모습을 드러냈다. 그 주렴 뒤에 한 사람이 조용히 앉아 있었다.

다시 침묵이 흘렀다. 허소산은 마치 주렴을 꿰뚫어 보려는 듯 안력을 돋우었고, 주렴 뒤의 사람도 서늘한 안광으로 허소산을 바라봤다. 그렇게 잠시 두 사람이 주렴을 사이에 두고 서

로를 살폈다.

그렇게 얼마나 흘렀을까. 먼저 입을 연 쪽은 주렴 뒤의 인물이었다.

"주렴을 걷어라."

노인의 말이 흘러나오자 주렴이 천천히 위로 올라갔다. 그러자 간출한 차림의 노인 한 명이 가부좌를 틀고 앉아 있었다.

노인은 금천장주 금선옹의 주인이라기엔 어울리지 않게 소소한 차림이었다. 인상도 평범해서 전혀 다른 사람의 눈길을 끌 만한 구석이 없었다. 그러나 허소산은 노인의 비범함을 한순간에 알아봤다.

'무서운 자다. 과연 금선옹과 같은 자를 거둘 만하다.'

평범함 속에 가려진 비범함, 극에 이른 성취가 다시 평범함으로 돌아온 자의 경지가 노인에게서 느껴졌다.

"대협이 바로 그 유명한 파금검이시군."

인자한 할아버지가 잘 자란 손자를 대하듯 노인이 허소산에게 말을 건넸다.

"그렇습니다. 어르신이 호천대야시군요."

본래 파금검으로 행동하는 허소산은 아무리 나이가 많은 사람에게라도 이렇게 존대를 하는 경우가 없었다. 그러나 이번만큼은 허소산도 호천대야에게 공대를 했다. 물론 허소산으로서는 계산된 행동이었지만 그의 태도가 금선옹을 미소 짓게 만들었다. 금선옹은 기실 허소산이 호천대야에게 무례한 행동을 하지나 않을까 노심초사하고 있었던 것이다.

"맞소, 파 대협. 내가 호천대야요. 파 대협에 대한 이야기는 내 장주에게 많이 들었소. 오늘 이렇게 실제로 파 대협을 만나니 장주의 이야기가 과장이 아님을 알겠소이다."

"저 또한 대야의 존귀하심을 누누이 들었습니다. 만나 뵈니 영광입니다."

허소산이 비굴하지 않은 태도로 호천대야의 칭찬을 늘어놓았다.

"흠, 젊은 영웅을 만났는데 이곳에 앉아 있을 수는 없지."

한순간 호천대야가 자리에서 일어났다. 그리고는 허소산을 향해 성큼성큼 걸어왔다. 순간 허소산은 호천대야의 신형이 산처럼 커지는 듯한 느낌을 받았다. 그가 한 걸음 허소산에게 가까워질 때마다 그의 기세가 배씩 늘어나는 형국이었다.

'시험을 하는 건가? 날 시험하면 어떤 일이 벌어질 것이라는 걸 장주에게 들었을 텐데…….'

허소산이 엷은 미소를 지으며 진기를 끌어올렸다. 그러자 허소산 등을 향해 다가오던 호천대야의 얼굴에서 한순간 웃음이 사라졌다. 그러나 그 웃음은 그가 허소산 앞에 다다랐을 때 다시 찾아들었다.

호천대야가 다가서자 금선옹이 재빨리 자리에서 일어나 시립했다. 그러자 호천대야가 금선옹에게 고개를 한 번 끄덕이고는 서탁의 한쪽 면을 차지하고 앉았다. 허소산이 그제야 끌어올렸던 진기를 풀었다.

"후우!"

자리에 앉은 호천대야가 건넌방에서 서탁까지 이동한 것이 힘에 부치는지 크게 숨을 내쉬었다.

"나이가 드니 조금만 움직여도 힘이 드는군."

호천대야가 혼잣말처럼 중얼거렸다.

"무슨 무공입니까?"

허소산이 엉뚱한 질문을 던졌다. 그러자 호천대야도 금선옹도 기이한 동물을 보듯 허소산을 바라봤다. 본시 이런 기 싸움이 끝나면 양자는 서로 모른 척하고 지나가게 마련인데 허소산은 호천대야가 서탁으로 걸어오며 펼친 무공의 정체를 묻고 있었다. 지극히 무례한 일이지만 어찌 보면 파금검다운 행동이었다.

"무공? 무슨 무공 말인가?"

호천대야가 딴청을 부렸다. 그러자 허소산이 살짝 눈살을 찌푸리며 금선옹에게 말했다.

"장주께선 나에 대해 대야께 충분히 설명하지 않으신 모양이구려."

"그게 무슨……?"

"내가 이런 식의 시험을 몹시 싫어한다고 하지 않았소."

"그, 그것이……."

금선옹이 일순 말문이 막힌 듯 말을 얼버무렸다. 그러자 허소산이 심드렁한 표정으로 말했다.

"화려한 장원에 훌륭한 차! 이만하면 오늘 금천장을 방문한 보람은 충분하지."

허소산이 더 이상 할 말이 없다는 듯 조금 남아 있던 차를 마저 입에 털어 넣고는 입구 쪽에 서 있는 허산왕과 감천홍을 보며 말했다.

"돌아가자구. 대야, 오늘 만나 뵈어 즐거웠습니다."

허소산이 자리에서 일어나 가볍게 고개를 까딱이고는 서슴없이 문 쪽을 향해 걸어갔다. 순간 호천대야의 표정이 일변했다. 얼핏 보면 한 가닥 살기가 그의 눈을 스치고 지나간 듯도 보였다.

"잠깐 기다려 주시오."

문득 호천대야의 입에서 차가운 음성이 흘러나왔다. 그러자 허소산이 신형을 돌려 호천대야를 보며 물었다.

"무슨 일이신지……?"

"웅보(熊步)라는 무공이오."

호천대야가 갑자기 무공의 이름을 말했다. 그러자 허소산이 잠시 생각에 잠겼다가 다시 서탁으로 돌아와 앉았다.

"기이한 무공이군요."

언제 떠나려고 했던 사람인가 싶게 허소산이 호천대야의 무공에 관심을 드러냈다.

"본시 사람을 상하게 하기 위해 만들어진 무공이 아니오. 일신의 건강을 위해 만들어진 무공이지. 걷는 것으로 전신의 기혈을 순환시키는 것인데 공력이 극에 이르면 하늘을 걸을 수도 있다고 하더군. 나야 뭐 그런 경지는 꿈도 꾸지 못하지만."

호천대야 역시 언제 허소산과 기 싸움을 했나 싶게 친절히 자신이 펼친 무공에 대해 설명했다.

"중원의 무공은 아니군요."

"그걸 어찌 아시오?"

"중원의 무공은 아무래도 화려함을 빼놓을 수 없지요. 하지만 그 웅보라는 무공은 군더더기가 없으니……."

"맞소. 중원의 무공은 아니오. 해동의 무공이지."

"해동?"

허소산의 눈빛이 빛났다. 드디어 금천장의 뿌리가 한 가닥 모습을 드러내고 있었다.

"파 대협은 어디 출신이오? 말투를 보아하니 중원 출신은 아닌 것 같은데?"

"전 남쪽에서 왔습니다."

"남쪽이라……."

"대월과 운남의 경계에 제 고향이 있지요."

"음, 그렇구려. 사문이 그곳에 있는 모양이구려?"

"그렇습니다."

"스승의 함자를 알 수 있소?"

"제게는 스승이 없습니다."

"그게 무슨 말이오? 본시 세상에 부모없는 자식은 없고, 스승없는 무인도 없는 법이오. 물론 강호를 떠도는 낭인이라면 스승이 없을 수도 있지만 파 대협과 같은 고수가 스승 없이 오늘의 경지에 이르렀다고는 생각할 수 없는데?"

"스승이 없는 것은 맞습니다. 하지만 과거 문파의 존장들께서 남기신 유전은 있었지요. 그것들을 홀로 수련했습니다."

"그 말이 정말이오?"

호천대야가 못 믿겠다는 듯 되물었다.

"거짓을 말할 이유가 없지 않습니까?"

허소산의 표정에선 한 올의 거짓도 느껴지지 않았기에 호천대야도 결국 고개를 끄덕여 수긍할 수밖에 없었다.

"그렇구려. 하지만 정말 그렇다면 파 대협은 무학의 천재 중의 천재라고 할 수 있을 것이오. 대저 무공의 비급이 있다고 해도 스승 없이 절대의 경지에 오르는 것은 불가능한 일인데⋯⋯."

"천재라기보단 운이 좋았지요. 그런데⋯⋯."

허소산이 잠시 말꼬리를 흐렸다. 그러자 호천대야가 넌지시 허소산을 보며 물었다.

"말해보시구려."

"이 금천장과 호천대야께서는 어떤 인연이십니까? 애초부터 금천장의 주인이 호천대야이신 겁니까?"

허소산의 물음에 호천대야가 고개를 저었다.

"그건 아니오. 금천장이야 본래부터 금 장주 가문에서 일궈온 상가요. 난 그저 오래된 인연으로 가끔 금천장의 도움을 받고 있을 뿐이오."

"그렇군요. 그렇다면 외람되나마 호천대야 어른의 사문을 알 수 있겠습니까?"

"해동에 대해 조금 아시오?"

"대월에도 고려 사람이 적지 않고, 개중에는 제 친구도 있지요. 해서 제가 비록 남방의 오지에서 왔지만 해동에 대해 문외한은 아닙니다."

"그렇소이까? 하지만 내 사문은 아마 말해줘도 모를 것이오."

"알겠습니다. 그럼 더 묻지 않지요. 나 또한 제 사문에 대해 자세히 말씀드리기 곤란하니."

허소산의 순순히 고개를 끄덕였다. 그러자 호천대야가 넌지시 말머리를 돌렸다.

"그런데 좀 전에 듣자 하니 오왕의 남긴 보물이 숨겨져 있다는 섬에 대해 이야기를 하던데… 그 이야기를 좀 더 자세히 해줄 수 있겠소?"

"뭐 어려운 일은 아니지요. 지난번 무창에서 있었던 오릉혈사에 대해선 들으셨는지요?"

"물론 강호의 큰 사건이었으니 들었소이다."

"당시 오릉에는 삼보가 있었지요. 오왕이 남긴 천명검, 그리고 절대검결인 대하검법의 비급, 나머지 하나가 오왕 손권이 천하를 쟁패하기 위해 준비해 둔 군자금을 모아놓은 장소를 기록한 천보도. 그런데 운 좋게 제가 그 천보도를 얻었지요. 해서… 그 보물이나 찾아볼까 하는 중입니다."

"그건 이미 나도 들었던 것이오. 그 보물을 금천장주에게 맡기겠다고 하셨는데……."

"아, 물론 나와 같은 무인은 재물을 다루는 데 익숙지 않으니 누군가 대신 관리를 해줄 사람이 필요하지요. 금천장주시라면 아주 적당한 분이시라 서로 조건이 맞으면 맡기고 싶습니다."

"조건이라⋯⋯. 파 대협이 원하는 조건은 무엇이오?"

호천대야가 허소산을 보며 물었다. 수수하던 그의 동공에도 얼핏 탐욕의 빛이 스치고 지나갔다. 순간 허소산은 호천대야에 대해 적잖이 실망했다. 그의 수수한 차림과 고고해 보이던 성정이 한순간에 탐욕의 눈빛으로 빛을 바래 버린 것이다.

'역시 그저 한 명의 인간일 뿐이었군.'

그렇다면 이런 사람을 요리하는 것도 다른 사람을 상대하는 것과 다를 바가 없다.

"조건이란 다른 것이 아니지요. 금천장과 내가 하나의 목적을 공유할 수 있느냐 하는 것이 조건이지요. 그것만 확인되면 무엇을 못 맡기겠습니까?"

"목적이라⋯⋯. 천하를 두고 하는 말이오?"

"그렇습니다. 사실 천하를 추구하지 않는다면 천보도의 재물 따위 필요도 없지요. 평생 먹고살 걱정은 지금도 없으니."

"이미 두 사람은 천하를 함께 도모하기로 약조한 것 아니었소?"

"그렇게 약조는 했지만 솔직히 아직 서로에 대해 모르는 것이 너무 많지요. 아니 그렇소이까?"

허소산이 금선옹을 보며 물었다. 그러자 금선옹이 천천히 고개를 끄덕였다.

"맞소. 우리가 서로 뜻이 어울리긴 하나 아직은 서로의 흉금을 모두 털어놓았다고 할 수는 없구려."

금선옹의 말에 이번에는 호천대야가 입을 열었다.

"음, 양쪽의 인연이 아직 깊지 않으니 당연한 일일 것이오. 허면 어쩌리까? 오늘 모든 흉금을 터놓고 서로에 대해 이야기를 해보시려오?"

호천대야의 질문에 허소산이 한줄기 미소를 지으며 대답했다.

"강호엔 영원한 적도 영원한 동지도 없다고 하지요. 하지만 난 그 말을 믿지 않습니다. 남아로 태어나 서로 뜻을 공유한다면 죽을 때까지 그 길을 함께 가야 하지요. 오늘 난 대야께서 제게 믿음을 주시길 바라고 있습니다. 그러면 저 또한 금천장과의 맹약을 평생 간직할 것입니다."

"음, 파 대협의 사내다움을 익히 알고 있소. 그래, 내가 어떻게 하면 이 사람을 믿겠소이까?"

호천대야가 은근한 어조로 물었다. 그러자 허소산이 빙그레 미소를 지으며 대답했다.

"그게 무엇이든 대야께 가장 중요한 비밀 하나를 제게 말씀해 주십시오. 하면 나 또한 나의 중요한 비밀 하나를 말씀드리지요. 그리고 그것으로 서로의 믿음을 확인하는 것으로 하면 어떻겠습니까?"

"비밀 하나를 말해주는 것으로 날 믿을 수 있겠소?"

"그 비밀의 비중에 달려 있겠지요."

허소산이 정색을 하며 말했다. 그러자 호천대야가 뭔가를 곰곰이 생각하다가 입을 열었다.

"좋소, 그리합시다. 그러나 그전에 약속받고 싶은 것이 있소."

"말씀하시지요."

"내가 지금부터 말하는 것은 다른 어떤 사람에게도 발설하면 안 되오."

"대야께선 이 파금검의 입을 의심하시는 겁니까?"

"하하하, 아니오. 아니외다. 그럼 나의 비밀 하나를 말씀드리리다. 내 본명은 김류요."

호천대야의 말에 허소산이 어리둥절한 표정을 짓다가 조금 불쾌한 듯 물었다.

"그것이 맹약을 위해 말씀해 주실 비밀입니까?"

"단순히 하나의 이름이지만 이 이름에는 무척 많은 의미가 내포되어 있소. 하지만 그것으로 부족하다면 다른 한 가지 사실을 더 말해주리다. 내게 천하에서 단 몇 사람만이 알고 있는 다른 별호가 하나 있소."

"그것이 무엇인지요?"

"계림공, 그것이 나의 또 다른 별호요."

호천대야 김류의 말에 허소산이 다시 살짝 인상을 찌푸렸다. 그러자 호천대야가 다시 입을 열었다.

"오늘 내가 그대에게 말해준 것은 사실 나에게는 무척 중요한 비밀이오. 그 의미를 찾아내는 것은 그대의 몫이라고 해두겠소. 내가 말한 것들이 성에 차지는 않을 것이오. 하지만 비밀의 가치는 그 진정한 의미를 알 때 드러나는 법, 그대가 내 이름과 별호의 의미를 아는 순간 그대는 내가 진정 그대에게 내 목숨과도 같은 비밀을 말해주었다는 걸 알 수 있을 것이오."

호천대야의 말에 허소산이 머리를 이리저리 기웃거리더니 한순간 서탁을 탁 치며 말했다.

"알겠습니다. 내가 어리석어 그 의미를 모를 뿐이라면 대야께서 내놓으신 비밀을 맹약의 증거로 받아들이지요. 그럼 나도 또한 한 가지 비밀을 말씀드리지요."

"파 대협이 내놓을 비밀이 무엇인지 무척 궁금하구려."

호천대야가 호기심 어린 표정으로 물었다. 그러자 허소산이 지금까지와는 전혀 다른 얼굴에 그 어떤 치기도 드러나지 않은 표정으로 말했다.

"전 천하에서 가장 뛰어난 독인입니다."

"독?"

"그렇습니다. 내가 마음만 먹는다면 보름 안에 개봉 송 황실을 죽음의 무덤으로 만들 수도 있지요. 이 파금검의 진정한 무서움은 무공이 아니라 독입니다. 이건 나의 구명절기를 말씀드리는 것이니 맹약의 증표로는 충분하리라 생각합니다."

第九章
삼호방

독경
童程

"계림공 김류라……. 모르겠군. 모르겠어."

원보가 고개를 저으며 중얼거렸다. 감천홍 역시 곰곰이 생각에 잠긴 듯했지만 호천대야의 계림공 김류란 이름을 기억해 내지는 못하고 있었다. 두 사람이 모른다면 허소산이나 허산 왕은 더더욱 김류란 이름을 알 턱이 없었다.

"세상에 알려지지 않은 사람이니 그의 정체를 추측하는 것이 불가능한 것 아닐까요?"

감명이 조심스럽게 입을 열었다. 그러자 감천홍이 입을 열었다.

"꼭 그렇지만은 않단다."

"어째서요?"

"그가 스스로 자신의 가장 중대한 비밀 중 하나라고 말했다는 것은 그 별호와 이름이 심상치 않은 내력을 지니고 있다는 의미다. 그러니 그 의미를 밝혀낸다면 우린 그에게 대해 무척 많은 것을 알 수 있을 것이다."

"그러나 그가 일부러 아무런 의도 없는 별호와 이름을 말했을 수도 있잖아요?"

"그럴 사람으로 보이지는 않았다. 적어도 그가 말한 계림공 김류라는 두 단어에는 중요한 의미가 담겨져 있을 것이다."

감천홍의 말에 잠자코 두 사람의 대화를 듣고 있던 허소산이 문득 입을 열었다.

"한 가지 추측할 수 있는 일은 있어요."

"무엇이냐?"

원보가 호기심을 드러내며 물었다.

"그가 해동 사람이라고 했잖아요?"

"그랬지."

"또한 계림은 패망한 신라의 천년고도지요."

"그것도 맞다."

"더불어 그의 성씨는 신라 황실의 성씨였고, 금천장은 수백 년 항주에 자리를 잡고 있었지요."

허소산의 말에 원보가 눈을 가늘게 뜨며 물었다.

"넌 그가 패망한 신라 황실과 관련이 있는 사람이라고 보는 것이냐?"

"그럴 가능성이 충분해요. 본시 과거 신라의 전성기에는 해동 상인들이 중원에 건너와 활발한 활동을 했지 않습니까. 신라방이 생길 정도로. 금천장의 뿌리가 그 시대로 거슬러 올라갈 수도 있을 겁니다."

"음, 그렇게 생각하면 연결고리가 없는 것은 아니지. 하지만 그렇다고 해서 그가 신라 황실의 후예라고 단정 지을 수는 없지 않겠느냐?"

"그의 뜻이 무림 천하에 있다는 것은 거대한 세력을 원한다는 거지요. 그것이 신라 천년왕국의 복원을 위한 일인지도 모르지요."

허소산이 말에 감천홍이 입을 열었다.

"과거 태조시대에 신라 황실의 후예들을 은밀히 추격하여 사살하는 조직이 있었지요."

"그런 조직이 있었소?"

원보가 놀란 얼굴로 감천홍을 보며 물었다.

"그렇습니다. 아직도 그 조직이 남아 있는지는 모르겠으나……."

"음, 그것 참 이상하구려. 본시 신라의 경순왕은 스스로 태조에게 복속하지 않았소? 역성창업도 아닌데 굳이 신라 황실의 핏줄을 끊을 이유가 있겠소?"

"모든 사람이 대상은 아니었지요. 신라의 부활을 꿈꾸는 몇몇 황족들이 대상이었지요. 하지만 그 숫자는 그리 적지 않았습니다. 어쩌면 김류도 그중 하나일 수 있지요."

"음, 만약 그렇다면 이건 일이 좀 커지는데?"

원보가 고개를 갸웃했다.

"대신 만약 그렇다면 금천장의 모든 행보를 이해할 수 있지요."

허소산의 신중하게 말했다.

"그렇구나. 굳이 중원에서 무가를 찾지 않고 고려의 봉황문이나 내림 목산원과 손을 잡은 것도 그렇고… 일개 상가가 무계를 탐하는 것도 그렇고… 또한 벽란도의 금가와 내외(內外)의 밀접한 관련이 있는 것도 그렇고. 음, 모든 것은 결국 그렇게 연결되고 있기는 한데……."

원보도 신중하게 고개를 끄덕였다. 그러자 허산왕이 문득 허소산에게 물었다.

"만약 그들이 정말 고려 황실을 무너뜨리고 새 왕조를 열 생각을 하고 있는 자들이라면 넌 어찌할 것이냐?"

허산왕의 물음에 감천홍도 허소산을 바라봤다. 일행 중에 고려 황실과 가장 관련이 깊은 사람은 그래도 어사대 녹사였던 감천홍이라고 할 수 있었다. 그리고 그는 여전히 조정에 대한 충성심만은 충만한 사람이었다.

"그들의 목적이 무엇이든지 간에 일단 만재방의 재건과 과거의 은원을 해결하려면 자연히 그들과 맞서야 하지요."

허소산의 대답에 허산왕이 허망한 표정을 말했다.

"내가 참 바보 같은 질문을 했구나. 내가 잠시 착각을 하고 있었다, 그들과 정말 맹약을 맺어야 하는 것으로. 하하하, 이거 나이가 들긴 든 건가?"

허산왕이 자책하자 원보가 미소를 지으며 말했다.

"그런 말씀 마시구려. 괜히 나도 서글퍼지오."

"하하, 그렇소이까? 그럼 우리 늙은 사람들끼리 술이라도 한잔하리까?"

"그럴까요?"

갑자기 술 바람이 분 두 사람이 재빨리 자리에서 일어나 밖으로 나갔다.

두 사람이 자리를 비우자 감천홍이 신중한 표정으로 말했다.

"소산."

"말씀하시지요."

"만약 그들이 추측한 대로 고려의 왕실을 노리고 있다면 난 좀 더 이 일에 깊숙이 관여해야 할 것 같구나."

"여전히 고려 조정에 대한 애정이 있으시군요."

"글쎄, 고려 조정에 대한 애정이라기보다는 관리로서 백성에 대한 의무 같은 것이지."

"그러나 결국은 황실의 싸움 아닌가요? 누가 황제가 되든 백성이야……."

"그건 아니란다. 물론 지금의 황실이 백성을 위한 최선이라고 말하는 것은 아니다. 그러나 새롭게 왕조를 열기 위해선 본시 백성의 고혈이 필요한 법이다. 더군다나 걱정되는 것은 그호천대야라는 자가 중원에서 활동하고 있다는 것이다."

"그게 특별히 문제가 되는 건가요?"

"그가 중원 무림을 손에 넣으려는 것이 고려 황실을 노린 것이라면 결국 그는 타국의 힘을 빌려 해동을 손에 넣으려는 것이다. 외적이 침입했을 때 백성의 고충이란 나라 안에서 일어난 변란에 비해 몇 배는 극심하지."

감천홍이 어두운 안색으로 말했다. 그러자 허소산이 고개를 끄덕였다.

"듣고 보니 녹사님 말씀이 맞군요. 하지만 우리의 일이 크게 변할 것은 없을 것 같아요. 만약 만재방이 재건된다면 그건 곧 금천장과 금가의 몰락을 의미하는 것이지요. 그리되면 호천대야의 꿈이 해동의 왕업에 있어도 결국 그가 할 수 있는 일은 없을 겁니다."

"그런가?"

"자객 정도나 부리는 일을 할 수 있겠지요. 하지만 그거야 오직 지금의 황실이 감당해 내야 하는 일들이지요."

"그건 그렇다. 설혹 황제가 자객에게 죽는다고 해도 고려 왕실이 문을 닫는 것은 아니니까."

"결국 사정이야 어찌 되었든 결국 중심에는 금천장이 있지요. 금천장을 무너뜨리면 그의 야망도 무너질 겁니다."

"그렇구나. 결국 만재방과 금천장의 싸움이군. 기이한 일이야. 상가의 싸움이 천하의 정세에 큰 영향을 미치게 되었으니……."

감천홍이 고개를 돌려 어둠과 함께 화려하게 피어나기 시작한 항주의 성내를 보며 중얼거렸다.

성내로 술추렴을 하러 나갔던 원보와 허산왕은 채 반 시진이 되지 않아 장원으로 돌아왔다. 그리고는 급히 허소산과 감천홍의 가족을 대청으로 불러냈다.

"무슨 일입니까?"

본시 원보는 무척 신중한 사람이라 이렇게 서두는 법이 없었으므로 허소산이 걱정스런 표정으로 물었다. 그러자 원보가 탁자를 손으로 탁 두드리며 말했다.

"소산, 감 녹사! 내가 지금 누굴 보고 오는 길인지 아나?"

"도대체 누굴 만나셨기에……?"

감천홍 역시 원보가 이렇게 흥분하는 일은 처음 보기에 걱정스런 표정으로 되물었다.

"흐응, 세상은 아무리 넓어도 결국 부처님 손바닥 안이라… 흐흐, 내 놈들을 보았네."

"놈들이라면……."

"그놈들 말이야. 무인도의 폐선에서 금자를 발견한 후 야반도주한 놈들!"

"할아버지, 정말 그자들을 보셨어요?"

옆에서 잠결에 원보의 이야기를 듣고 있던 감명이 눈을 크게 뜨며 물었다.

"그렇다니까 그러는구나."

"어떻게 살고 있어요?"

"어떻게 살긴, 아주 잘살고 있더구나. 마침 우리가 들른 주루에 놈들 셋이 모여 있는 것을 봤는데 부리는 사람들이 철저하게 호위를 하고 있는 것이 항주에 완전히 자리를 잡은 모양이더라고."

"당시 가지고 나간 재물이 제법 많았나 보네요."

"그런가 보이더구나. 녀석들, 노예선에서의 모습은 전혀 없던걸."

"형님, 어쩌실 거예요?"

감명이 허소산에게 물었다.

"뭘 말이냐?"

"그들을 그대로 놔두실 거예요?"

"그럼 어찌했으면 좋겠느냐?"

"따끔한 맛을 보여줘야죠. 그들 때문에 우린 무인도에서 육년을 보냈잖아요."

"그렇긴 하다만 그 시간이 나빴느냐?"

허소산이 빙그레 미소를 지으며 물었다. 그러자 감명이 갑작스런 허소산의 질문에 당황한 듯한 표정을 짓다가 고개를 저었다.

"뭐, 꼭 나빴다고는 할 수 없죠. 하지만 죄를 지은 자들은 벌을 받아야 한다고요."

"그래, 내 생각도 같다. 세상에는 죄 지은 놈이 더 잘사는 경우가 많지만 내 눈앞에선 그 꼴을 못 보지."

원보가 고개를 저으며 말했다. 그러자 허소산이 잠시 생각에 잠겼다가 입을 열었다.

"금천장에 우리의 진실한 정체가 드러나면 곤란해요. 그러니 가급적 조용히 그들을 만나야 해요."

허소산의 말에 원보가 고개를 끄덕였다.

"나도 그게 걱정이 되어서 바로 놈들을 족치지 않고 이렇게 돌아온 것이다. 어찌하면 녀석들을 혼내줄 수 있을까?"

"일단은 그들이 뭘 하고 사는지 정확히 알아야겠지요. 그 일은 갈 대협에게 부탁을 해보지요. 항주의 사정이 훤하니 금세 알 수 있을 거예요."

"음, 그게 좋겠구나. 우리가 나서는 것은 여러모로 좋지 않지. 그럼 일단 그렇게 하자꾸나."

원보가 고개를 끄덕였다.

"참으로 대담한 자들이 아닌가!"

원보가 갈유가 가져온 소식을 듣고는 탄식을 흘렸다.

"그러게 말입니다. 감히 병장기에 손을 대다니… 간이 그토록 큰 놈들인지 몰랐습니다."

감천홍도 당황한 표정으로 말했다.

"분명 그들이 병기를 취급하고 있었습니까?"

허소산이 확인하듯 다시 물었다. 그러자 갈유가 고개를 끄덕였다.

"그렇습니다. 물론 겉으로는 북방에 무역선을 보내 모피나 약재들을 들여오는 것을 업으로 하고 있는 것처럼 보이지만 기실은 병기의 거래가 주된 수입원이더군요."

"병기는 어디서 어디로 거래가 되는 겁니까?"

"중원의 질 좋은 철로 만든 병기들을 북방으로 실어 나르고, 북방에선 모피나 금은, 약재 등을 들여와 항주에서 팔더군요. 그런데⋯⋯."

"말씀하시지요."

허소산이 갈유의 말을 재촉했다.

"병기를 취급하는 것이 무척 위험한 일이기도 하지만 또한 어려운 일이기도 합니다. 그 어려움의 대부분은 병기를 구하는 일이지요. 강호의 무인들처럼 한두 개의 검을 구하는 일은 어렵지 않으나 전장에서 쓰기 위해 수백, 수천 자루의 도검을 구하는 것은 관과 선이 닿지 않으면 불가능한 일입니다."

"하면 놈들이 관에 줄을 대고 있다는 말이오?"

원보가 물었다.

"아마도 그럴 것입니다. 그렇지 않다면 대규모 철방도 없이 무기를 구할 수 없을 테니까요. 더군다나 송은 타국으로의 병기 반출을 엄격히 금하고 있으니 더더욱 관의 비호가 없이는 어려운 일입니다."

"썩었군, 썩었어. 요의 공세에 민초들이 뼈 빠지게 조공을 바쳐야 하는 신세인데, 관리가 북방으로 가는 병기를 대어주다니, 쯔쯔."

원보가 혀를 찼다. 그러자 갈유가 다시 입을 열었다.

"송 관리들의 부패는 어제오늘 일이 아니지요. 특히 이 항주는 더합니다. 이곳의 관리들이 만금의 재산을 모으는 것은 그리 어려운 일이 아니지요. 오히려 청렴한 관리가 버텨나지 못하는 곳이 바로 이 항주입니다."

갈유의 말에 원보가 슬쩍 감천홍을 보며 말했다.

"어딜 가나 청류는 탁류와 섞이지 못하는 법이지."

"어떤 자와 손을 잡았는지는 모르시겠습니까?"

허소산이 갈유에게 물었다. 그러자 갈유가 곰곰이 생각에 잠겼다가 입을 열었다.

"아마 병기를 몰래 빼돌리려면 적어도 절도사의 측근이거나 통판을 통하지 않으면 어렵지요."

"통판은 중앙에서 임명하는 직위이니 역시 절도사 쪽과 선이 닿아 있겠구려."

원보가 말했다.

"아마도 그럴 가능성이 큽니다. 본시 절강의 절도사는 탐욕이 많은 자로 알려졌지요. 그러나 통판 왕대계 역시 음흉한 자라 그자가 뒤를 봐주는 자일 수도 있습니다."

"그렇다면 놈들을 치죄하기가 조심스럽겠는걸."

원보가 허소산을 보며 말했다.

"저야 상관없는 일인데……."

허소산은 기실 무인도에 그들을 남겨두고 도주한 세 사람을 굳이 만나고 싶은 생각이 없었다. 그들을 무인도에 두고 간 일은 큰 잘못이지만 어쨌든 무인도에서의 삶이 그리 나쁘지만은 않았기 때문이다. 그런데 그때 갈유가 언급한 한마디 때문에 일행은 그들 삼 인을 만나보기로 결정했다.

"그런데 그들이 병기를 고려 쪽으로도 보내는 듯합니다."

"고려로도요?"

감천홍이 놀란 표정으로 물었다.

"그렇습니다. 은밀히 조사해 본 바에 의하면 고려의 조정에 보내는 것 같지는 않더군요."

"음, 이건… 보통 일이 아니군. 고려에서의 병기 거래는 철저히 규제되어 있는데 누군가 병기를 원한다는 건 결국 모반의 냄새가 나는 일인걸."

원보가 중얼거렸다.

"한번 만나보지요."

감천홍이 단호한 표정으로 말했다. 허소산은 감천홍의 표정을 보고는 더 이상 그들을 만나는 일을 막을 수 없다는 걸 깨달았다. 그리고 어쩌면 그들은 제법 이용 가치가 있는 자들일 수도 있었다.

＊　　　＊　　　＊

"하하하! 들게."

청사초롱이 은은하게 어둠을 밀어내고 있는 누각 위, 두 명의 중년 사내가 마주 앉아 술잔을 기울이고 있었다. 그들 곁에는 아름다운 여인 둘이 앉아 술시중을 들고 있었다.

앞쪽으로는 한 명의 여인이 거문고를 뜯고 있었는데 그 소리 역시 어스름한 밤에 제법 어울려 들었다.

"그 친구는 오늘도 빠졌군요, 형님!"

조금 젊은 쪽의 사내가 술잔을 들며 말했다.

"흠, 주걸루 그 친구는 북방의 사람이라 이런 풍류를 몰라. 역시 출신은 어쩔 수 없지."

나이 많은 쪽 사내가 혀를 찼다. 그러자 젊은 쪽 사내가 은근한 목소리로 말했다.

"형님, 솔직히 우리가 출신 운운할 처지는 아니지요."

"응? 그런가? 하하하! 듣고 보니 그렇군. 하지만 뭐 왕후장상의 씨가 따로 있는가?"

"그러게 말입니다. 우리가 이런 호사를 누리고 살게 될지 누가 알았겠습니까?"

젊은 쪽의 사내가 술을 한잔 주욱 들이켜고는 곁에 앉은 여인의 어깨를 당겨 안으며 말했다.

"아이, 소대인, 아직 밤이 깊지 않았습니다."

여인이 교태를 부렸다.

"이것아, 밤이 깊지 않으면 어떠냐? 이곳에 누가 들어올 것도 아니고."

"그래도… 아이 참!"

여인이 목소리와는 달리 싫지 않은 표정으로 사내의 손길을 받아들였다. 그러자 맞은편에 앉은 사내도 음흉한 미소를 지으며 곁에 앉은 기녀에게 손을 대기 시작했다. 삽시간에 누각 위해 뜨거운 열기가 일어났다. 기녀들의 교태어린 목소리가 끊이지 않고 흘러나왔다. 그런데 그때였다.

"대인!"

문득 누각 아래로 한 명의 사내가 빠르게 접근하며 사내들을 불렀다.

"무슨 일이냐?"

여인을 희롱하던 젊은 사내가 고개를 돌려 누각 아래를 보며 불쾌한 얼굴로 물었다.

"누가 대인님들을 찾아왔습니다."

"누가?"

"처음 보는 자들이기는 한데……."

"지금 그걸 말이라고 하나? 지금 막 흥이 오르려는 순간인데! 돌려보내!"

젊은 사내가 노한 목소리로 소리쳤다.

"그런데 그, 그것이……."

사내가 말꼬리를 흐렸다.

"뭐야? 도대체 뭐가 문제야?"

젊은 사내가 기녀를 뿌리치고 자리에서 일어났다. 그러자 누각 아래의 사내가 더욱 허리를 굽히며 말했다.

"경비무사들이 그들을 제지하려 했는데 그만……."

"그만 뭐?"

"모두 그들에게 당했습니다."

"뭣? 당해?"

젊은 사내가 화들짝 놀라며 되물었다.

"그렇습니다."

"놈들이 모두 몇이냐?"

"셋입니다."

"셋? 겨우 셋?"

"그렇습니다."

그러자 젊은 사내가 어이없다는 표정을 지으며 건너편의 사내에게 말했다.

"형님, 그동안 우리가 헛돈을 쓴 모양입니다. 겨우 세 명을 막지 못해 이 분란을 만드는 자들에게 그렇게 많은 재물을 쓰고 있었으니……."

그러자 건너편의 사내가 신중한 표정으로 말했다.

"흥분하지 말게. 우리가 고용한 자들은 결코 하수들이 아니야. 그런데 단 셋이서 그들을 물리쳤다는 것은 찾아온 자들이 보통이 아니란 말이지."

사내의 말에 젊은 사내의 표정도 급히 어두워졌다.

"듣고 보니 그렇군요. 누굴까요?"

"글쎄… 통판께서 우리 뒤를 봐주고 계시는데 감히 우리에게 행패를 부릴 자라면… 혹 무림인들일까?"

"무림인들이 왜 우리에게 시비를 겁니까?"

"그러게. 그도 말이 안 되는데… 우린 항주에서 무림과 철저히 거리를 두고 살고 있는데……."

사내가 고개를 갸웃하며 의혹 어린 표정을 짓고 있을 때 문득 정원 입구 쪽이 시끄러워지더니 도검을 든 한 떼의 사내들이 도망치듯 누각 아래로 몰려왔다. 그리고 그들을 따라 세 명의 사내가 산보하듯 유유히 누각을 향해 걸어왔다.

"뭐냐?"

누각 위의 두 사내가 놀란 얼굴로 소리쳤다.

"대, 대인!"

누각 아래까지 밀려온 경비무사들이 당혹한 표정으로 누각 위를 올려다보았다. 그러자 누각 위에서 젊은 쪽 사내가 소리쳤다.

"감히 여기까지 밀려와? 이런 멍청한 놈들 같으니라구!"

사내의 호통에 경비무사들이 얼굴을 들지 못하고 고개를 숙였다. 그런데 그때 경비무사들을 몰아붙이며 누각 아래까지 다가온 삼인 중 한 명이 입을 열었다.

"그들을 다그칠 필요없다."

순간 누각 위의 사내가 노기를 흘리며 소리쳤다.

"네놈들은 누구냐? 누구기에 감히 이런 무례한 짓을 한단 말이냐? 우리가 누군지 아느냐?"

"물론 너희들이 누군지는 아주 잘 알고 있다. 우리만큼 너희들에 대해 잘 아는 사람도 천하에 별로 없을걸."

어둠 속에 얼굴이 가려져 그 모습이 제대로 보이지 않는 나이 든 목소리에 두 사내가 흠칫했다.

"이런 불학무도한 놈들이 어디서……."

"어허, 불학무도라니! 그 말이 어울리는 놈들은 바로 네놈들이 아니더냐?"

누각 아래 노인이 호통을 쳤다. 그러자 누각 위의 사내들 얼굴에 한순간 두려움이 서렸다.

"혹… 절도사부에서 나온 분들이오?"

나이 많은 쪽 사내가 조심스레 물었다.

"절도사부?"

"모르시나 본데 우린 통판 어른과 무척 친한 사람들이오. 그러니 관에서 나온 분들이라면 술이라도 한잔하면서 이야기를 나눠봅시다. 대접은 섭섭지 않게 하겠소."

나이 많은 쪽 사내가 은근한 어조로 말하자 노인이 고개를 끄덕이며 대답했다.

"일단 제대로 대접을 하겠다니 좋다. 그럼 좌우를 물려라."

노인의 말에 누각 위의 사내가 잠시 망설이는 듯하더니 이내 경비무사들에게 명을 내렸다.

"모두 물러가라, 너희들도!"

사내가 기녀들과 경비무사들을 보며 명을 내렸다.

"하지만 대인!"

경비무사들이 만류하는 목소리로 누각 위의 사내들을 불렀다.

"어허, 물러가래도! 너희들이 있어봐야 결과는 마찬가지 아니냐?"

"아 알겠습니다. 하지만 조심하십시오. 입구에 대기하고 있겠습니다. 그럼……."

경비무사가 고개를 숙여보이고는 총총히 장내를 떠났다. 그

러자 다른 경비무사들도 눈치를 보며 누각 주변에서 멀어졌
다.

"자, 위로 올라오시지요."

누각 위의 사내가 조심스럽게 세 명의 불청객을 누각 위로
청했다. 그러자 불청객들이 망설임없이 누각 위로 올라갔다.

누각 위 청사초롱 아래 세 명의 얼굴이 모습을 드러냈다. 그
순간 누각 위에서 술추렴을 하던 두 사내가 동시에 고개를 갸
웃했다. 분명 어디서 많이 본 듯한 얼굴이기 때문이었다.

"혹… 우리가 구면이던가요?"

나이 많은 쪽 사내가 조심스럽게 물었다. 그러자 앞서 사내
들과 대거리를 했던 노인이 히쭉 미소를 흘리며 대답했다.

"네놈들이 팔자에 없는 호강을 하다 보니 어려울 때 생각을
전혀 못하는구나."

순간 두 사내의 얼굴이 어둡게 변했다. 분명 이자는 자신들
의 과거를 아는 자가 분명했다.

"어, 어디서 뵈었는지……?"

"흐흐흐, 추안! 소발! 이놈들! 날 잊었느냐?"

노인의 호통에 두 사내가 더욱 의심 어린 눈으로 노인을 보
다가 한순간 나이 든 쪽 사내가 경악스런 목소리로 소리쳤다.

"다, 당신은……!"

"이제야 알아보겠느냐?"

"당신이 어떻게 여기에……?"

"흐흐흐, 왜 우리가 그 무인도에서 굶어 죽기라도 할 줄 알았느냐? 내 이름은 아직 기억하느냐?"

"워, 원보……."

"하하하, 이 녀석 머리는 여전히 제법 돌아가는군. 그럼 여기 녹사 나리도 기억하겠군."

원보가 감천홍을 가리켰다. 그러자 두 사람이 두려운 눈으로 감천홍을 바라봤다. 감천홍은 무표정한 얼굴로 두 사람을 응시할 뿐 아무런 말도 하지 않았다. 그런데 그때 문득 두 사람 중 젊은 쪽 사내, 그러니까 과거 허소산 일행과 함께 노예선을 탔던 자 중 소발이 딱딱한 어조로 말했다.

"어르신, 우리도 예전의 우리가 아니오. 그러니 우릴 함부로 대할 생각은 마시오."

"뭐? 요놈 봐라? 도둑놈들 주제에 감히 어디서 말대꾸냐?"

"도둑놈이라니, 누가 도둑이란 말입니까?"

"네놈들이 도둑이 아니면 누가 도둑이냐?"

"우리가 왜 도둑입니까? 폐선의 금괴는 우리가 발견한 것입니다. 본시 보물이란 발견한 자가 주인이 아닙니까?"

"이 망할 놈아, 누가 금괴 얘기를 하고 있는 것이냐. 네놈들은 우리에게 가장 중요한 배를 훔쳤어. 그따위 금괴, 우리 같은 사람에겐 별로 중요하지도 않은 물건이다. 하지만 배는 다르지. 그 해적 놈들의 소굴에서 배를 탈취한 것은 나와 소산이다. 그런데 네놈들은 그 배를 훔쳐 달아났어. 그래서 우린 꼼짝없이 무인도에서 육 년을 보냈다. 그런데도 네놈들이 도둑이 아니란 말이냐?"

원보의 추궁에 소발이 할 말이 없는지 붉어진 얼굴로 입을 닫았다. 그러자 추안이 거칠어진 분위기를 바꾸려는 듯 조심스런 목소리로 입을 열었다.

"어르신, 어찌 우리가 과거의 잘못을 모르겠습니까? 백 번 천 번 변명의 여지가 없지요. 그 사죄는 차차 드리겠으니 일단 앉으시지요."

추안의 은근한 말에 원보가 코웃음을 흘리며 자리에 앉더니 퉁명하게 한마디 던졌다.

"추안 네놈은 못 보는 사이에 제법 장사꾼이 되었구나. 혀에 기름을 칠한 듯 말이 영활하군. 하지만 소발 이놈은 아직 멀었군."

원보의 말에 추안이 음흉한 미소를 지으며 대답했다.

"사실 당시 우리가 폐선에서 발견한 금자는 제법 많기는 했지만 그리 대단한 것은 아니었습니다. 해서 다른 사람들과 나누기에는 너무……."

"적었다?"

"저희의 짧은 소견으로는 그랬습니다. 그리고 우린… 금보다도 일단 신분의 굴레에서 자유로워지기를 원했지요. 어르신들과 함께 있다 보면 저야 여전히 노비 출신의 천한 놈일 테고, 소발 동생은… 음……."

"내 말은 하지 마슈."

누각에서 술추렴을 할 때는 제법 정중하던 소발의 말투가 이내 과거 해적선에 잡혀 있을 때로 돌아간 듯싶었다.

"알겠네. 어쨌든 소 동생이나 주 형이나 모두 과거의 신분은 멍에와도 같은 것이라……."

"재물도 생겼겠다, 아주 새로운 인생을 살고 싶었다?"

"그렇습니다."

"보아하니 그 꿈은 성공한 듯하구나."

"얼추 그렇습니다. 그동안… 노력을 많이 했지요. 폐선에서 발견한 금괴가 밑천이 되기는 했지만 오늘 날 우리 세 사람이 이룩한 부는 거의 대부분 우리가 노력한 대가입니다."

추안이 자신들이 결코 도둑질을 해서 오늘날의 부를 이룬 것이 아니라는 것을 강변하듯 말했다. 그러자 원보가 한줄기 비웃음을 흘리며 말했다.

"네놈들이 뭘 해서 재물을 모으는지는 모르는 바 아니다."

"예?"

추안이 놀란 얼굴로 원보를 바라봤다.

"네놈들이 무슨 장사를 하는지 모르지 않는다고!"

"우리가 하는 장사가 뭐 특별한 것이 있나요. 그저 상선을 띄워 요동과 요서 쪽으로 교역을 하는 것이지요."

추안이 슬쩍 원보의 눈치를 살피며 말했다. 그러자 원보가 술상 위로 고개를 숙여 추안의 눈앞에 얼굴을 들이밀고는 속 삭이듯 말했다.

"그렇다고 하더구나. 그런데 그 상선에 싣고 가는 물건 중에 위험한 물건이 있다지?"

"위, 위험한 물건이라뇨?"

추안이 화들짝 놀란 표정으로 되물었다.

"이놈들! 우리가 아무것도 모르고 네놈들을 찾아왔을 줄 아느냐?"

원보가 차가운 안광을 흘리며 말했다. 그러자 추안과 소발의 얼굴이 딱딱하게 굳었다. 그러더니 추안이 정색을 한 표정으로 말했다.

"어르신, 어디서 무슨 소리를 듣고 오셨는지 모르지만 말조심하시는 게 좋을 겁니다."

"흐흐, 설마 협박을 하는 것이냐?"

"협박이 아니라 충고지요."

"네놈들이 감히 이 원보에게 충고를 할 처지더냐?"

"물론 우리야 어르신의 검술을 어찌 감당하겠습니까? 하지만… 우리 뒤에는 좀 더 무서운 사람이 있지요. 우리를 건드리는 것은 그분을 화나게 하는 일입니다. 그러니… 오늘은 우리가 대접하는 술이나 한잔 드시고들 물러가십시오. 나중에 섭섭지 않게 금자를 챙겨드리지요."

추안이 제법 무게가 느껴지는 목소리로 말했다. 그제야 원보는 세월이 이들에게도 공평하게 흘렀음을 깨달았다. 추안과 소발에게선 어느새 노련한 상인의 기운이 흐르고 있었다. 그러나 그건 그저 이들의 변화에 대한 감상일 뿐 그들이 원보를 두렵게 할 수는 없었다.

"네놈들이 아직 정신을 차리지 못했구나."

턱!

한순간 원보가 도를 들어 술상 위에 올려놓았다. 순간 추안 과 소발의 표정이 변했다. 그들의 뒤에 든든한 배경이 있기는 하지만 지금 이 순간 원보의 검을 막아줄 사람은 없었다.

"어르신……."

"네놈들이 관원 중 실력자와 친분이 있다는 건 알고 있다. 그러나… 이 원보의 검은 관리 나부랭이를 두려워하지 않지."

"감히 통판 어른과 맞서겠다는 겁니까?"

"통판? 절도사가 아니라 통판이었어? 이것 참, 정말 이 나라 가 망하려는군. 중앙에서 나온 관리까지 이 지경이니. 이 망할 놈아, 통판이 아니라 황제라도 내가 맞서지 못할 것은 없다. 놈 의 목을 베어버리고 고려로 돌아가면 그뿐이니까. 네놈들이 죽는다면 누가 있어 내가 그자를 베었다고 생각하겠느냐? 아 니, 내가 굳이 그자를 벨 이유가 없지. 이 자리에서 네놈들을 베어버리고 강호로 숨어들면 그뿐 아니겠느냐? 그자가 날 찾 을 수 있을 것 같으냐? 아니, 그가 날 찾을 이유도 없지. 부리는 개는 다시 키우면 되니."

원보의 말에 추안과 소발의 얼굴이 흙빛이 되었다. 나중이 문제가 아니라 당장 눈앞의 도를 피할 자신이 그들에게는 없 었다.

"어르신!"

추안이 재빨리 무릎을 꿇었다. 그러자 소발이 잠시 머뭇거 리다가 이내 추안 곁에 무릎을 꿇고 앉았다. 어떻게든 이 순간을 넘겨야 하는 두 사람이었다.

스르룽!

원보가 도를 뽑았다. 청사초롱의 불빛이 한순간 눈부신 도광을 만들어냈다. 원보가 불빛에 도신을 비춰보며 말했다.

"네놈들이 죄만 지은 것은 아니야. 우리에게도 약간의 도움을 주었지. 네놈들 덕에 육 년 동안 무인도에 갇혀 있으면서도 우린 절대의 무공을 얻었다. 네놈들이 통판, 통판 하지만 그자가 천 명의 병졸을 끌고 와도 우릴 감당할 수 없어. 그런데 감히 그런 자를 믿고 협박을 해? 역시 죽어줘야겠다."

"어르신, 제발 살려주십시오."

추안과 소발이 동시에 이마를 바닥에 찧으며 소리쳤다.

"애초에 그렇게 나왔다면 네놈들 사정을 봐줄 수도 있었지. 하지만 이젠 늦었어. 생각해 보니 네놈들 말이 틀리지 않다. 이곳에서 네놈들을 살려주면 네놈들은 필시 통판을 움직여 우리를 제거하려 할 거야. 물론 그렇다고 우리가 죽을 것은 아니지만 항주에 머물기는 쉽지 않겠지. 그러니… 역시 이 자리에서 네놈들을 죽이는 게 여러모로 좋을 것 같구나."

"어르신, 절대, 절대 그런 일은 없을 겁니다. 약속드리지요. 이 추안의 이름을 걸고."

"놈!"

콰!

원보의 노성과 함께 술상의 한 부분이 움푹 들어갔다. 원보의 주먹이 술상에 구멍을 내버린 것이었다.

"네놈을 믿으라고? 조금 전까지 협박을 해대던 네놈을? 아서라. 이 원보가 그렇게 물렁한 사람은 아니다. 한 번 배신한 놈은 반드시 두 번 배신하는 것이 세상의 이치. 화근의 뿌리는 애초에 잘라 버리는 것 또한 처세의 올바른 술책이다."

웅!

한순간 원보의 도가 추안의 목을 겨누었다.

"어, 어르신!"

추안이 무릎으로 주춤주춤 뒤로 물러나며 손을 내저었다. 그러자 원보가 천천히 자리에서 일어났다. 그리고는 훌쩍 술상을 날아 넘어 추안과 소발의 옆으로 내려섰다.

"목을 늘여라! 내 도법이 제법 고절하니 고통없이 보내주마!"

"아이구, 어르신, 이 비천한 놈의 목숨, 한 번만 살려주십시오."

추안이 그 자리에 너부러져 사정하기 시작했다. 소발 역시 이젠 정말 죽음이 눈앞에 왔다고 생각했는지 조금은 남아 있던 고집스러움을 던져버리고 넙죽 오체를 투지했다.

"아서라. 세상에 믿지 못할 것이 사람이거늘 네놈들 같이 간사한 놈들을 어찌 믿을까? 잘 가거라."

원보가 도를 높이 쳐들었다. 단번에 두 사람을 베어버릴 듯한 기세였다. 그런데 그때 문득 누각 아래서 누군가의 목소리가 들려왔다.

"어르신, 도를 멈추십시오!"

순간 원보의 도가 허공에서 정지했다. 누각 위의 사람들이 일제히 시선을 돌려 누각 아래를 내려다봤다. 그러자 훤칠한 키에 머리를 뒤로 묶은 중년 사내가 십여 명의 무인을 거느리고 누각 위를 올려다보고 있었다.

"오호라, 누군가 했더니 바로 주가 네놈이로구나."

누각 아래 사내는 추안 등과 함께 배를 훔쳐 무인도를 떠났던 주걸루였다.

"오랜만에 뵙는군요."

주걸루는 누각 위의 사정을 보고도 크게 동요치 않는 것 같았다. 그러자 원보가 천천히 도를 내리면서 누각의 난간으로 다가섰다.

"네놈의 배포가 제법이구나. 우리가 온 줄 알았다면 서둘러 도망을 가야 하거늘 이렇게 우리 눈앞에 나타나다니. 하긴 개중 네놈이 가장 사내답기는 했지."

원보의 말에 주걸루가 잠시 원보를 바라보다 정중하게 포권을 해보였다.

"먼저 사죄드립니다. 과거 불미한 행동으로 어르신께 큰 죄를 지었습니다. 사죄드립니다."

주걸루의 정중한 사과에 원보가 고개를 끄덕였다.

"오냐. 네놈이 그래도 세상의 법도를 아는구나. 그러나 사죄하는 놈의 태도가 영 뻣뻣한데?"

원보가 고개를 갸웃하며 말했다. 그러자 이번에는 주걸루가 당당하게 허리를 펴고 말했다.

"좀 전에는 과거의 죄인으로서 사죄를 드린 것입니다. 그러나 이제는 우리 삼호방의 방주로서 말씀을 드리고자 합니다."

"삼호방이라……. 네놈들이 그럴듯한 이름으로 상가를 차렸다는 건 알고 있다. 그런데 세 마리의 호랑이라……. 족제비 같은 놈들이!"

원보의 비웃음에 주걸루의 표정이 일변했다.

"어르신, 우린 예전의 우리가 아닙니다."

"이놈들도 그런 소리를 하다가 지금 죽을 위기에 처해 있지."

"어르신, 그들과 나는 다릅니다."

주걸루가 차가운 안광을 흘리며 말했다.

"어떻게 다른데?"

"그들은 부귀를 즐기고 있지만 전 힘을 기르고 있었지요."

"힘?"

"그렇습니다. 그 덕분에 지금은 어르신조차도 감히 이 주걸루의 의사에 반하는 행동은 할 수 없다고 말씀드릴 수 있습니다."

주걸루의 말에 원보가 차가운 눈으로 주걸루와 그의 뒤에 서 있는 십여 명의 검은 무복 사내들을 살폈다. 그리고 잠시 후 피식 실소를 흘리며 허소산에게 말했다.

"아무래도… 죽을 놈은 죽어야겠어."

그러자 허소산이 고개를 돌려 주걸루를 바라봤다. 주걸루 역시 허소산에게 시선을 주었다. 그의 얼굴에 잠시 의문의 기색이 서리다가 이내 눈동자가 금세 커졌다.

"넌……?"

"알아보시겠습니까?"

허소산이 미소를 지으며 물었다.

"넌 바로 그 꼬마구나. 소산… 이라고 했지?"

"기억하시는군요."

"어찌 널 기억하지 못하겠느냐? 네 덕분에 노예가 될 팔자에서 벗어났는데."

"그런데 그 은혜를 참으로 독하게 갚으셨지요. 하면 지금이라도 대죄를 청해야 마땅한데 이렇게… 오기를 부리시는군요."

허소산의 추궁에 주걸루가 고개를 저었다.

"네가 아직 어려서 세상의 이치를 모르겠지만 결국 세상이란 지금 이 순간 누구의 손에 힘이 있느냐가 중요한 것이다. 과거의 잘못… 충분히 보상하마. 그러나 지금 이 상황을 주재하는 것은 나다!"

주걸루가 형형한 안광을 쏟아내며 말했다. 그러자 허소산이 미소를 지으며 대답했다.

"주 형님이야말로 세상의 이치를 아직 잘 모르시는군요."

"무슨 소리냐?"

"힘있는 자가 일을 주도하는 것만 알았지 누가 힘이 있는지는 모르고 계시니 말입니다."

"그 말은 내 사람들을 상대할 자신이 있다는 말이냐?"

주걸루의 물음에 허소산이 원보를 보며 말했다.

"결국 말로는 아무것도 해결할 수 없겠군요."

"옳구나. 관을 봐야 눈물을 흘리는 것 또한 인간의 심성이지."

원보의 말이 끝나는 순간 허소산과 원보의 신형이 그 자리에서 사라졌다.

第十章

출항전야

독경
毒經

　주걸루는 두 줄기 광풍이 자신을 스쳐 지나가는 것을 느꼈다. 그리고 그 순간 지난 몇 년 동안 그가 공들여 자신의 사람으로 만든 무사들이 일제히 메뚜기 떼처럼 사방으로 비산했다.

　"네가 믿는 것이 얼마나 허약한 것인지 잘 봐둬라!"

　문득 원보의 목소리가 들렸다. 그리고 그 순간 시퍼런 도검의 광채가 누각 아래 어두운 정원을 휘감았다.

　차창!

　급히 뽑아 든 호위무사들의 도검이 광채에 휩싸인 원보와 허소산의 도검과 충돌했다. 그리고 다음 순간 미처 입 밖으로 흘러나오지 못한 신음성들이 들려왔다.

"큭!"

"헉!"

신음 소리는 점점 많아지더니 급기야 마지막 한 명의 무사까지 기어코 땅에 쓰러뜨리고 난 후에야 장내가 조용해졌다. 허소산과 원보가 누각 아래로 내려온 후 채 일각이 지나지 않아 주걸루가 굳게 믿었던 열 명의 호위무사들이 단 한 명도 남지 않고 쓰러진 것이다.

"이, 이것이……."

주걸루가 자신의 눈앞에서 일어난 일을 믿지 못하겠다는 듯 고개를 저으며 말을 흐렸다. 그러자 원보가 주걸루를 향해 도를 겨누며 말했다.

"네놈이 큰 소리를 친 것이 겨우 이런 버러지들을 믿고 한 짓이냐?"

"어, 어르신!"

주걸루가 두려운 눈으로 원보를 바라보며 어눌한 말을 흘려냈다.

"네놈은… 죽어야겠어."

원보가 차갑게 말했다.

"어, 어르신……."

"애초에 네놈이 독한 놈이란 건 알았다. 하긴 북방의 야인 출신이니 어련하겠는가? 하지만 우리가 나타난 이상 석고대죄를 해도 모자랄 판에 감히 우리를 협박해? 이 은혜도 모르는 짐승 같은 놈!"

퐛!

한줄기 도광이 번쩍였다.

삭!

소름 끼치는 파열음이 장내에 흘러나왔다. 그러자 주걸루가 미처 자신에게 무슨 일이 일어났는지도 모르는 사이 한쪽 무릎을 꿇었다.

"큭!"

주걸루의 입에서 억눌린 신음 소리가 흘러나왔다. 그의 허벅지 한쪽에서 붉은 피가 흘러나오고 있었다.

"목을 늘여라!"

원보가 차갑게 말했다. 그러자 주걸루가 잠시 원보를 바라보다가 한순간 체념의 눈빛을 보이며 푹 목을 꺾었다.

"마음대로 하십시오. 지은 죄가 있으니 어쩌겠습니까? 애초에 해적선에 타는 순간 죽었던 목숨입니다. 그래도 어르신 덕에 지난 몇 년 호강하며 살았으니 여한은 없습니다. 죽여주십시오."

주걸루가 머리를 길게 늘였다.

"주 형!"

"형님, 제발 빌어요, 그냥!"

누각 위에서 추안과 소발이 동시에 소리쳤다. 그러자 주걸루가 혼잣말처럼 중얼거렸다.

"한번 크게 날아보려고, 그 기회가 왔다고 생각하고 있었지. 추 형과 소 아우가 유흥을 즐길 때에도 난 나의 꿈을 위해 힘을

키우는 데 매진했다. 그런데 결국 여기까지가 나의 운인 모양
이다. 두 사람, 그동안 즐거웠소. 다음 생에는 부디 왕후장상
으로 태어납시다!'

주걸루가 호기로운 목소리로 소리치고는 두 손으로 깊게 땅
을 짚고 목을 늘였다.

"죽이십시오."

주걸루가 단호한 음성으로 말했다. 그러자 그 모습을 보고
있던 원보가 탄식을 흘려냈다.

"허! 이놈 봐라. 북방 야인 출신이라 그런지 성질 한번 더럽
네. 정녕 죽고 싶으냐?'

원보의 물음에 주걸루가 원보를 보며 말했다.

"어차피 죽을 목숨, 구질구질하게 사정하지 않겠습니다. 대
신 저 두 사람은 살려주시기 바랍니다."

"어울리지 않는 의기까지… 어허, 요놈이 사람이 되었나?'

원보가 슬쩍 허소산을 바라봤다. 허소산이 가볍게 고개를
끄덕였다. 그러자 원보가 주걸루 앞으로 다가오더니 도를 들
어 주걸루의 어깨를 툭 쳤다. 순간 주걸루는 자신의 목이 떨어
져 나가는 줄 알고 부르르 몸을 떨었다. 아무리 죽음을 각오했
다고 하더라도 실제 도가 몸에 닿는 순간에는 본능적인 두려
움이 일어날 수밖에 없었던 것이다.

"이놈아, 그만 일어나거라."

"예?'

주걸루가 고개를 들어 어리둥절한 표정으로 원보를 바라

봤다.

"일어나라고!"

원보가 귀찮다는 듯 말했다. 그러자 주걸루가 엉거주춤한 표정으로 자리에서 일어났다.

"네놈 목을 잘라 어디에 쓰겠느냐? 누각으로 올라가거라."

원보의 말에 주걸루가 다시 그 자리에 부복했다.

"감사합니다, 어르신!"

"언제부터 야인 오랑캐가 예의를 차렸느냐? 냉큼 일어나 누각으로 올라가라!"

원보의 말에 주걸루가 재빨리 신형을 일으켜 누각으로 올라가더니 추안과 소발 옆에 무릎을 꿇고 앉았다. 그러자 허소산과 원보도 느긋하게 걸음을 옮겨 누각으로 올라왔다.

누각으로 올라온 두 사람이 자리를 잡고 앉아 넌지시 세 사람을 바라봤다. 그러자 세 사람은 좌불안석이 되어 연신 원보의 눈치를 살폈다. 여전히 이들에게는 허소산보다 원보가 무서운 존재였다.

"네놈들의 목숨은 살려주겠다."

원보가 나직하게 말했다. 그러자 세 사람이 동시에 머리를 바닥에 찧었다.

"감사합니다, 어르신!"

"대신! 지금부터 내가 묻는 말에 한 치의 거짓도 없이 대답하거라!"

"예, 대인!"

세 사람이 동시에 대답했다.

"너희들이 병기를 반출하고 있다는 게 사실이냐?"

원보의 물음에 세 사람이 망설이는 듯하다가 원보의 눈에 노기가 돋자 이내 추안이 대답했다.

"맞습니다."

"북방과 고려로 보냈다지?"

원보의 말에 추안이 겁을 먹으면서도 의아한 표정으로 물었다.

"도대체 어르신께서는 그런 것을 어찌 아셨습니까? 우리가 하는 일은 워낙 은밀히 진행한 일이라 누구도 알 수 없는 일인데……."

"아이구, 이 순진한 녀석아. 세상이 그렇게 호락호락한 줄 아느냐? 말을 안 해서 그렇지 네놈들이 병기를 거래하는 것은 항주의 실력자들은 모두 알고 있는 일일 것이다."

"저, 정말입니까?"

"이 녀석이 정말 세상 무서운 줄 모르는구나. 쯔쯔."

원보가 혀를 찼다.

"그러게 내가 뭐라고 했소. 행동에 각별히 조심하라고 하지 않았소?"

주걸루가 추안을 보며 타박하듯 말했다.

"아니, 세상에 우리 일이 알려진 게 내 탓이란 말이오?"

추안이 따지듯 물었다. 그러자 주걸루가 정색을 하며 말했다.

"우리의 상행은 거의 완벽했소. 상행에서 비밀이 새어 나갈 일은 없었단 말이오. 그런데 두 사람이 왕 통판과 어울려 기루를 전전하며 술추렴을 하니 세상 사람들이 어찌 그 모습을 간과하겠소. 애초에 왕 통판과의 관계는 철저히 비밀로 했어야 하는 일인데……."

"그, 그것이야 당연히 왕 통판을 구워삶으려다 보니……."

추안이 멋쩍은 표정을 지으며 변명을 늘어놓았다. 그러자 그 모습을 보고 있던 원보가 다시 혀를 차며 입을 열었다.

"이놈들아, 네 녀석들이 아무리 은밀히 일을 진행한다 해도 천하의 이목을 피할 수는 없는 법이다. 이 항주에는 네놈들이 생각하는 것보다 훨씬 대단한 세력들이 존재한다. 그들의 눈이 너희들을 놓칠 것 같으냐?"

"그, 그게 정말입니까?"

"당연한 일. 그렇지 않다면 우리가 어찌 네놈들 소식을 들었겠느냐? 더군다나 네놈들이 하는 일을 알아내는 데에는 단 삼일도 걸리지 않았느니라."

원보의 말에 추안 등 삼 인의 얼굴이 파랗게 질렸다. 그런데 원보의 입에서 이어진 말이 더욱 그들을 두렵게 만들었다.

"네놈들이 지금처럼 계속 무기를 거래한다면 필시 향후 삼 년을 넘기지 못하고 목이 떨어질 것이다."

"어, 어째서 말입니까?"

"네놈들이 감히 무기를 거래하는 대담한 일을 할 수 있는 것은 바로 통판 왕대계 때문이겠지?"

"그렇습니다. 왕 통판은 개봉의 조정에서도 내로리하는 명문 출신이라 뒤탈은 없을 겁니다."

소발이 원보의 말을 믿을 수 없다는 듯 말했다. 그러자 원보가 다시 혀를 찼다.

"쯔쯔, 요런 순진한 놈을 보았나. 이놈아, 왕 통판이 언제까지 이 항주에 머물 것 같으냐?"

"네?"

"네 말대로 왕 통판은 개봉 조정의 명문 출신이다. 그러니 얼마 지나지 않아 곧 개봉으로 다시 가겠지. 그자가 항주에 온 지 이미 삼 년이 지났다고 들었다. 그럼 분명 일 년 안에는 조정으로 돌아갈 것이다. 그런데 지금 절도사가 그자와 친하더냐?"

"아, 아닙니다. 절도사와 통판은 본래 견원지간이지요."

"잘 알고 있구나. 그렇다면 왕 통판이 떠나면 태수는 분명 그가 이곳에 머무는 동안 행했던 부정을 캘 것이다. 그럼 당연히 네놈들이 걸리겠지. 그때도 왕 통판이 너희들을 지켜줄 것 같으냐?"

"그, 그건……!"

추안이 말꼬리를 흐렸다.

"절대 그럴 일 없지. 그는 아마도 네놈들을 희생양으로 만들어 자신의 살길을 찾을 것이다. 그게 본래 권력의 속성인 거야. 그러니 네놈들의 목숨이 남은 날은 사실 삼 년도 길게 본 것이라고 할 수 있다."

원보의 말에 세 사람의 낯빛이 흙빛이 되었다. 아무리 생각해도 원보의 말이 틀리지 않았다. 더군다나 이 세 사람은 처음부터 비천한 태생이었기에 권력자들의 야비함을 누구보다 잘 알고 있었다.

　"그럼 우린 어찌해야 할까요?"

　문득 주걸루가 물었다.

　"네놈들이 선택할 방법은 하나밖에 없다."

　"그게 무엇입니까?"

　"때를 놓치지 말고 다시 한 번 변신해야겠지."

　"변신이요?"

　"그렇다. 삼호방을 접고 다른 곳으로 가 다른 이름으로 살거라, 그것도 빠른 시간 안에. 그리고 이번에는 제대로 장사를 해야 할 게다. 흠, 고려로 가는 것도 좋겠지."

　원보가 은근한 어조로 말했다.

　"고려요?"

　추안이 화들짝 놀라며 되물었다.

　"오냐. 네놈들이 사라지면 그 왕대계란 통판 놈이 분명 너희들을 찾아 나설 게다. 자기 혼자 모든 죄를 뒤집어쓸 형국이 될 테니까. 그의 눈을 피하자면 당연히 송을 떠나야 하는데 그러려면 서하, 대요, 고려 셋 중 하나로 가야 하는데… 네놈들이 살기에 편한 곳이야 당연히 고려지."

　"그, 그러나 우리는……."

　"왜, 네놈들 과거가 걸리느냐?"

"그렇습니다. 도망친 노비가 무슨 용기로 다시 고려로 가겠습니까?"

추안이 말했다.

"노비로 가면 안 돼지. 성공한 장사치로 금의환향해야지."

"그러나……."

"겁이 나느냐?"

"그렇습니다."

추안이 고개를 끄덕였다. 그러자 원보가 눈을 지그시 감으며 말했다.

"너, 재물이 좋은 게 뭔 줄 아느냐?"

"……?"

갑작스런 원보의 물음에 추안이 아무런 대답도 하지 못하고 입을 다물었다.

"재물이 좋은 것은 같은 사람을 전혀 다른 사람으로 만들 수 있기 때문이다. 본시 세상 사람들은 모두 재물에 대한 욕망이 강하지. 그래서 재물을 가진 사람을 만나면 그 사람이 과거에 비록 천한 일을 했다고 해도 과거의 그 사람으로 생각지 못하는 법이다. 하물며 신분을 속이려고 마음먹는다면 재물이 너희들을 완벽하게 지켜줄 것이다. 대상으로 환향한다면 천하의 그 누구도 네놈들 과거를 알아내지 못할 거야. 더군다나 세월이… 흐르지 않았느냐?"

"그, 그렇지요. 세월이 흐르긴 했지요."

추안이 고개를 끄덕였다.

"네놈은 어디 출신이지?"

문득 원보가 소발을 보며 물었다. 그러자 소발이 망설이다가 입을 열었다.

"본래 고향은 함흥입니다. 거기서 군역을 살다가……."

"도망을 쳤다?"

"그렇습니다."

"그럼 개경에는 아는 사람이 없을 테고. 넌?"

이번에는 원보가 추안에게 물었다.

"전 서경에서 종살이를 했습니다."

"서경이라……. 역시 개경에 터를 잡아도 상관없을 것이고… 네놈은 야인이니 당연히 개경에 연고가 없을 테고. 벽란도로 가거라."

"벽란도로요?"

"그래. 벽란도로 가서 장사를 하고 있거라. 얼마 후에 우리가 다시 연락을 하마."

"다시요?"

이번에는 소발이 겁을 집어먹은 표정으로 물었다.

"왜? 싫으냐?"

"그, 그것이 아니오라……."

"네놈들이 개과천선하겠다면 평생 제대로 된 장사치로 살수 있도록 만들어주마. 대신 일단 벽란도에 자리를 잡을 때는 절대 위험한 일에 손을 대면 안 된다. 나중에 중원의 상인들과 거래를 트도록 손을 써주마. 어떠냐?"

"정말… 그래 주시겠습니까? 우리가 어르신께 큰 죄를 지었는 데도요?"

"후후후, 맨입으로는 안 되지. 너희들이 대신 해줘야 할 일이 있다."

"무슨 일입니까요?"

"우리가 갈 때까지 벽란도의 상권과 개경 조정의 일을 면밀히 파악해 두거라. 또한 우리가 돌아갔을 때 안거할 장소도 비밀리에 준비해 두고. 그리할 수 있겠느냐?"

"그거야 뭐 어려운 일은 아니지요."

추안이 고개를 끄덕였다.

"좋아, 그럼 그렇게 하는 걸로 하자."

"정말 저흴 용서해 주시는 겁니까?"

"우리도 나름대로 고려로 돌아갈 준비를 해야 하지 않겠느냐? 당장은 이곳에서 할 일이 있어 귀국하기가 쉽지 않구나."

"알겠습니다. 그럼 시키는 대로 하겠습니다."

추안이 깊이 고개를 숙였다.

"잘 생각했다. 그럼 몇 가지 특별히 신경 써서 알아볼 일들을 말해주마."

"네, 어르신!"

추안이 얼른 대답했다.

허소산 등은 세 사람이 고려로 돌아가 할 일을 그날 밤이 깊도록 세세하게 일러주었다. 추안 등 삼 인은 죽음의 위기에서 벗어났을 뿐 아니라 또다시 새로운 삶을 살 수 있다는 희망에 들떠 원보의 지시를 하나하나 머릿속에 새겨 넣었다.

그렇게 수년 만에 조우한 노예들은 그날 밤 다시 각자의 세계로 헤어졌다.

* * *

"배는 떠났는가?"

이른 아침 포구에 나갔다가 돌아오는 감천홍을 보며 원보가 물었다.

"새벽같이 포구를 떠났습니다."

"놈들, 행동은 제법 빠르군."

"목숨이 걸린 일이니까요."

"후후, 놈들을 고려로 쫓아 보냈으니 이젠 우리의 정체가 탄로 날 일은 없겠군. 고려에 돌아가서도 녀석들이 제대로 기반을 잡아놓는다면 일이 한결 수월할 테고."

원보가 흐뭇한 미소를 지으며 말했다.

"그나저나 그 왕대계란 통판이 안됐구려."

허산왕이 미소를 지으며 말했다.

"흐흐, 안되긴 뭐가 안됐소. 지방관들의 전횡을 감시하라고 내려 보낸 자가 장사치들과 어울려 병기를 반출했으니 그 정도 곤욕은 치러야지. 아마 황당할 거요. 하루아침에 동업자들이 사라져버렸으니… 후후후."

"거기에 이젠 죄가 드러나면 대신 내세울 희생양도 없지 않습니까?"

감천홍이 한 마디 더 거들었다.

"그러게 말이야. 언젠가는 죗값을 톡톡히 받을 거야."

세 사람이 떠난 추안 등에 대해 이런저런 이야기를 나누고 있는 동안 허소산은 동쪽 바다를 바라보며 뭔가를 곰곰이 생각하고 있었다. 그러자 허산왕이 허소산에게 물었다.

"뭘 그리 생각하느냐?"

"앞으로의 일을 생각하고 있었어요."

"음, 일단 금천장주와 그 수뇌들을 데리고 떠나는 일이 급하지?"

"그렇지요."

허소산이 고개를 끄덕였다.

"연락은 왔느냐?"

"배는 이미 준비되었다고 하더군요. 대해로 나갈 수 있는 배 두 척이 오늘 낮에 포구로 들어온답니다."

"흐음, 역시 금천장이로구나. 그런데 그자는 함께 갈까?"

"호천대야 말인가요?"

"그래. 그자가 함께 간다면… 좀 위험할 것도 같구나."

"그가 직접 간다고 해도 사람들과 섞여서 함께 움직이지는 않을 거예요."

"그렇지? 그런데 그가 만약 항주에 머물러 있다면 만재방의 일이 곤란하지 않을까? 만재방을 돕기 위해 금천장의 고수들을 바다로 끌어내는 것인데……."

"그에 대해선 충분히 방주께 주의를 주어야겠지요."

"음, 걱정이로구나. 그자의 성정이 결코 만만치 않으니……."

허산왕이 어두운 표정으로 말했다.

"그들과 정면으로 승부를 하자면 이쪽에도 제법 세력을 모아야 할 겁니다."

"그럴 만한 세력이 있을까?"

"방주께서는 구룡문과 남황성을 끌어들이시려는 모양이더군요."

"구룡문과 남황성?"

"두 곳 모두 만재방과는 깊은 인연이 있지요. 더군다나 남황성은 고려에서 만재방이 몰락하는 데 단초를 제공하기도 했고, 그 반역자들이 여전히 고려에 있을 테니 관심을 보일 거예요."

"음, 그래도 조금 부족하지 않을까? 오산금림은 어떠냐?"

허산왕의 물음에 허소산이 고개를 저었다.

"물론 항주에 도움이 되기는 하겠으나 금림의 고수 전부가 이 싸움에 관여할 수는 없을 거예요."

그러자 곁에서 듣고 있던 원보가 허소산을 거들었다.

"그건 소산의 말이 맞소이다. 본시 오산금림은 강호의 행사에 관여하는 경우가 거의 없지요. 지난번 금림에서 내란이 일어난 것도 그에 대한 문도들 간의 의견이 서로 달랐기 때문이고. 물론 목인몽 부자의 농간이 있기도 했지만."

원보의 말에 허산왕이 고개를 끄덕였다.

"하긴 사실 이 일과는 관련이 없는 곳이긴 하지."

"구룡문과 남황성만 만재방의 손을 잡아줘도 해볼 만할 거예요. 예전에야 계속 수세에 몰리는 형국이었지만 이젠 방주께서 공세를 취할 테니까요. 우리가 모르는 준비를 하셨을 수도 있고… 만재사신 어른들과 망산오선께서 계시니 고수의 숫자로는 결코 부족하지 않을 거예요. 육왕탑과 봉황문, 목산원이 있다고는 해도 봉황문과 목산원 고수들은 중원으로 그리 많이 건너오지는 못했을 테니까요."

"음, 듣고 보니 그렇구나. 그래도 무림문파들이 섞여들면 너무 큰 싸움이 아닐까?"

"선택은 결국 금천장이 하겠지요. 공멸을 각오한 싸움을 하게 될지 일정한 수준에서 만재방과 타협을 하게 될지."

"하지만 고려에서 만재방이 금가에게 당한 것을 생각하면 결국 끝장을 봐야 하는 싸움 아닐까?"

"그렇긴 하지요……."

허소산도 어두운 낯빛으로 고개를 끄덕였다.

*　　　*　　　*

출발 일은 허소산이 정했다. 허소산은 호천대야를 만난 지 닷새 뒤 만재방이 만보대전을 열기 십여 일 전으로 출발일을 잡았다. 그사이 허소산은 만재방주와 향후의 계획을 면밀하게

상의한 후 출발 당일 아침 항주의 포구로 나섰다.

"어서 오시오, 파 대협!"

포구에는 이미 금천장주 금선웅이 나와서 허소산을 기다리고 있었다. 그의 뒤쪽으로 두 척의 배가 파도에 출렁이고 있었는데 한눈에 보아도 웬만한 폭풍은 너끈히 견뎌낼 만한 배였다.

"좋은 배구려."

허소산이 배를 보며 고개를 끄덕였다.

"단단한 놈으로 구했지요. 한 척에는 석 달은 너끈히 버틸 양식을 실었소이다."

"그렇게까지 오래 있겠소이까?"

"그래도 바다로 나가면 무슨 일이 벌어질지 모르지 않겠소이까?"

금선웅이 대답했다. 그러자 허소산이 은근한 음성으로 물었다.

"호천대야께서는……?"

허소산의 물음에 금선웅이 표정을 굳히며 말했다.

"그렇지 않아도 양해를 구하려 했소이다. 대야께서는 급한 일이 있어 어제 다시 출행에 떠나셨소이다. 떠나면서도 파 대협을 다시 만나지 못하시게 된 것을 무척 아쉬워하셨소."

"음, 그렇소이까? 아쉽구려."

허소산이 조금 기분이 상한 표정으로 대꾸했다. 그러자 금선웅이 황급히 다시 입을 열었다.

"부디 언짢아 마시기 바라오. 이번 일은 정말 중요한 일이라……."

"도대체 무슨 일인데 그러시오?"

"그것이……."

금선옹이 말하기 어려운 듯 말꼬리를 흐렸다. 그러자 허소산이 고개를 끄덕이며 말했다.

"말하기 어려우면 하지 않으셔도 좋소이다. 사실 서로 다른 뿌리에서 나온 사람들이 하나로 섞이는 것이 어디 쉽겠소이까? 일정한 거리를 두고 힘을 합치는 것도 나중을 위해서는 좋은 일이지요. 자, 갑시다!"

허소산이 냉랭하게 말을 하고는 먼저 배에 올랐다. 그러자 금선옹이 당혹한 표정을 지으며 급히 허소산의 뒤를 따랐다.

배는 포구를 벗어나는 순간부터 순식간에 속도를 높이기 시작했다. 일단 포구를 벗어난 배가 해안선을 따라 남쪽으로 향하려 하자 허소산이 무거운 목소리로 입을 열었다.

"좀 더 바다로 나갑시다."

허소산의 말에 금선옹과 금천장의 고수들이 의아한 표정을 지었다.

"천보도가 가리키는 곳으로 가려면 해안선을 따라가는 것이 유리하지 않겠소? 배가 튼튼하기는 하지만 대해로 나가는 것은 역시 위험할 듯한데……."

금선옹이 넌지시 반대 의견을 내세웠다. 그러자 허소산이 고개를 저었다.

"그렇지가 않소이다."

"어떤 고견이 있으신지……?"

호천대야의 일로 허소산의 기분이 상해 있다는 걸 알고 있기에 금선옹이 조심스럽게 물었다.

"물론 배를 몰아가는 것으로 보면 해안선을 따라가는 것이 좋을 듯하오. 하지만 금천장의 행보를 주시하는 자들을 생각하면 역시 대해로 나가 해안선에서 멀어지는 것이 낫지 않겠소?"

허소산이 말에 금선옹이 표정을 바꾸며 물었다.

"설마 따르는 자들이 있을 거라 생각하시는 거요?"

"없다고 장담할 수 있소?"

허소산이 되물었다. 그러자 금선옹이 얼굴을 붉히며 말했다.

"설마… 우리 금천장이 천보도의 비밀을 누설했을 거라 의심하시는 거요?"

"내가 어찌 금천장을 의심하겠소. 단지 천보도의 재물이 워낙 막대한 것이니 조심하자는 거지. 대해로 나갑시다!"

허소산이 더 이상이 실랑이를 하지 않겠다는 듯 단호하게 말하고는 홀연히 걸음을 옮겨 금선옹에게서 멀어졌다. 그러자 금선옹의 얼굴이 벌레 씹은 것처럼 일그러졌다.

"파금검… 정말 만만치가 않구나. 이렇게 되면 후발대와의 거리가 너무 벌어질 터인데. 음… 오히려 저자의 변심을 걱정

해야 하는 것인가?"

금선옹이 고개를 좌우로 흔들다가 문득 고개를 돌려 한 사람에게 고갯짓을 했다. 그러자 금선옹의 시선을 받은 자가 바람처럼 다가와 금선옹 앞에 다가섰다. 비사도였다.

"후발대에 급히 전서구를 보내시게. 아무래도 대해로 나가야 할 듯하네."

"하면……?"

비사도가 난감한 표정으로 물었다.

"육로를 포기하고 바다로 나오라고 하시게. 수시로 전서를 통해 항로를 확인해 줘야 할 것이네."

"그렇게 되면 눈치챌 수도 있지 않겠습니까?"

"어쩔 수 없네. 혹여 그가 다른 마음을 품는다면 지원이 반드시 필요하네. 그는 고수야. 더군다나 스스로 독의 대가라고 하지 않았나? 또한 후군이 와야 천보도에서 대야에 대한 그의 복종을 이끌어낼 수 있을 것이네."

"알겠습니다."

비사도가 무겁게 고개를 숙여 보였다.

철썩철썩!

선실 밖으로 어스름한 어둠이 깃들었다. 허소산 일행은 흔들리는 배 안에서 이런저런 이야기를 나누고 있었다. 하루 정도 배 멀미를 하기는 했으나 이제는 배의 움직임에 익숙해진 허소산 등이었다.

"또 날아가는군."

문득 창을 통해 바다를 보고 있던 허산왕이 입을 열었다.

"참으로 어리석은 놈들일세. 저렇게 자주 전서구를 보내면 우리가 의심할 거란 생각을 안 하는 걸까?"

원보가 중얼거렸다.

"우리 눈을 피해 보내고 있다고 생각하겠지요."

감천홍이 대답했다. 그러자 원보가 허소산을 보며 물었다.

"어찌할 생각이냐?"

"무엇을요?"

"이대로 오왕의 재물이 있는 섬에 갈 생각이냐?"

"가긴 가야지요."

"놈들이 무슨 수작을 부릴지 모르는데?"

"우리에게 기회가 될 수 있어요."

"무슨 말이냐?"

"그들이 우릴 제거하려 하지는 않을 거예요. 단지… 천보도의 보물을 자신들이 모두 차지하고 절 호천대야의 충직한 수하로 만들려 하겠지요."

허소산이 말에 원보가 고개를 끄덕였다.

"그렇겠지."

"그러나 저도 사실은 항주를 떠나기 전 한 가지 준비를 해두었지요."

"준비라니?"

원보가 의아한 표정으로 물었다.

"우리보다 먼저 천보도가 가리키는 섬에 도착할 사람들이 있어요."

"응? 누가?"

"설 신노님께 부탁을 드렸지요."

"금림의 사람들이 움직인단 말이냐? 금림은 이 일에 크게 관여시키지 않겠다고 하지 않았느냐?"

"설 신노님은 다르지요. 금림의 사람이라기보다 신황림의 사람이니. 그리고 금림 본가의 사람들을 동원한 것은 아니에요."

허소산이 고개를 끄덕였다.

"음… 그만큼 이 일을 위험하게 보고 있구나."

"호천대야란 사람이 정말 계림의 황실을 다시 부활시키려 하는 것이라면 그가 하지 못할 일이 없을 테니까요."

"아하, 권력이란 게 뭔지. 천 년을 군림하고도 다시 옛 영화를 찾으려 한다면 과욕도 그런 과욕이 없지. 역사라는 것은 거슬러 오를 수 없는 것인데……."

"두고 봐야죠."

"뒤에 따라오는 배에 호천대야가 있는 것은 아닐 테지?"

"모르겠어요. 어쩌면……."

"올 수도 있을 것 같으냐?"

"오왕의 재물과 저… 모두 욕심나는 물건과 사람이지요."

"우후, 이젠 정말 파금검이 다 되었구나. 네 스스로 중요한 사람이란 걸 말하다니……."

원보가 농을 던지며 말했다.

"그에게는 아주 중요한 사람일 수도 있지요. 독을 쓸 줄 아는 절대고수는 쓸모가 아주 많을 테니까요."

"그래, 그렇지. 하여간 무슨 일이 일어나나 기다려 보자꾸나."

원보가 천천히 고개를 끄덕였다.

배는 이틀을 대해로 나가 그 다음날은 방향을 남쪽으로 틀었다. 대해로 나오자 공기가 변했다. 뭍에서는 깊어진 가을에 아침저녁으로 서리가 내렸지만 대해(大海)로 나오자 뜨거운 햇살과 후끈한 습기가 일행을 괴롭혔다.

더군다나 무슨 일인지 바다로 나온 이후에는 바람도 불지 않았다. 바람의 힘을 받지 못하는 배는 속도가 느려진다. 사람이 노를 젓는 것도 한계가 있어서 배는 평소의 삼분지 일도 속도를 내고 있지 못했다.

그나마 다행인 것은 해류를 타고 남쪽으로 흘러갈 수 있다는 것이었다. 기실 항주에서 오왕의 보물이 있는 섬까지는 대륙을 횡단하거나 대해를 건너는 것처럼 먼 길은 아니었다. 그래서 비록 속도가 느려지긴 했지만 일행의 얼굴에 초조한 기색은 없었다.

그렇게 며칠을 이동한 후 배는 다시 해안가로 향했다. 얼추 천보도에 그려진 섬 근처에 도달한 후의 일이었다. 그곳에서부터는 해안가의 지형과 주변의 섬들을 살피며 천보도에 표시

된 섬을 찾아야 했다.

오랜만에 육지를 본 사람들이 지루했던 여행에서 벗어날 시간이 되었기 때문인지 활기를 띠기 시작했다. 항해를 지휘하는 금선옹의 목소리에 힘이 들어가기 시작했다.

그렇게 다시 하루를 이동하자 일행 앞에 해안선을 따라 빼곡하게 들어선 군도가 눈에 들어왔다.

"저 섬들 중 하나에 오왕의 재물이 묻혀 있다는 거지?"

원보가 약간의 흥분이 느껴지는 목소리로 말했다. 군도가 나타나자 갑판으로 올라온 허소산 일행 앞에 첩첩산중 같은 섬의 군락이 펼쳐져 있었다.

"천보도가 없다면 절대 그 섬을 찾을 수 없겠소이다."

허산왕이 깨알처럼 많은 섬들을 보며 말했다. 섬들 사이에는 바다에서 보기 힘든 운무도 간간이 흐르고 있었다.

"밝은 장소는 아니군요."

감천홍이 조금 우울한 표정으로 말했다. 본래 감천홍은 해적선에 탄 이후부터 감명, 감아라 두 아이와 떨어져 본 일이 없었다. 그러던 것이 이번에는 두 아이를 항주에 떼어놓고 오는 길인지라 며칠 전부터 줄곧 아이들 걱정을 하고 있었다.

"아이들을 데리고 오지 않은 것은 잘한 일인 것 같네."

원보가 감천홍의 속내를 읽고는 넌지시 말을 건넸다.

"맞는 말이오. 더군다나 이번에 어떤 혈사가 일어날지 모르는데 그런 곳에 아이들을 데려와서는 안 될 일이오."

허산왕도 원보의 말을 거들었다.

"잘들 있겠지요?"

감천홍이 묻어두었던 걱정을 입 밖으로 흘려냈다. 그러자 허소산이 미소를 지으며 말했다.

"걱정 마세요. 녹사님 눈에야 아직 어린아이들이지만 제 눈에는 이미 다 자란 선남선녀니까요."

"후후, 그런 건가? 그저 아비이기에 느끼는 감정인가?"

감천홍이 멋쩍은 웃음을 흘렸다. 그러자 허소산이 감천홍의 귀에 입을 가까이 대며 말했다.

"저희 아버지도 아직 제 걱정을 많이 하시는걸요."

허소산의 말에 감천홍이 웃음을 터뜨렸다.

"핫하! 그렇군. 천하의 독경주도 한 아버지의 아들일 뿐인 거군."

갑작스런 감천홍의 호탕한 웃음에 원보와 허산왕이 물끄러미 감천홍을 바라봤다.

섬의 군락으로 들어서자 해류가 거칠어지기 시작했다. 섬과 섬 사이를 흐르는 해류는 망망대해에서는 갖지 못한 속도를 갖는다. 작은 배들은 그 해류에 밀려 바다 속 암초와 충돌하기 일쑤였다. 그러나 허소산 등이 타고 있는 배는 무척 단단할 뿐 아니라 노련한 뱃사람이 배를 몰고 있었기에 격한 해류를 능숙하게 헤쳐 나가고 있었다.

그렇게 일행이 섬의 군락으로 들어온 지 하루가 지나자 드디어 일행은 천보도에 그려진 지형과 비슷한 곳에 당도했다.

그러자 자연스럽게 허소산을 비롯한 수뇌들이 배의 앞머리에 모여 천보도가 가리키는 섬을 찾기 시작했다.

해는 느리게 섬들 사이로 내려서고 있었다. 노을이 푸른 물결을 붉게 물들였다. 사람들의 시야에 펼쳐진 군도들이 신비로운 풍경을 만들어냈다.

"저쯤일 것 같소이다만……."

문득 금선옹이 손을 들어 두 개의 섬 사이로 흐르는 해류를 정면으로 맞이하는 섬 세 개를 가리켰다. 그러자 허소산이 천보도를 한 번 살피고는 눈을 가늘게 떠 금선옹이 가리킨 섬들을 응시했다.

"어떻소이까, 파 대협?"

금선옹이 다시 물었다. 그러자 허소산이 그제야 입을 열었다.

"장주의 생각이 맞는 것 같소이다. 저 세 개의 섬이 천보도에 그려진 모습과 흡사하오."

"그렇다면 오왕의 보물섬은 저 세 개의 섬 바로 뒤에 있겠구려."

"지도대로라면 그렇소. 흠… 이제 다 온 것이군."

허소산이 고개를 끄덕이며 눈을 가늘게 떠 해류가 밀려가는 세 개의 섬을 응시했다. 섬 주변은 이미 서서히 어둠이 깃들고 있었다.

"지금 가리까?"

금선옹이 다시 물었다. 그러자 허소산이 고개를 저었다.

"누가 쫓아오는 것도 아닌데 어두운 밤에 섬을 찾을 이유는 없지 않겠소? 더군다나 이곳은 해류도 격하고 암초도 많아 밤에 움직이는 것은 위험할 것 같소."

"알겠소이다. 그럼 오늘은 이곳에서 배를 멈추고 쉬지요. 내일 날이 밝으면 오왕의 보물을 찾아보십시다."

금선옹이 노을빛과 같은 욕망을 동공에 드러내며 말했다.

쿠르릉!

갑자기 먹구름이 몰려오더니 하늘이 거세게 울부짖기 시작했다. 때 아닌 폭풍우가 배를 뒤흔들었다. 바다 위에서 하룻밤을 보내려던 일행의 선택은 최악의 선택이 되어버렸다.

배가 갑작스레 몰려든 폭풍에 가랑잎처럼 흔들렸다. 금선옹이 급히 항해를 명령했다. 폭풍을 바다 한가운데서 맞는 것은 어리석은 짓이다. 밤이라도 곳곳에 섬이 있었기에 빠른 시간 안에 섬의 그늘로 들어가는 것이 폭풍을 이겨내는 가장 좋은 방법이었다.

배는 위태롭게 흔들리면서도 파도를 넘어 가장 가까운 섬으로 향했다.

우르르릉!

다시 한 번 하늘이 노성을 발했다. 허소산과 일행은 창에 시선을 고정하고 있었다. 사람과의 싸움과 달리 자연과의 싸움은 언제나 사람이 약자다. 도산검림 앞에서도 두려워하지 않는 강호의 고수들도 천신의 노성이 천지를 뒤흔드는 상황에선 두려움을 느낄 수밖에 없었다.

끼이익!

"엇!"

한순간 사람들 입에서 헛바람이 새어 나왔다. 섬을 향해 전진하던 배가 갑자기 방향을 틀며 한쪽으로 기울어졌기 때문이다. 그러자 우당탕 하는 소음과 함께 선실 안의 물건들이 한쪽으로 쏟아져 내렸다. 일행이 누가 먼저랄 것 없이 단단한 기둥이나 벽을 부여잡고 중심을 잡았다.

그러는 사이 배가 섬으로부터 빠르게 멀어지기 시작했다. 그리고는 더욱 급해진 해류를 타고 쏜살같이 앞으로 떠내려가기 시작했다. 때를 노려 산처럼 거대한 검은 파도가 다시 한 번 배를 덮쳤다.

『독경(毒經)』 7권에 계속…

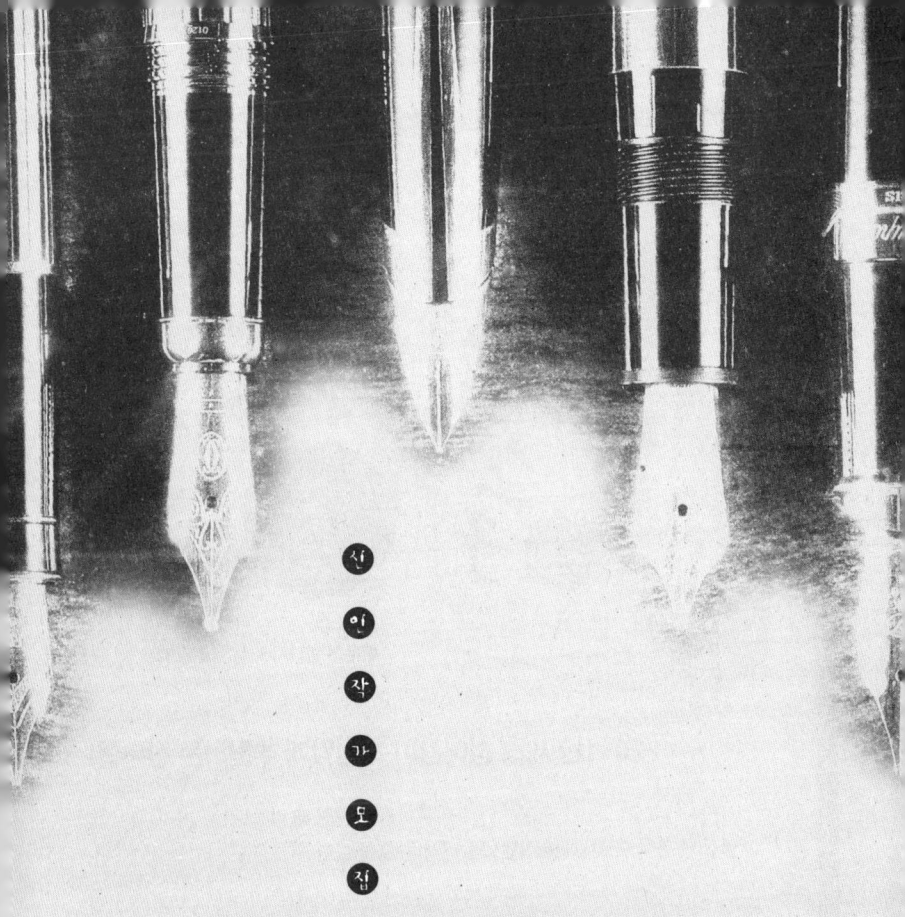

신인작가도집

시작이 반이라고 했습니다.
작가의 길에 대한 보이지 않는 벽을 과감히 깨뜨리십시오!
청어람은 작가 지망생 여러분들의
멋진 방향타가 되어드리겠습니다.

저희 도서출판 청어람에서는
소설 신인 작가분들을 모집합니다.
판타지와 무협을 사랑하시는 분들의 많은 참여를 바랍니다.
소정의 원고(A4용지 150매)를 메일이나 우편으로 보내주시면
검토 후 출판 여부를 알려드리겠습니다.

주소:경기도 부천시 원미구 심곡2동 163-2 서경B/D 2F 우편번호 420-822
TEL:032-656-4452 ·**FAX**:032-656-4453
http://**www.chungeoram.com**
e-mail:chungeoram@chungeoram.com

춘부 新무협 판타지 소설
FANTASTIC ORIENTAL HEROES

천애
협로

『우화등선』,『화공도담』의 뒤를 잇는
작가 춘부의 또 하나의 도가 무협!

무림맹주(武林盟主), 아미파(峨嵋派) 장문인(掌門人),
군문제일검(軍門第一劍), 남궁세가(南宮勢家)의 안주인.

그들을 키워낸 어머니
진무신모(眞武神母) 유월향(柳月香)!

어느 날, 그녀가 실종되는데……

"하, 할머니는 누구세요?"

무한삼진의 고아, 소량(少雨)에게 찾아온 기이한 인연.

세상과 함께 호흡을 나눌 수 있다면[天地同息]
천하의 이치를 모두 얻으리래[天下之理得]!

이제, 천하제일인과 그녀가 길러낸
마지막 자손의 이야기가 펼쳐진다!

Book Publishing CHUNGEORAM

유행이 아닌 자유추구
WWW.chungeoram.com

소드 슬레이어

류연 판타지 장편 소설

FANTASY FRONTIER SPIRIT

그날로 돌아간 그 순간부터 입버릇처럼 붙은 한마디.
"생각해라, 아서 란펠지."

귀족 반란에 휘말린 채 죽어야 했던 기사, 아서 란펠지.
600년 전 마룡 카브라로 인해 봉인당한 세 용사의 영혼.
버려진 이름없는 신전에서 그들이 만났을 때
운명은 또 다른 전설의 서막을 알렸다!

소드 슬레이어!

힘없이 죽어간 모든 인연들을 위하여
무력하고 허망했던 어제를 딛고
멈추지 않는 오늘을 달려 내일을 잡아라!

위선에 가득찬 검들을 향해
여섯 번째 마나 소드, 에스카룬의 검이 질주한다!

Book Publishing CHUNGEORAM

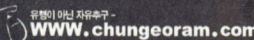
유행이 아닌 자유추구 -
WWW.chungeoram.com

DEMON

FANTASY FRONTIER SPIRIT

홀로선별 판타지 장편.소설

제일좌

BLOOD

성마대전, 그로부터 20년···
암흑은 스러지고 빛이 찾아왔다.
세상은··· 그렇게 평화로워질 것만 같았다.

전설의 블랙 울프를 다루는 영악한 소년 마로.
하루하루 강도 높은 훈련을 받으며
숙연의 500골드를 달성한 그날,
세상은, 신성(新星)을 맞이한다!

『기적』의 뒤를 잇는
홀로선별 작가의 또다른 이야기
『제일좌』

어둠을 뚫고 숯을 빛이여,
하늘의 제일좌가 되어라!

Book Publishing CHUNGEORAM

유행이 아닌 자유추구 -
WWW.chungeoram.com

2011년 대미를 장식할
준.비.된. 작가 정민교의 신무협이 온다!
『낭인무사(浪人武士)』

"죄수 번호 사천이백삼, 담운!"
".......!"
"출옥이다."

만두 하나.
고작 그 하나에 이십 년 옥살이를 한 소년, 담운.
그 답답하고 억울한 마음을 풀어낸다!

무림맹! 구대문파! 명문세가!
겉만 번지르르한 놈들은 다 사라져라!
겉과 속이 다른 너희들을 심판하러 내가 왔다!

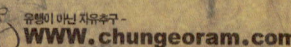